O PRÍNCIPE CATIVO

TÍTULO ORIGINAL *Captive Prince*
© 2013 C. S. Pacat
Todos os direitos reservados, incluindo o direito de reprodução de toda a obra ou parte dela, em qualquer formato. Esta edição é publicada mediante acordo com The Berkley Publishing Group, um selo da Penguin Publishing Group, uma divisão da Penguin Random House LLC.
© 2017 VR Editora S.A.
© 2023 VR Editora S.A. (2ª edição)

Plataforma21 é o selo jovem da VR Editora

DIREÇÃO EDITORIAL Marco Garcia
EDIÇÃO Thaíse Costa Macêdo
PREPARAÇÃO Isadora Próspero
REVISÃO Juliana Bormio de Sousa, João Rodrigues e Marina Constantino
COLABORAÇÃO Raquel Nakasone
ARTE DE CAPA © Studio JG
DESIGN DE CAPA Carolina Pontes
DIAGRAMAÇÃO DE CAPA Balão Editorial
PROJETO GRÁFICO E DIAGRAMAÇÃO DE MIOLO Pamella Destefi

Dados Internacionais de Catalogação na Publicação (CIP)
(Câmara Brasileira do Livro, SP, Brasil)

Pacat, C. S.
O príncipe cativo / C. S. Pacat; tradução Edmundo Barreiros. – 2. ed. – Cotia, SP: Plataforma21, 2023. – (Príncipe Cativo; 1)

Título original: Captive prince
ISBN 978-65-88343-42-5

1. Ficção histórica 2. Romance histórico I. Título II. Série.

22-137415   CDD-A823

Índices para catálogo sistemático:
1. Ficção: Literatura australiana   A823
Henrique Ribeiro Soares – Bibliotecário – CRB-8/9314

Todos os direitos desta edição reservados à
VR EDITORA S.A.
Via das Magnólias, 327 – Sala 01 | Jardim Colibri
CEP 06713-270 | Cotia | SP
Tel. | Fax: (+55 11) 4702-9148
plataforma21.com.br | plataforma21@vreditoras.com.br

C. S. PACAT

O PRÍNCIPE CATIVO

VOLUME UM DA TRILOGIA **PRÍNCIPE CATIVO**

TRADUÇÃO Edmundo Barreiros

PLATAFORMA 21

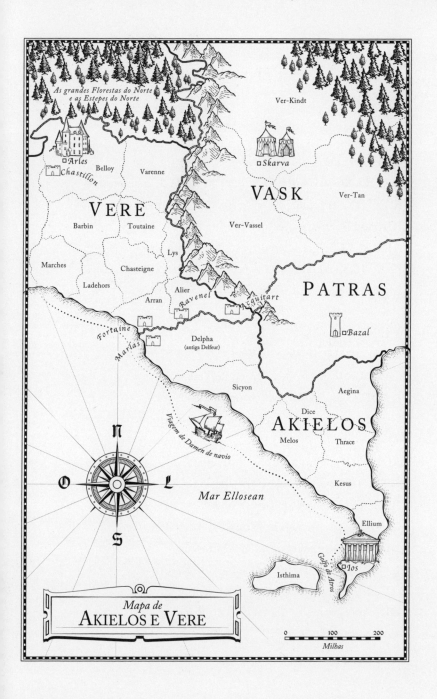

Personagens

Akielos

THEOMEDES, rei de Akielos

DAMIANOS (DAMEN), filho e herdeiro de Theomedes

KASTOR, filho ilegítimo de Theomedes e meio-irmão de Damen

JOKASTE, uma dama da corte akielon

ADRASTUS, guardião dos escravizados reais

LYKAIOS, escravizada na casa de Damianos

ERASMUS, um escravizado

Vere

O REGENTE de Vere

LAURENT, herdeiro do trono de Vere

RADEL, supervisor da casa do príncipe

GUION, membro do Conselho Veretiano e embaixador em Akielos

AUDIN, membro do Conselho Veretiano

HERODE, membro do Conselho Veretiano

JEURRE, membro do Conselho Veretiano

CHELAUT, membro do Conselho Veretiano

NICAISE, um escravizado de estimação

GOVART, ex-membro da Guarda do Rei

JORD, membro da Guarda do Príncipe

ORLANT, membro da Guarda do Príncipe

VANNES, uma cortesã

TALIK, sua escravizada de estimação
ESTIENNE, um cortesão
BERENGER, um cortesão
ANCEL, seu escravizado de estimação

Patras
TORGEIR, rei de Patras
TORVELD, irmão mais jovem de Torgeir e embaixador em Vere

Do passado
ALERON, antigo rei de Vere e pai de Laurent
AUGUSTE, ex-herdeiro do trono de Vere e irmão mais velho de Laurent

PRÓLOGO

—S OUBEMOS QUE SEU príncipe – disse *lady* Jokaste – mantém o próprio harém. Esses escravos vão agradar a qualquer tradicionalista, mas pedi a Adrastus que preparasse, além disso, algo especial, um presente pessoal do rei para seu príncipe. Uma gema bruta, digamos assim.

– Sua majestade já foi muito generosa – disse o conselheiro Guion, embaixador de Vere.

Eles percorriam a galeria de observação. Guion comera carnes temperadas envoltas em folhas de uva de dar água na boca, o calor do meio-dia era abanado de seu corpo reclinado por escravizados atenciosos. Ele se sentiu generosamente disposto a admitir que aquele país bárbaro tinha seus encantos. A comida era rústica, mas os escravizados eram impecáveis: perfeitamente obedientes e treinados para serem discretos, nada como os escravizados de estimação mimados na corte de Vere.

A galeria estava decorada com duas dúzias de escravizados em exibição.

Todos estavam nus ou vestindo apenas sedas transparentes.

Em torno do pescoço, usavam coleiras de ouro adornadas com rubis e tanzanitas e, nos pulsos, algemas de ouro. Elas eram puramente ornamentais. Os escravizados se ajoelharam em sinal de sua submissão voluntária.

Eles seriam um presente do novo rei de Akielos ao regente de Vere, um presente extremamente generoso. Só o ouro valia uma pequena fortuna, enquanto os escravizados estavam sem dúvida entre os melhores do reino. Em particular, Guion já marcara um deles para seu uso pessoal, um jovem discreto com uma bela cintura fina e olhos com cílios espessos.

Quando chegaram ao fim da galeria, Adrastus, o guardião dos escravizados reais, fez uma profunda reverência, juntando os saltos das botas de couro marrom.

– Ah. Aqui estamos – disse *lady* Jokaste com um sorriso.

Eles seguiram para uma antessala e os olhos de Guion se arregalaram.

Acorrentado e sob forte guarda havia um escravizado diferente de qualquer outro que Guion já havia visto.

Com músculos poderosos e fisicamente imponente, ele não usava as correntes decorativas que adornavam os outros escravizados na galeria. Suas amarras eram reais. As mãos estavam atadas às costas, e as pernas e o tronco estavam presos com cordas grossas. Apesar disso, a força de seu corpo parecia contida por pouco. Seus olhos escuros brilhavam furiosamente acima da mordaça, e se alguém olhasse com atenção para as cordas caras que amarravam seu tronco e suas pernas, poderia ver os machucados vermelhos nos pontos em que lutara, com força, contra as amarras.

O PRÍNCIPE CATIVO

O pulso de Guion se acelerou, uma reação quase de pânico. Uma gema bruta? Esse escravo parecia mais um animal selvagem, nada como os vinte e quatro gatos domesticados enfileirados no corredor. A grande força de seu corpo mal era mantida sob controle.

Guion olhou para Adrastus, que tinha ficado para trás, como se a presença do escravizado o deixasse nervoso.

– Todos os escravos novos são presos? – perguntou Guion, tentando recuperar a compostura.

– Não, só ele. Na verdade, ele... – Adrastus hesitou.

– Sim?

– Ele não está acostumado a ficar preso – disse Adrastus, desconfortável, com um olhar de esguelha para *lady* Jokaste. – Ele não foi treinado.

– Soubemos que o príncipe gosta de um desafio – comentou *lady* Jokaste.

Guion tentou conter sua reação enquanto voltava o olhar para o escravizado. Era altamente questionável se aquele presente bárbaro iria agradar ao príncipe, cujos sentimentos em relação aos habitantes selvagens de Akielos eram desprovidos de entusiamo, para dizer o mínimo.

– Ele tem nome? – perguntou Guion.

– Seu príncipe, é claro, é livre para chamá-lo como quiser – disse *lady* Jokaste. – Mas acredito que o rei ficaria muito satisfeito se ele fosse chamado de "Damen". – Os olhos dela cintilaram.

– *Lady Jokaste* – disse Adrastus, aparentemente em objeção, embora, é claro, isso fosse impossível.

11

Guion olhou de um para o outro e viu que eles esperavam que fizesse algum comentário.

– Sem dúvida, é uma escolha interessante de nome – disse Guion. Na verdade, ele estava horrorizado.

– O rei acha que sim – disse *lady* Jokaste, esticando levemente os lábios.

◆ ◆ ◆

Eles mataram sua escravizada Lykaios com um corte rápido de espada na garganta. Ela era uma escravizada do palácio, sem treinamento em combate e tão docemente obediente que, se ele tivesse mandado, ela teria se ajoelhado e oferecido a própria garganta para o golpe. Ela não teve chance de obedecer ou resistir. Dobrou-se sem som, os membros pálidos caindo absolutamente imóveis sobre a pedra branca. Embaixo dela, sangue começou a se espalhar pelo piso de mármore.

– Peguem-no! – disse um dos soldados que irromperam no quarto, um homem de cabelo castanho escorrido. Damen talvez tivesse permitido simplesmente devido ao choque, mas foi nesse instante que dois dos soldados puseram as mãos sobre Lykaios e a mataram.

Ao fim do primeiro enfrentamento, três dos soldados estavam mortos, e Damen tinha a posse de uma espada.

Os homens que o encaravam hesitaram, mantendo distância.

– Quem mandou vocês? – perguntou Damen.

O soldado de cabelo liso disse:

O PRÍNCIPE CATIVO

– O rei.

– Meu pai? – Ele quase baixou a espada.

– Kastor. Seu pai está morto. Peguem-no.

Lutar era algo natural para Damen, cujas habilidades tinham origem na força, na aptidão natural e na prática contínua. Mas aqueles homens tinham sido mandados por alguém que sabia disso muito bem e, além do mais, não economizou no cálculo de quantos soldados seriam necessários para superar um homem do calibre de Damen. Vencido pelos números, Damen não conseguiu resistir muito antes de ser levado, com os braços torcidos às costas e uma espada na garganta.

Nesse momento, ingenuamente, ele esperava ser morto. Em vez disso, foi espancado, amarrado e, quando lutou para se libertar – causando uma quantidade de dano gratificante para uma pessoa desarmada –, surrado outra vez.

– Tirem-no daqui – disse o soldado de cabelo liso, esfregando as costas da mão para limpar um fio de sangue em sua têmpora.

Ele foi jogado em uma cela. Sua mente, que não vagava por caminhos tortuosos, não conseguia entender o que estava acontecendo.

– Levem-me para ver meu irmão – exigiu. Os soldados riram, e um deles o chutou no estômago.

– Foi seu irmão quem deu a ordem – escarneceu um deles.

– Você está mentindo. Kastor não é um traidor.

Mas a porta da cela bateu com força, e a dúvida surgiu em sua mente pela primeira vez.

Ele tinha sido ingênuo, começou a sussurrar uma voz baixinha, ele não havia observado, não havia visto; ou talvez tivesse se recusado a ver, não dando crédito aos rumores sombrios que pareciam desrespeitar a honra com que um filho devia tratar os últimos dias do pai doente e moribundo.

Pela manhã, eles vieram buscá-lo, e agora entendendo tudo o que tinha ocorrido e desejando enfrentar seu captor com coragem e um orgulho ressentido, ele permitiu que seus braços fossem amarrados às costas, submeteu-se aos maus-tratos e seguiu adiante quando foi impulsionado por um empurrão forte entre os ombros.

Quando percebeu aonde estava sendo levado, ele começou a lutar outra vez, violentamente.

◆ ◆ ◆

O salão era simplesmente entalhado em mármore branco. O chão, também de mármore, tinha um leve declive e terminava em uma discreta canaleta. Do teto pendia um par de grilhões, aos quais Damen, resistindo com força, foi acorrentado contra sua vontade, com os braços erguidos acima da cabeça.

Aqueles eram os banhos dos escravizados.

Damen se agitou nos grilhões. Eles não se moveram. Seus pulsos já estavam machucados. Desse lado da água, havia uma miscelânea de almofadas e toalhas arrumadas em uma desordem atraente. Garrafas de vidro colorido de diversas formas, contendo uma variedade de óleos, brilhavam como joias em meio às almofadas.

A água era perfumada, leitosa, e decorada com pétalas de rosa que se afogavam lentamente. Todos os confortos. Aquilo não podia estar acontecendo. Damen sentiu algo se inflamar em seu peito; fúria, injúria e, escondida em algum lugar embaixo delas, uma emoção nova que girava e se retorcia em seu estômago.

Um dos soldados o imobilizou por trás, segurando-o num aperto experiente. O outro começou a despi-lo.

Seus trajes foram soltos e removidos rapidamente. As sandálias foram cortadas de seus pés. Com a ardência da humilhação queimando seu rosto como vapor, Damen ficou em pé, acorrentado, nu e com o calor úmido dos banhos rodopiando ao seu redor.

Os soldados se retiraram para a arcada, onde uma figura com um belo rosto cinzelado e familiar os dispensou.

Adrastus era o guardião dos escravizados reais. Era uma posição de prestígio que lhe havia sido concedida pelo rei Theomedes. Damen foi atingido por uma onda de raiva tão poderosa que quase o fez perder a visão. Quando voltou a si, ele viu como Adrastus o estava avaliando.

– Você não ousaria pôr as mãos em mim – disse Damen.

– Estou obedecendo a ordens – respondeu Adrastus, embora hesitasse.

– *Eu mato você* – disse Damen.

– Talvez uma… uma mulher… – disse Adrastus, recuando um passo e sussurrando no ouvido de um dos criados, que fez uma mesura e deixou o local.

Uma escravizada entrou alguns momentos depois. Escolhida a dedo, ela correspondia a tudo o que se sabia dos gostos de Damen. Sua pele era branca como o mármore dos banhos, e seu cabelo louro estava preso com simplicidade, expondo seu pescoço elegante.

Seus seios se mostravam cheios e volumosos por baixo do tecido fino; os mamilos rosa estavam levemente visíveis.

Damen a observou se aproximar com a mesma cautela que observaria os movimentos de um adversário no campo, embora não fosse a primeira vez que ele seria atendido por escravizados.

A mão dela se ergueu até a fivela em seu ombro. Ela expôs a curva de um seio e uma cintura elegante quando o tecido fino desceu até seus quadris, e mais abaixo. Seus trajes caíram no chão. Então, ela pegou uma concha de água.

Nua, ela banhou o corpo dele, ensaboou e enxaguou, sem se preocupar com a água que espirrava em sua própria pele e respingava em torno de seus seios. Por fim, ela molhou e ensaboou o cabelo dele, lavando-o bem, e terminou se erguendo na ponta dos pés e despejando uma das bacias menores de água morna na parte de trás da cabeça dele.

Como um cachorro, ele sacudiu a água. Então olhou ao redor à procura de Adrastus, mas o guardião dos escravizados parecia ter desaparecido.

A escravizada pegou um dos frascos coloridos e derramou um pouco de óleo na palma. Depois de espalhá-lo pelas mãos, ela começou a esfregar o líquido na pele dele com movimentos metódicos, aplicando-o por toda parte. Ela permanecia com os olhos baixos, mesmo quando seus movimentos se tornaram deliberadamente sutis e ela se moveu contra ele. Os dedos de Damen se cravaram em suas correntes.

– Basta – disse Jokaste, e a escravizada se afastou de Damen e se prostrou instantaneamente sobre o chão de mármore molhado.

O PRÍNCIPE CATIVO

Damen, nitidamente estimulado, resistiu ao olhar calmo e avaliador de Jokaste.

– Quero ver meu irmão – disse ele.

– Você não tem irmão – retrucou Jokaste. – Você não tem família. Você não tem nome, *status*, nem posição. A essa altura, já devia saber pelo menos isso.

– Você espera que eu me submeta a isso? Ser comandado por... quem, Adrastus? Eu vou rasgar a garganta dele.

– Sim, você faria isso, mas não vai servir no palácio.

– Onde? – perguntou ele, sem rodeios.

Ela olhou para ele.

Damen questionou:

– *O que você fez?*

– Nada além de escolher entre irmãos – disse ela.

Eles tinham se falado pela última vez nos aposentos dela no palácio; a mão dela tinha apertado o braço de Damen.

Ela parecia uma pintura. Seus cabelos louros eram encaracolados e perfeitos, sua fronte era lisa e alta, e os traços clássicos eram serenos. Enquanto Adrastus recuara, as sandálias delicadas dela percorreram o caminho com passos calmos e firmes pelo mármore branco na direção dele.

– Por que me manter vivo? – perguntou ele. – A que... necessidade isso satisfaz? Está tudo arranjado, menos isso. Isso é... – Ele conteve a pergunta; ela deliberadamente interpretou mal suas palavras.

– Amor de irmão? Você não o conhece mesmo, não é? Morrer é fácil e rápido. Ele quer que você seja assombrado para sempre pelo fato de que a única vez que ele o venceu foi na única vez que importava.

Damen sentiu o rosto se transformar.

– *O quê?*

Ela tocou o queixo dele, sem medo. Seus dedos eram delgados, brancos e imaculadamente elegantes.

– Entendo por que você prefere pele pálida – disse ela. – A sua esconde os hematomas.

◆ ◆ ◆

Depois que o prenderam na coleira e nas algemas de ouro, pintaram o rosto dele.

Não havia tabu em Akielos em relação à nudez masculina, mas a pintura era a marca de um escravizado, e foi mortificante. Ele pensou que não haveria humilhação maior que essa quando foi jogado no chão diante de Adrastus. Então viu seu rosto e sua expressão cobiçosa.

– Você parece... – Adrastus o observava.

Os braços de Damen estavam presos às suas costas, e outros grilhões haviam restringido seus movimentos a pouco mais que um capengar. Agora ele estava esparramado no chão aos pés de Adrastus. Ele se ergueu de joelhos, mas foi impedido de se levantar mais pelo aperto repressor de seus dois guardas.

– Se você fez isso por um cargo – disse Damen, com ódio escancarado na voz –, é um tolo. Você nunca vai progredir. Ele não pode confiar em você. Você já traiu por ganho pessoal antes.

O PRÍNCIPE CATIVO

O golpe jogou sua cabeça para o lado. Damen passou a língua pela parte interna dos lábios e sentiu gosto de sangue.

– Eu não lhe dei permissão para falar – disse Adrastus.

– Você bate como um jovem pederasta alimentado a leite – disse Damen.

Adrastus deu um passo para trás, lívido.

– Amordacem-no – ordenou, e Damen mais uma vez lutou em vão contra os guardas. Sua boca foi aberta com habilidade e rapidamente amarrada. Ele não podia emitir mais que um grunhido abafado, mas encarou fixamente Adrastus por cima da mordaça, com olhos desafiadores.

– Você ainda não entende – disse Adrastus. – Mas vai. Você vai acabar entendendo que o que estão dizendo no palácio, nas tavernas e nas ruas é verdade. Você é um escravo. Você não vale nada. *O príncipe Damianos está morto.*

Capítulo um

D<small>AMEN VOLTOU A</small> si aos poucos. Seus membros anestesiados caíam pesados nas almofadas de seda, as algemas de ouro em seus pulsos pareciam pesos de chumbo. Suas pálpebras se ergueram e baixaram. Os sons que ouviu, no início, não fizeram sentido, apenas o murmúrio de vozes falando veretiano. O instinto disse: levante-se.

Ele se compôs e se ergueu de joelhos.

Vozes veretianas?

Seus pensamentos confusos, chegando a essa conclusão, não conseguiram entender nada. Era mais difícil controlar a mente que o corpo. Ele não conseguia se lembrar de nada imediatamente após sua captura, embora soubesse que havia se passado algum tempo desde então. Tinha consciência de que, em algum momento, havia sido drogado. Ele tentava se lembrar. Por fim, conseguiu.

Ele tinha tentado escapar.

Fora transportado no interior de uma carroça trancada e sob guarda pesada até uma casa nos limites da cidade. Foi tirado da carroça e levado até um pátio fechado e... Lembrava-se de sinos.

O PRÍNCIPE CATIVO

O pátio se encheu com o som repentino deles, uma cacofonia vinda dos lugares mais altos da cidade, carregados pelo ar quente da tarde.

Sinos ao anoitecer, proclamando um novo rei.

Theomedes está morto. Vida longa a Kastor.

Com as badaladas, a necessidade de escapar superou qualquer instinto de cautela ou subterfúgios, parte da fúria e da tristeza que se abateram sobre ele em ondas. A partida dos cavalos lhe deu sua oportunidade.

Mas ele foi desarmado e cercado por soldados, em um pátio fechado. Seu tratamento posterior não teve delicadeza. Eles o jogaram em uma cela nas entranhas da casa, então o drogaram. Os dias se misturaram uns com os outros.

Do resto, ele se lembrava apenas de períodos breves, incluindo – sentiu um nó no estômago – o barulho e os borrifos de água salgada: transporte a bordo de um navio.

Sua cabeça estava desanuviando pela primeira vez em... quanto tempo?

Quanto tempo desde sua captura? Quanto tempo desde que soaram os sinos? Por quanto tempo ele havia permitido que aquilo acontecesse? Uma onda de força de vontade ergueu os joelhos de Damen. Ele tinha que proteger sua casa, seu povo. Ele deu um passo.

Uma corrente chacoalhou. As lajotas do piso deslizaram sob seus pés, vertiginosamente; sua visão turvou-se.

Ele procurou apoio e se equilibrou com um ombro contra a parede. Com esforço, não deslizou de volta para o chão. Mantendo-se de pé, reprimiu a tontura. Onde estava? Ele fez com que sua mente confusa avaliasse a si mesmo e o ambiente.

Estava vestido com os trajes parcos de um escravizado akielon e limpo da cabeça aos pés. Imaginou que isso significasse que havia recebido cuidados, embora sua mente não lhe fornecesse nenhuma memória de quando isso acontecera. Ele permanecia com a coleira e as algemas de ouro nos pulsos. Sua coleira estava presa a uma argola de ferro no chão por uma corrente e um cadeado.

Uma leve histeria ameaçou-o por um momento; ele cheirava levemente a rosas.

Em relação ao quarto, para todo lado que se virava, seus olhos eram agredidos pela ornamentação. As paredes eram completamente decoradas. As portas de madeira eram delicadas como uma tela, entalhadas com um padrão repetido que incluía fendas na madeira, através das quais ele podia ver as impressões sombrias do que havia do outro lado. As janelas tinham telas semelhantes. Até as lajotas do piso eram coloridas e arrumadas em um padrão geométrico.

Tudo dava a impressão de padrões dentro de padrões, criações pervertidas da mente veretiana. Então tudo se encaixou de repente: as vozes veretianas, a apresentação humilhante ao conselheiro Guion – "Todos os escravos novos são presos?" –, o navio e seu destino.

Aquilo era Vere.

Damen olhou ao redor, horrorizado. Ele estava no coração do território inimigo, a centenas de quilômetros de casa.

Não fazia sentido; ele estava respirando, sem perfurações e não tinha sofrido o acidente lamentável que seria esperado. O povo de Vere tinha bons motivos para odiar o príncipe Damianos de Akielos. Por que ele ainda estava vivo?

O PRÍNCIPE CATIVO

O som de uma tranca sendo aberta atraiu sua atenção bruscamente para a porta.

Dois homens entraram no quarto. Damen os observou com cautela e reconheceu vagamente o primeiro como um tratador veretiano do navio. O segundo era um estranho: cabelo escuro, barbado, usando roupas veretianas, com anéis de prata em cada uma das três juntas de cada dedo.

– Este é o escravo que está sendo presenteado ao príncipe? – perguntou o homem com os anéis.

O tratador assentiu.

– Você diz que ele é perigoso. O que ele é? Um prisioneiro de guerra? Um criminoso?

O tratador deu de ombros, um *Quem sabe?*

– Vamos mantê-lo acorrentado.

– Não seja tolo. Não podemos mantê-lo acorrentado para sempre.

Damen podia sentir o olhar do homem com os anéis demorar-se sobre ele. As palavras seguintes foram quase de admiração.

– Olhe pra ele. Até para o príncipe vai ser trabalhoso.

– A bordo do navio, quando criou problemas, ele foi drogado – disse o tratador.

– Entendo. – O olhar do homem ficou crítico. – Amordace-o e encurte a corrente para a visita do príncipe. E arranje uma escolta apropriada. Se ele criar problemas, faça o que for necessário.

Suas palavras eram desinteressadas, como se Damen tivesse importância mínima para ele, não mais que uma tarefa em uma lista.

Damen estava compreendendo, conforme se dissipava a névoa provocada pela droga, que seus captores não conheciam a identidade de seu escravizado. *Um prisioneiro de guerra. Um criminoso.* Ele soltou um suspiro cauteloso.

Ele devia ficar quieto, reservado. Já recobrara suficiente presença de espírito para saber que o príncipe Damianos tinha poucas chances de sobreviver a uma única noite em Vere. Era muito melhor ser considerado um escravizado sem nome.

Permitiu que tratassem dele. Avaliou as saídas e a categoria dos guardas de sua escolta. A qualidade dos guardas era menos significante que a qualidade da coleira em torno de seu pescoço. Seus braços estavam atados às costas, e ele estava amordaçado, a corrente do pescoço reduzida a apenas nove elos, de modo que, mesmo ajoelhado, sua cabeça ficava abaixada e ele mal conseguia olhar para cima.

Guardas tomaram posição dos dois lados dele, e dos dois lados da porta para a qual ele estava virado. Então ele teve tempo para sentir o silêncio cheio de expectativa no aposento e a cadência tensa das batidas do coração em seu peito.

Houve uma agitação repentina, vozes e passos que se aproximavam.

A visita do príncipe.

O regente de Vere guardava o trono para seu sobrinho, o príncipe herdeiro. Damen não sabia praticamente nada sobre o príncipe, exceto que ele era o mais novo de dois irmãos. O mais velho e antigo herdeiro, Damen sabia, estava morto.

Um grupo de cortesãos estava entrando no aposento.

Os cortesãos não tinham nenhuma característica em especial, exceto um deles: um rapaz com um rosto incrivelmente bonito –

O PRÍNCIPE CATIVO

o tipo de rosto que teria rendido uma fortuna no quarteirão dos escravizados em Akielos. Isso chamou e prendeu a atenção de Damen.

O rapaz tinha cabelo louro, olhos azuis e pele branquíssima. O azul-escuro de suas roupas severas e com laços justos era duro demais para sua tez clara, e fazia um forte contraste com o estilo extremamente ornamentado dos ambientes. Ao contrário dos cortesãos que vinham em seu rastro, ele não usava joias, nem mesmo anéis nos dedos.

Quando ele se aproximou, Damen viu que a expressão em seu belo rosto era arrogante e desagradável. Damen conhecia o tipo. Egocêntrico e egoísta, criado para superestimar o próprio valor e se permitir pequenas tiranias sobre os outros. Mimado.

– Soube que o rei de Akielos me mandou um presente – disse o jovem, que era Laurent, príncipe de Vere.

◆ ◆ ◆

– Um akielon humilhado, de joelhos. Que apropriado.

Em torno dele, Damen estava consciente da atenção dos cortesãos, reunidos para ver o príncipe receber seu escravo. Laurent tinha estacado no momento em que vira Damen; seu rosto ficara lívido, como em reação a um tapa ou insulto. A visão de Damen, parcialmente truncada pela corrente curta em seu pescoço, foi suficiente para perceber isso. Mas a expressão de Laurent se fechou rapidamente.

Damen compreendera que era apenas um de um carregamento maior de escravizados, e os murmúrios irritantes dos dois

25

cortesãos perto dele confirmaram isso. Os olhos de Laurent estavam passando por ele como se observassem uma mercadoria. Damen sentiu um músculo se mover em sua mandíbula.

O conselheiro Guion falou:

– Ele é destinado a ser escravo de prazer, mas não é treinado. Kastor sugeriu que o senhor talvez gostasse de dobrá-lo, a seu bel-prazer.

– Não estou tão desesperado a ponto de me emporcalhar de sujeira – disse Laurent.

– Sim, alteza.

– Vamos dobrá-lo na cruz. Acredito que isso vá me desincumbir da obrigação com o rei de Akielos.

– Sim, alteza.

Ele pôde sentir o alívio do conselheiro Guion. Tratadores foram mobilizados rapidamente para levá-lo dali. Damen imaginou que ele apresentava um desafio considerável para a diplomacia: o presente de Kastor borrava a linha entre o generoso e o revoltante.

Os cortesãos se preparavam para partir. A farsa tinha acabado. Ele sentiu o tratador se abaixar até a argola de ferro no chão. Eles iam desacorrentá-lo para levá-lo até a cruz. Ele flexionou os dedos, se recompondo, e manteve os olhos no tratador, seu único adversário.

– Espere – disse Laurent.

O tratador parou e se aprumou.

Laurent deu alguns passos à frente e parou diante de Damen, olhando para ele com uma expressão ilegível.

– Quero falar com ele. Remova a mordaça.

O PRÍNCIPE CATIVO

– Ele tem uma língua grande – alertou o tratador.

– Alteza, se permite a sugestão... – começou o conselheiro Guion.

– Remova.

Damen passou a língua pelo interior da boca depois que o tratador soltou o pano.

– Qual o seu nome, querido? – perguntou Laurent, de maneira não muito agradável.

Ele sabia que não devia responder a nenhuma pergunta feita naquela voz açucarada. Ele ergueu os olhos para Laurent. Isso foi um erro. Eles se encararam.

– Talvez ele seja defeituoso – sugeriu Guion.

Olhos azuis cristalinos pousaram nos dele. Laurent repetiu a pergunta devagar, na língua de Akielos.

As palavras saíram antes que Damen pudesse detê-las:

– Falo sua língua melhor do que você fala a minha, querido.

Suas palavras, com apenas um leve traço de sotaque akielon, foram compreendidas por todos, o que lhe valeu um golpe forte do tratador. Por garantia, um dos cortesãos apertou seu rosto no chão.

– O rei de Akielos sugeriu, se for de seu agrado, chamá-lo de Damen – disse o tratador, e Damen sentiu um embrulho no estômago.

Houve alguns murmúrios chocados dos cortesãos; a atmosfera, já agitada, tornou-se elétrica.

– Eles acharam que um escravo com o apelido de seu falecido príncipe iria diverti-lo. É de mau gosto. Eles são uma sociedade sem cultura – disse o conselheiro Guion.

Dessa vez, o tom de Laurent não mudou.

– Soube que o rei de Akielos pode se casar com a amante, *lady* Jokaste. É verdade?

– Não houve anúncio oficial. Mas se falou sobre a possibilidade, sim.

– Então o país vai ser governado por um bastardo e uma prostituta – disse Laurent. – Muito apropriado.

Damen se sentiu reagir, mesmo preso como estava, com um puxão forte abortado pelas correntes. Ele captou um instante de autossatisfação prazerosa no rosto de Laurent. As palavras de Laurent tinham sido altas o suficiente para serem ouvidas por todos os cortesãos no aposento.

– Devemos levá-lo para a cruz, alteza? – perguntou o tratador.

– Não – disse Laurent. – Prenda-o aqui no harém. Depois de lhe ensinar algumas maneiras.

◆ ◆ ◆

Os dois homens a quem a tarefa fora confiada empenharam-se nela com uma brutalidade metódica e trivial. Mas eles tinham uma relutância natural em machucar Damen de maneira totalmente irremediável, já que ele era propriedade do príncipe.

Damen esteve ciente do homem com os anéis dando uma série de instruções antes de partir. "Mantenham o escravo preso aqui no harém. Ordens do príncipe. Ninguém entra nem sai do aposento. Ordens do príncipe. Não o soltem da corrente. Ordens do príncipe."

O PRÍNCIPE CATIVO

Embora os dois homens permanecessem ali, parecia que os golpes tinham parado. Damen se ergueu lentamente, apoiado sobre as mãos e os joelhos. Com tenacidade realista, avaliou positivamente a situação: suas ideias, pelo menos, agora estavam perfeitamente claras.

Pior que o espancamento fora a visita. Ele ficara muito mais abalado por ela do que admitiria. Se a corrente da coleira não fosse tão curta e tão impossivelmente forte, ele talvez não tivesse resistido, apesar da determinação inicial. Ele conhecia a arrogância dessa nação. Sabia o que os veretianos pensavam de seu povo. Bárbaros. Escravos. Damen juntara todas as suas boas intenções e suportara aquela exposição.

Mas o príncipe – com a sua combinação particular de arrogância mimada e despeito mesquinho – tinha sido insuportável.

– Ele não parece muito um escravo de estimação – disse o mais alto dos dois homens.

– Você ouviu – disse o outro. – Ele é um escravo de alcova de Akielos.

– Você acha que o príncipe come ele? – perguntou o primeiro, cético.

– Acho que é mais o contrário.

– Ordens bem agradáveis para um escravo de alcova. – A mente do mais alto se fixou no assunto enquanto o outro grunhiu evasivamente em resposta. – Imagine como seria transar com o príncipe.

Imagino que seria muito parecido com se deitar com uma cobra venenosa, pensou Damen, mas guardou o pensamento para si.

Assim que os homens saíram, Damen revisou sua situação: escapar ainda não era possível. Suas mãos tinham sido desamarradas outra vez e a corrente da coleira fora estendida, mas era grossa demais para ser separada do elo de ferro no chão. Tampouco a coleira podia ser aberta. Era de ouro, tecnicamente um metal macio, mas também grossa demais para ser manipulada, um peso grande e constante em torno de seu pescoço. Ele achou ridículo prender um escravo com uma coleira de ouro. As algemas de ouro eram ainda mais tolas. Elas seriam armas numa luta corpo a corpo, e moeda na jornada de volta a Akielos.

Se ele permanecesse alerta enquanto fingia obedecer, a oportunidade surgiria. Havia folga suficiente na corrente para lhe permitir talvez três passos em todas as direções. Havia um jarro de madeira com água bem a seu alcance. Ele também podia se deitar com conforto nas almofadas e até se aliviar em um penico de cobre dourado. Não tinha sido drogado – nem espancado até ficar inconsciente –, como acontecera em Akielos. Só havia dois guardas na porta. Uma janela sem tranca.

A liberdade era atingível. Se não agora, então em breve.

Tinha de ser em breve. O tempo não estava do seu lado: quanto mais tempo fosse mantido ali, mais tempo Kastor teria para consolidar seu governo. Era insuportável não saber o que estava acontecendo em seu país, com seus apoiadores e com seu povo.

E havia também outro problema.

Por enquanto, ninguém o havia reconhecido. Akielos e Vere fizeram poucos negócios desde a batalha decisiva de Marlas, seis anos antes, mas em algum lugar de Vere sem dúvida haveria

O PRÍNCIPE CATIVO

uma ou duas pessoas que conheciam seu rosto, tendo visitado sua cidade. Kastor o enviara para o único lugar onde ele seria mais maltratado como príncipe que como escravizado. Em qualquer outro lugar, um de seus captores, ao descobrir sua identidade, podia ser convencido a ajudá-lo, fosse por simpatia por sua situação ou pela promessa de uma recompensa dos apoiadores de Damen em Akielos. Não em Vere. Em Vere, ele não podia arriscar ser reconhecido.

Ele se lembrou das palavras do pai na véspera da batalha de Marlas, alertando-o para lutar e nunca confiar, porque um veretiano nunca manteria sua palavra. Seu pai provou estar certo naquele dia no campo de batalha.

Ele não ia pensar no pai.

Seria melhor estar bem descansado. Com isso em mente, bebeu água do jarro enquanto observava o restante da luz da tarde escoar lentamente do quarto. Quando ficou escuro, ele deitou o corpo, com todas as suas dores, sobre as almofadas, e depois de algum tempo dormiu.

◆ ◆ ◆

E acordou. Arrastado, com uma mão puxando a corrente da coleira até que ele ficasse de pé, e ladeado por dois dos guardas sem rosto, intercambiáveis.

O cômodo foi ficando iluminado à medida que um criado acendia tochas e as colocava nos suportes nas paredes. O local não era muito grande, e o tremeluzir das tochas transformava seus desenhos intricados em um jogo de formas e luzes em movimento contínuo e sinuoso.

No centro dessa atividade, olhando para ele com olhos azuis insensíveis, estava Laurent.

A roupa azul-escura severa de Laurent lhe caía repressivamente, cobrindo-o dos pés ao pescoço, com mangas longas até os punhos e sem aberturas que não estivessem cobertas por uma série de laços apertados e intricados que pareciam exigir uma hora para serem desfeitos. A luz quente das tochas nada fazia para suavizar o efeito.

Damen não viu nada que contrariasse sua opinião inicial: lânguido, como fruta que passou do tempo na vinha. As pálpebras levemente caídas e a flacidez em torno da boca davam sinais da noite de um cortesão, passada no consumo excessivo de álcool.

– Tenho pensado no que fazer com você – disse Laurent. – Dobrá-lo a chicotadas num pelourinho. Ou talvez usá-lo como Kastor queria que você fosse usado. Acho que isso iria me agradar muito.

Laurent se aproximou até ficar a apenas quatro passos. Era uma distância cuidadosamente escolhida. Damen calculou que, se esticasse a corrente até o limite, estendendo-a ao máximo, eles iriam quase, mas não totalmente, se tocar.

– Nada a dizer? Não me diga que agora está tímido, bem quando estamos sozinhos. – O tom aveludado de Laurent não era reconfortante nem agradável.

– Achei que não iria se sujar com um bárbaro – disse Damen, com cuidado para manter uma voz neutra. Ele estava consciente das batidas de seu coração.

O PRÍNCIPE CATIVO

– E não vou – disse ele. – Mas se desse você a um dos guardas, poderia me rebaixar o suficiente para assistir.

Damen sentiu-se encolher, não conseguindo evitar que a reação tomasse seu rosto.

– Você não gosta dessa ideia? – perguntou Laurent. – Talvez eu possa pensar em uma melhor. Venha cá.

Desconfiança e antipatia por Laurent se revolviam em seu interior, mas Damen se lembrou de sua situação. Em Akielos, ele lutara contra suas amarras, e elas ficaram ainda mais apertadas como resultado. Aqui, ele era apenas um escravo, e uma chance de fuga iria surgir se ele não a arruinasse com orgulho e uma cabeça quente. Ele podia suportar o sadismo juvenil de Laurent. Damen precisava voltar para Akielos, e isso significava que, por enquanto, ele devia fazer o que lhe mandassem.

Ele deu um passo cauteloso à frente.

– Não – disse Laurent, com satisfação. – Rasteje.

Rasteje.

Foi como se tudo tivesse parado ao som daquela única ordem. A parte da mente de Damen que dizia a ele que devia fingir obediência foi afogada por seu orgulho.

Mas sua reação de desprezo e descrença só teve tempo para se registrar em seu rosto por uma fração de segundo, antes que ele fosse empurrado no chão, de quatro, pelos guardas, depois de um sinal mudo de Laurent. No momento seguinte, respondendo mais uma vez a um sinal de Laurent, um dos guardas esmurrou o queixo de Damen. Uma vez, e depois outra. E outra.

Seus ouvidos zuniam. Sangue pingava da sua boca para as

lajotas do chão. Encarou Laurent, obrigando-se, com esforço, a não reagir. A suportar em silêncio. A oportunidade surgiria depois.

Ele moveu o queixo. Não estava quebrado.

– Você foi insolente esta tarde também. Esse é um hábito que pode ser curado. Com um chicote de cavalo. – O olhar de Laurent passou pelo corpo de Damen. As roupas dele tinham se soltado sob as mãos rudes dos guardas, expondo seu tronco. – Você tem uma cicatriz.

Ele tinha duas, mas a que estava visível ficava logo abaixo da clavícula esquerda. Damen sentiu pela primeira vez a excitação do perigo real, o tremular do próprio pulso acelerado.

– Eu... servi no exército. – Não era mentira.

– Então Kastor envia um soldado comum para transar com um príncipe. É isso?

Damen escolheu as palavras com cuidado, desejando ter a facilidade do irmão para a falsidade:

– Kastor queria me humilhar. Imagino que eu... o tenha deixado com raiva. Se ele tinha outro propósito ao me mandar aqui, não sei qual é.

– O rei bastardo se livra de seu lixo jogando-o aos meus pés. Isso deveria me aplacar? – disse Laurent.

– Alguma coisa faria isso? – perguntou uma voz atrás dele.

Laurent se virou.

– Você vê problema em muita coisa, ultimamente.

– Tio – disse Laurent. – Eu não o ouvi entrar.

Tio? Damen experimentou o segundo choque da noite. Se

O PRÍNCIPE CATIVO

Laurent tinha se dirigido a ele como "tio", esse homem cuja forma imponente enchia a porta era o regente.

Não havia qualquer semelhança física entre o regente e seu sobrinho. O regente era um homem majestoso, na casa dos quarenta, grande e com ombros largos. Seu cabelo e sua barba eram castanho-escuros, não tendo nem luzes para sugerir que o louro--claro de Laurent pudesse ter origem no mesmo ramo da árvore genealógica da família.

O regente olhou Damen brevemente de alto a baixo.

– O escravo parece ter infligido ferimentos a si mesmo.

– Ele é meu. Posso fazer com ele o que quiser.

– Não se sua intenção é surrá-lo até a morte. Esse não é o uso adequado para um presente do rei Kastor. Temos um tratado com Akielos, e não vou vê-lo em risco por preconceitos mesquinhos.

– Preconceitos mesquinhos...

– Espero que você respeite nossos aliados, e o tratado, assim como fazemos todos.

– Imagino que o tratado diga que devo me divertir com a escória do exército akielon.

– Não seja infantil. Leve quem quiser para a cama. Mas valorize o presente do rei Kastor. Você já se esquivou de seus deveres na fronteira. Não vai evitar suas responsabilidades na corte. Encontre algum uso apropriado para o escravo. Esta é minha ordem, e espero que você a obedeça.

Por um instante, pareceu que Laurent iria se rebelar, mas ele conteve a reação e disse apenas:

– Sim, tio.

– Agora, venha. Vamos deixar esse assunto para trás. Felizmente fui informado de suas atividades antes que elas progredissem o suficiente para causar sérias inconveniências.

– Sim. Que sorte o senhor ter sido informado. Eu odiaria lhe causar qualquer inconveniência, tio.

Isso foi dito com delicadeza, mas havia algo contido naquelas palavras.

O regente respondeu em tom parecido:

– Ainda bem que estamos de acordo.

A partida deles devia ter sido um alívio, assim como a intervenção do regente no comportamento do sobrinho. Mas Damen se lembrou da expressão nos olhos azuis de Laurent e, embora deixado sozinho, com o resto da noite para descansar sem ser perturbado, ele não podia dizer se a clemência do regente melhorara sua situação ou a piorara.

Capítulo dois

— O REGENTE ESTEVE AQUI ontem à noite? — O homem com os anéis nos dedos saudou Damen sem preâmbulos. Quando Damen assentiu com a cabeça, ele franziu o cenho, e surgiram duas rugas no centro de sua testa.

— Como estava o humor do príncipe?

— Adorável — disse Damen.

O homem dos anéis olhou para ele com uma expressão fechada. Ele relaxou apenas para dar uma ordem rápida para o criado, que estava retirando os restos da refeição de Damen. Em seguida, tornou a falar com Damen:

— Eu sou Radel. Sou o supervisor. Tenho apenas uma coisa para explicar a você. Dizem que, em Akielos, você atacou seus guardas. Se fizer isso aqui, vou drogá-lo como você foi drogado a bordo do navio e fazer com que vários privilégios sejam removidos. Você entende?

— Sim.

Outro olhar, como se sua resposta tivesse sido suspeita.

— É uma honra para você ter entrado para a residência do príncipe. Muitos desejam tal posição. Qualquer que tenha sido sua desgraça em seu próprio país, ela lhe trouxe para uma posição de privilégio aqui. Você devia se ajoelhar em gratidão ao príncipe por isso. Seu orgulho deve ser deixado de lado; e as insignificâncias de sua vida antiga, esquecidas. Você só existe para agradar ao príncipe herdeiro, para quem este país está sendo mantido e governado e que vai subir ao trono como rei.

– Sim – disse Damen, e fez o melhor possível para parecer agradecido e conformado.

Ao acordar, não houvera confusão em relação a onde estava, ao contrário do dia anterior. Sua memória estava muito clara. Seu corpo protestou imediatamente contra os maus-tratos de Laurent, mas, ao avaliar sua situação, Damen não considerou seus ferimentos piores do que os que sofria de vez em quando na arena de treinos, e deixou a questão de lado.

Enquanto Radel falava, Damen ouvia o som distante de um instrumento de corda desconhecido tocando uma melodia veretiana. O som viajava através daquelas portas e janelas com muitas aberturas.

A ironia era que, de certa forma, a descrição de Radel de sua situação como privilegiada estava correta. Aquela não era a cela fétida que ele habitara em Akielos, nem o confinamento a bordo do navio, de lembranças turvas devido à droga. Aquele quarto não era uma cela de prisão, mas parte da residência dos escravizados de estimação reais. A refeição de Damen fora servida em um prato dourado intricadamente decorado com folhagem, e quando soprou a brisa noturna, o aroma delicado de jasmim e jasmim-manga entrou pela janela telada.

O PRÍNCIPE CATIVO

No entanto, aquilo *era* uma prisão. E ele tinha uma coleira com corrente em torno do pescoço e estava sozinho entre inimigos, a muitos quilômetros de casa.

Seu primeiro privilégio foi ser vendado e levado, com escolta completa, para ser lavado e preparado – um ritual que ele aprendera em Akielos. Além de seus aposentos, o palácio permanecia um mistério. O som do instrumento de corda ficou brevemente mais alto, em seguida esvaiu-se em um eco que se perdeu. Uma ou duas vezes ele ouviu o som baixo e musical de vozes. Uma vez, um riso, suave como o de um amante.

Enquanto era levado através dos aposentos dos escravizados de estimação, Damen lembrou que não fora o único akielon dado de presente a Vere, e sentiu uma grande onda de preocupação pelos outros. Os escravizados do palácio de Akielos provavelmente estariam desorientados e vulneráveis, nunca tendo aprendido as habilidades de que precisavam para se defenderem. Será que eles conseguiam ao menos falar com seus mestres? Eles estudavam várias línguas, mas o veretiano não devia ser uma delas. O relacionamento em Vere era limitado e, até a chegada do conselheiro Guion, principalmente hostil. A única razão para Damen ter aprendido essa língua foi porque seu pai insistira que, para um príncipe, saber as palavras do inimigo era tão importante quanto aprender as palavras de um amigo.

A venda foi removida.

Ele nunca iria se acostumar à decoração. Desde o teto em arco até a depressão onde corria a água dos banhos, o aposento era coberto por diminutas lajotas pintadas que reluziam em tons de azul, verde e dourado. Todo o som foi reduzido a ecos vazios e vapor em movimento. Nas paredes, uma série de alcovas curvas para flertes (atualmente vazias) percorria as paredes, e, ao lado de cada uma, havia braseiros de formas fantásticas. As portas treliçadas não eram de madeira, mas de metal. O único instrumento de contenção era uma estrutura com grilhões de madeira absurdamente pesada. Ela não combinava em nada com o resto dos banhos, e Damen tentou não pensar que tinha sido levada para lá especificamente para ele. Ao desviar os olhos daquilo, ele se viu olhando para os entalhes metálicos da porta. Figuras se retorciam em torno umas das outras, todas masculinas. Suas posições não eram ambíguas. Ele voltou os olhos outra vez para os banhos.

– Elas são fontes quentes naturais – explicou Radel, como se falasse para uma criança. – A água vem de um grande rio quente subterrâneo.

Um grande rio quente subterrâneo. Damen disse:

– Em Akielos, usamos um sistema de aquedutos para conseguir o mesmo efeito.

Radel franziu o cenho.

– Imagino que você ache isso muito inteligente. – Ele já estava sinalizando para um dos criados de maneira levemente distraída.

Eles tiraram sua roupa e o lavaram sem amarrá-lo, e Damen se comportou com docilidade admirável, decidido a provar que podiam confiar-lhe pequenas liberdades. Talvez tivesse funcionado, ou talvez Radel estivesse acostumado com escravizados dóceis – um supervisor, não um tratador –, pois ele disse:

– Você vai ficar na banheira. Cinco minutos.

O PRÍNCIPE CATIVO

Degraus curvos desciam sob a água. Sua escolta recuou e ficou do lado de fora. Sua coleira foi solta da corrente.

Damen afundou na água, saboreando a sensação breve e inesperada de liberdade. A água era tão quente que ficava quase no limite da tolerância, mas ainda assim era uma sensação boa. O calor penetrou nele, derretendo a dor dos membros abusados e relaxando os músculos que estavam travados pela tensão.

Ao sair, Radel jogou uma substância nos braseiros que os fez flamejar e fumegar. Quase imediatamente, o cômodo se encheu de um forte aroma adocicado, que se misturou com o vapor. Ele penetrava lentamente nos sentidos, e Damen se sentiu relaxar ainda mais.

Seus pensamentos divagaram um pouco e se moveram na direção de Laurent.

Você tem uma cicatriz. Os dedos de Damen passaram pelo peito molhado, tocaram a clavícula, então seguiram a linha da cicatriz pálida e delicada. Sentia um eco do desconforto que o incomodara na noite anterior.

Tinha sido o irmão mais velho de Laurent quem lhe infligira aquela cicatriz, seis anos antes, na batalha em Marlas. Auguste, o herdeiro e orgulho de Vere. Damen se lembrou de seu cabelo louro-escuro, o brasão com a estrela do príncipe herdeiro em seu escudo salpicado de lama e de sangue, amassado e quase irreconhecível, assim como sua armadura originalmente bela e filigranada. Ele se lembrou do próprio desespero naqueles momentos, o esfregar de metal contra metal, os sons ásperos de respiração que podiam ser dele mesmo, e a sensação de lutar como nunca tinha lutado, com toda a determinação, por sua vida.

Ele afastou a lembrança, só para que ela fosse substituída por outra. Mais sombria que a primeira, e mais antiga. Em algum lugar nas profundezas de sua mente, uma luta ressoava com outra. Os dedos de Damen desceram para baixo da superfície da água. A outra cicatriz dele ficava numa parte mais baixa de seu corpo. Não fora Auguste. Não fora em um campo de batalha.

Kastor o havia ferido em seu aniversário de 13 anos, durante um treinamento.

Ele se lembrava desse dia com muita clareza. Ele tinha atingido Kastor pela primeira vez, e quando tirou o elmo, alegre com o triunfo, Kastor sugeriu que eles trocassem as armas de madeira de treino por espadas de verdade.

Damen se sentiu orgulhoso. Ele pensou: tenho 13 anos e sou um homem; Kastor luta comigo como homem. Kastor não o poupou, e ele se sentiu muito orgulhoso disso, mesmo enquanto o sangue escorria por suas mãos.

Agora ele se lembrava da expressão sinistra nos olhos de Kastor e pensou que tinha se enganado sobre muitas coisas.

– Acabou o tempo – disse Radel.

Damen assentiu. Ele pôs as mãos na borda da banheira. A coleira e as algemas de ouro ridículas ainda adornavam seu pescoço e seus pulsos.

Os braseiros agora estavam cobertos, mas o cheiro de incenso que pairava era um pouco atordoante. Damen afastou a fraqueza momentânea e saiu da banheira quente, escorrendo água.

– Prendam-no – disse Radel, sua voz um pouco rouca.

– Não é preciso... – começou Damen.

O PRÍNCIPE CATIVO

A estrutura de grilhões se fechou em torno de seus pulsos. Era pesada e sólida, tão impossível de mover quanto um rochedo ou o tronco de uma grande árvore. Ele apoiou a testa sobre ela. As mechas molhadas de seu cabelo escureciam o grão da madeira onde a tocavam.

– Eu não estava planejando lutar – disse Damen.

– Fico feliz em ouvir isso – disse Radel.

Damen foi seco; depois untado com óleos aromáticos, o excesso enxugado com um pano. Nada pior do que acontecera com ele em Akielos. Os toques dos criados eram breves e mecânicos, mesmo quando mexiam em seus genitais. Não havia nenhum toque de sensualidade nas preparações como houvera quando Damen fora tocado pela escravizada de cabelo louro nos banhos akielons. Não era a pior coisa que lhe haviam pedido para suportar.

Um dos criados foi para trás dele e começou a preparar a entrada de seu corpo.

Damen se mexeu com tanta força que a madeira rangeu e, às suas costas, ouviu o barulho de um frasco de óleo quebrando sobre as lajotas e o grito de um dos criados.

– Segurem-no – disse Radel, severo.

Eles o soltaram dos grilhões de madeira quando terminaram. Dessa vez, sua docilidade tinha um leve toque de choque, e, por alguns momentos, ele ficou menos consciente do que estava acontecendo à sua volta. Ele se sentiu mudado pelo que acabara de acontecer. E se deu conta de que esse aspecto de seu cativeiro, esse risco, apesar das ameaças de Laurent, não tinha sido real anteriormente.

– Sem pintura – dizia Radel a um dos criados. – O príncipe não gosta. Joias, não. O ouro é adequado. Sim, esses trajes. Não, sem o bordado.

A venda foi apertada em torno de seus olhos. Um momento depois, Damen sentiu dedos com anéis erguendo seu queixo, como se Radel desejasse apenas admirar a imagem de Damen, vendado, com os braços presos às costas.

Radel disse:

– Sim, acho que vai servir.

❖ ❖ ❖

Dessa vez, quando ergueram a venda, foi diante de uma porta dupla, com pesados ornamentos dourados, que foi empurrada e aberta.

O salão estava repleto de cortesãos e arrumado para um espetáculo fechado. Havia estrados com almofadas em cada um dos quatro cantos. O efeito era o de um anfiteatro claustrofóbico coberto de seda. Havia um ar de excitação considerável. Damas e jovens lordes se inclinavam para perto e sussurravam no ouvido uns dos outros ou murmuravam por trás de mãos erguidas. Criados serviam cortesãos, e havia vinho e refrescos, e bandejas de prata cheias de doces e frutas cristalizadas. No centro do salão, havia uma depressão circular com uma série de argolas de ferro presas no chão. O estômago de Damen se revirou. Seu olhar voltou-se para os cortesãos nos estrados.

Não apenas cortesãos. Entre as damas e lordes vestidos de maneira mais sóbria, havia criaturas exóticas usando sedas coloridas

O PRÍNCIPE CATIVO

exibindo nacos de carne, com o rosto bonito coberto de pintura. Havia uma mulher jovem usando quase mais ouro que Damen, dois braceletes em forma de cobra; um jovem deslumbrante de cabelo ruivo com uma grinalda de esmeraldas e uma corrente delicada de prata e peridoto em torno da cintura. Era como se os cortesãos exibissem sua riqueza através de seus escravizados de estimação, como um nobre que cobria de joias uma cortesã já dispendiosa.

Damen viu um homem mais velho nos estrados com uma criança pequena ao seu lado, um braço dominador em torno do menino, talvez um pai que trouxera o filho para ver seu esporte favorito. Ele sentiu um cheiro adocicado, familiar dos banhos, e viu uma dama inalando profundamente de um cachimbo fino e comprido que se enrolava em uma das extremidades; seus olhos estavam semicerrados enquanto ela era acariciada pela escravizada de estimação com joias a seu lado. Por todos os estrados, mãos se moviam lentamente sobre carne em uma dúzia de atos menores de devassidão.

Aquilo era Vere, voluptuosa e decadente, terra do veneno açucarado. Damen se lembrou da última noite em Marlas, antes do amanhecer, com as tendas veretianas do outro lado do rio, belas flâmulas de seda que se erguiam no ar da noite, os sons de risos e superioridade, e o mensageiro que cuspira no chão diante de seu pai.

Damen percebeu que tinha parado na porta quando a corrente em seu pescoço o puxou bruscamente para a frente. Um passo. Outro. Melhor andar que ser arrastado pelo pescoço.

Ele não sabia se devia ficar aliviado ou preocupado quando não o levaram direto para o ringue. Em vez disso, foi jogado no chão diante de uma cadeira coberta de seda azul e com o familiar brasão de estrela em ouro, marca do príncipe regente. Sua corrente foi presa a um elo no chão. Sua visão, quando ergueu os olhos, foi a de uma perna elegante dentro de uma bota.

Se Laurent tinha bebido em excesso na noite anterior, suas maneiras hoje não demostravam nada. Ele parecia refrescado, despreocupado e bonito, com o cabelo dourado reluzente acima de uma roupa de um azul tão escuro que era quase negra. Seus olhos azuis estavam inocentes como o céu; só olhando com atenção se poderia ver algo genuíno neles. Como o desprezo. Damen teria atribuído isso à maldade – imaginando que Laurent quisesse fazê-lo pagar por ter ouvido o diálogo com seu tio na noite anterior. Mas a verdade era que Laurent o encarava daquele jeito desde a primeira vez que pusera os olhos sobre ele.

– Você tem um corte no lábio. Alguém bateu em você. Ah, é mesmo, eu me lembro. Você ficou parado e deixou que ele fizesse isso. Dói?

Ele era pior sóbrio. Damen relaxou deliberadamente as mãos que, presas às suas costas, tinham se transformado em punhos.

– Nós precisamos conversar sobre algo. Sabe, eu perguntei por sua saúde e agora estou perdido em lembranças. Recordo com carinho nossa noite juntos. Você pensou em mim esta manhã?

Não havia boa resposta para essa pergunta. A mente de Damen inesperadamente lhe forneceu uma lembrança dos banhos, do calor da água, do aroma doce do incenso, das nuvens de vapor. *Você tem uma cicatriz.*

– Meu tio me interrompeu justo quando as coisas estavam

O PRÍNCIPE CATIVO

ficando interessantes. Você me deixou curioso. – A expressão de Laurent era sincera, mas ele estava investigando sistematicamente, à procura de fraquezas. – Você fez alguma coisa para que Kastor o odiasse. O que foi?

– Me odiar? – perguntou Damen, erguendo o rosto e ouvindo a reação na voz, apesar da decisão de não se enfurecer. Aquelas palavras tiveram efeito sobre ele.

– Você acha que ele o mandou para mim por amor? O que você fez com ele? Derrotou-o em um torneio? Ou comeu sua amante... qual o nome dela? Jokaste. Talvez – disse Laurent, os olhos se abrindo um pouco – você o tenha deixado depois que ele comeu você.

Essa ideia o revoltou tanto, pegando-o tão desprevenido, que ele sentiu o gosto da bile na garganta.

– *Não.*

Os olhos azuis de Laurent brilharam.

– Então é isso. Kastor monta em seus soldados como se fossem cavalos no pátio. Você cerrou os dentes e aceitou porque ele era rei, ou gostou? De verdade – disse Laurent –, você não imagina como essa ideia me deixa feliz. É perfeita, um homem que o segura enquanto fode você, com um pau igual a uma garrafa e uma barba como a do meu tio.

Damen percebeu que ele tinha fisicamente recuado – a corrente estava esticada. Havia algo obsceno em alguém com um rosto daqueles falando aquelas palavras em tom casual.

Mais coisas desagradáveis foram evitadas com a aproximação de um grupo seleto de cortesãos, diante dos quais Laurent exibiu um semblante angelical. Damen ficou tenso quando reconheceu o conselheiro Guion, vestido com roupas escuras pesadas e o medalhão de conselheiro em volta do pescoço. Pelas palavras breves ditas por Laurent como saudação, ele chegou à conclusão de que a mulher com ar imponente se chamava Vannes e o homem com nariz adunco era Estienne.

– É tão raro vê-lo nesses entretenimentos, alteza – disse Vannes.

– Hoje eu estava com vontade de me divertir – disse Laurent.

– Seu novo escravo de estimação está causando um alvoroço. – Vannes andava ao redor em Damen ao falar. – Ele não é nada como os escravos que Kastor deu a seu tio. Eu me pergunto se sua alteza teve a chance de vê-los. Eles são muito mais...

– Eu os vi.

– Vossa alteza não parece satisfeito.

– Kastor manda uma dúzia de escravos treinados para se infiltrarem nas camas dos membros mais poderosos da corte. Estou exultante.

– Que tipo agradável de espionagem – disse Vannes, se arrumando em uma posição confortável. – Mas o regente mantém seus escravos em uma rédea curta. De qualquer forma, eu duvido muito que nós os vejamos no ringue. Eles não tinham o... élan.

Estienne fungou e puxou seu escravizado de estimação para junto de si, uma flor delicada que parecia capaz de se machucar com o toque de uma pétala.

– Nem todos têm seu gosto por escravos de estimação que podem vencer competições no ringue, Vannes. Eu, por exemplo, fico aliviado ao saber que todos os escravos em Akielos não são

O PRÍNCIPE CATIVO

como este. Não são, são? – perguntou ele, esta última frase de um jeito nervoso.

– Não – falou com autoridade o conselheiro Guion. – Nenhum deles é. Entre a nobreza akielon, o domínio é sinal de *status*. Todos os escravos são submissos. Imagino que isso seja considerado um cumprimento, alteza, ao sugerir que consiga dobrar um escravo forte como esse...

Não. Não era. Kastor estava se divertindo à custa de todo mundo. Um inferno em vida para seu meio-irmão e também um insulto velado a Vere.

– Em relação a sua origem, eles têm lutas na arena com regularidade, com armas, punhal e lança... Eu diria que ele é um lutador de exibição. É realmente bárbaro. Eles não usam praticamente nada durante as lutas de espada, e nos combates de luta livre ficam nus.

– Como escravos de estimação – riu um dos cortesãos.

E a conversa se transformou em fofoca. Damen não ouviu nada de útil, mas também estava com dificuldade para se concentrar. O ringue, com sua promessa de humilhação e violência, prendia a maior parte de sua atenção. Ele pensou: então o regente vigia de perto seus escravos. Isso, pelo menos, já era algo.

– A nova aliança com Akielos não pode agradá-lo, vossa alteza – disse Estienne. – Todo mundo sabe o que pensa desse país. De suas práticas bárbaras. E, é claro, o que aconteceu em Marlas...

O espaço em torno dele, de repente, ficou bem silencioso.

– Meu tio é regente – disse Laurent.

– Vossa alteza faz vinte e um na primavera.

– Então você devia ser tão prudente em minha presença quanto na de meu tio.

– Sim, alteza – disse Estienne, então fez uma breve mesura e se afastou, reconhecendo aquilo como a dispensa que era.

Algo estava acontecendo no ringue.

Dois machos de estimação tinham entrado e se observavam com uma leve cautela, à maneira de competidores. Um era moreno, com olhos amendoados de cílios longos. O outro, para quem a atenção de Damen gravitou naturalmente, era louro, embora seu cabelo não fosse do mesmo tom de ranúnculos amarelos de Laurent – era mais escuro –, e seus olhos não fossem azuis, mas castanhos.

Damen sentiu uma mudança na tensão constante e suave que o acompanhava desde os banhos – desde que ele acordara naquele lugar sobre almofadas de seda.

No ringue, os escravizados de estimação estavam sendo despidos.

– Doce? – ofereceu Laurent. Ele segurou o confeito delicadamente entre o polegar e o indicador, fora de alcance o suficiente para que Damen tivesse de se erguer sobre os joelhos para comê-lo de seus dedos. Damen afastou a cabeça.

– Teimoso – observou Laurent com docilidade e levou a guloseima, em vez disso, aos próprios lábios.

Havia uma variedade de equipamentos em exposição junto do ringue: longas varas douradas, vários grilhões, uma série de bolas de ouro que pareciam brinquedos de criança, uma pequena pilha de guizos de prata, e chicotes longos, seus cabos decorados com fitas e franjas. Era óbvio que as diversões no ringue eram variadas e criativas.

O PRÍNCIPE CATIVO

Mas a que se desenrolava agora à sua frente era mais simples: estupro.

Os escravizados de estimação se ajoelharam com os braços em torno um do outro, e um organizador ergueu uma echarpe vermelha. Então a soltou, e ela flutuou até o chão.

O belo quadro formado pelos escravizados de estimação logo se dissolveu em um confronto arquejante diante dos sons da plateia. Os dois escravizados eram atraentes e levemente musculosos – nenhum possuía a estrutura de um lutador, mas eles pareciam um pouco mais fortes do que algumas das figuras exóticas e esbeltas que se enroscavam em seus mestres na plateia. O moreno foi o primeiro a obter vantagem, mais forte que o louro. Damen se deu conta do que estava acontecendo à sua frente à medida que todos os sussurros que ouvira em Akielos sobre a depravação da corte veretiana começaram a se desenrolar diante de seus olhos.

O moreno estava em cima, e seus joelhos forçavam as coxas do louro a se abrirem. O louro tentava desesperadamente tirá-lo dali, mas não estava funcionando. O moreno segurou os braços do outro atrás das costas e se esforçou sem muita eficiência para tentar montá-lo. Mas então o penetrou, com a mesma suavidade que penetraria uma mulher, embora o louro estivesse lutando. O louro tinha sido...

... preparado...

O louro soltou um grito e tentou derrubar seu captor, mas o movimento apenas fez com que o outro entrasse mais fundo.

Damen afastou os olhos, mas foi quase pior olhar para a plateia. A escravizada de estimação de *lady* Vannes estava sentada com o rosto corado, enquanto os dedos de sua mestra estavam bem ocupados. À esquerda de Damen, o garoto ruivo desamarrou a frente do traje de seu mestre e envolveu com a mão o que encontrou ali. Em Akielos, os escravizados eram discretos; performances públicas eram eróticas sem serem explícitas; os charmes de um escravizado deviam ser desfrutados em particular. A corte não se reunia para ver dois deles trepando. Ali, a atmosfera era quase orgiástica. E era impossível bloquear os sons.

Só Laurent parecia imune. Ele provavelmente estava tão acostumado que aquela exibição não fez sua pulsação sequer se alterar. Ele estava esparramado graciosamente, um pulso equilibrado no braço do assento em seu camarote. A qualquer momento, ele poderia contemplar suas unhas.

No ringue, o espetáculo estava se aproximando de seu ápice. E, a essa altura, era uma performance. Os escravizados de estimação estavam acostumados a se apresentarem para um público. Os sons que o louro estava fazendo haviam mudado de qualidade, e estavam rítmicos, no ritmo das estocadas. O moreno iria cavalgá-lo até o clímax. O louro resistia teimosamente, mordendo o lábio para tentar se segurar, mas com cada estocada forte era levado até mais perto, até que seu corpo estremeceu e se entregou.

O moreno saiu e gozou desordenadamente sobre suas costas.

Damen sabia o que estava por vir, mesmo quando os olhos do louro se abriram, mesmo quando um criado de seu mestre o ajudou a sair do ringue, papaparicou-o todo solícito e lhe presenteou com um brinco comprido de diamante.

O PRÍNCIPE CATIVO

Laurent ergueu os dedos refinados em um sinal previamente combinado com os guardas.

Mãos se fecharam sobre os ombros de Damen. A corrente foi solta de sua coleira, e quando ele não pulou para o ringue como um cachorro solto para a caçada, foi mandado para lá sob a ameaça de uma espada.

– Vocês sempre insistem para que eu ponha um escravo de estimação no ringue – dizia Laurent para Vannes e os outros cortesãos que tinham se juntado a ele. – Achei que era hora de lhes fazer esse agrado.

Não era nada como entrar na arena em Akielos, onde a luta era uma demonstração de excelência e o prêmio era honra. Damen foi solto de seu último grilhão, e tiraram suas roupas, que não eram muitas. Era impossível que aquilo estivesse acontecendo. Ele sentiu outra vez um tipo estranho de tontura nauseante… Sacudindo a cabeça um pouco, precisando clareá-la, ele ergueu os olhos.

E viu seu adversário.

Laurent ameaçara mandar estruprá-lo. E ali estava o homem que faria isso.

Aquele brutamontes não era um escravizado de estimação de jeito nenhum. Com ossos grandes e músculos volumosos, ele era mais pesado que Damen, com uma camada extra de carne por cima dos músculos. Tinha sido escolhido pelo tamanho, não pela aparência. Seu cabelo era uma touca negra e lisa. O peito era uma manta densa de pelos pretos que se estendia até a virilha exposta. O nariz era achatado e quebrado. Sem dúvida não era estranho às lutas, embora fosse difícil imaginar alguém suicida o suficiente para dar um soco no nariz daquele homem. Provavelmente, haviam-no arrancado de alguma companhia de mercenários e dito: lute contra o akielon, foda com ele, e será bem recompensado. Seus olhos estavam frios quando passaram pelo corpo de Damen. Tudo bem, ele era mais leve. Em circunstâncias normais, isso não seria causa de ansiedade. A luta era uma disciplina treinada em Akielos, na qual Damen era excelente e da qual gostava. Mas ele passara dias em um confinamento cruel e, ontem, levara uma surra. Seu corpo estava sensível em alguns lugares e sua pele marrom não escondia todos os hematomas: aqui e ali havia sinais nítidos que mostrariam a um oponente onde apertar.

Ele pensou nisso. Pensou nas semanas desde sua captura em Akielos. Pensou nos espancamentos. Pensou nos grilhões. Seu orgulho se inflamou. Ele não seria estuprado em um salão cheio de cortesãos. Eles queriam ver um bárbaro no ringue? Bom, o bárbaro sabia lutar.

A luta começou, de forma um tanto asquerosa, como começara com os dois escravizados de estimação: de joelhos, com os braços em torno um do outro. A presença de dois homens adultos poderosos no ringue liberou algo na plateia que os escravizados de estimação não haviam conseguido, e gritos de insulto, apostas e especulação lasciva encheram o salão de ruído. Mais perto, Damen podia ouvir a respiração de seu oponente mercenário, podia sentir o cheiro forte e masculino do homem acima do perfume excessivo de rosas em sua própria pele. A echarpe vermelha se ergueu.

O primeiro embate seria o suficiente para quebrar um braço. O homem era uma montanha, e quando Damen enfrentou

O PRÍNCIPE CATIVO

força com força, descobriu, com certa preocupação, que a tontura de antes ainda o acompanhava. Havia algo estranho na maneira como seus membros pareciam... letárgicos...

Não houve tempo para pensar nisso. De repente, polegares procuraram seus olhos. Ele se retorceu. Aquelas partes do corpo que estavam machucadas e sensíveis e que, em um conflito limpo, seriam evitadas, agora deviam ser protegidas a todo custo; seu adversário estava disposto a cortar, rasgar e arrancar seus olhos. E o corpo de Damen, normalmente rígido e liso, estava atualmente vulnerável onde ele fora machucado. O homem contra quem lutava sabia disso. Os golpes fortes que Damen levou foram brutalmente destinados a atingir feridas antigas. Seu oponente era cruel e formidável, e tinha sido orientado a provocar dano.

Apesar de tudo isso, a vantagem inicial foi de Damen. Mais leve e lutando contra aquela tontura estranha, ele ainda possuía habilidade, o que contava para alguma coisa. Ele conseguiu agarrar o homem, mas quando procurou forças para finalizar a luta, encontrou fraqueza em vez disso. O ar foi repentinamente expulso de seus pulmões depois de um golpe direto em seu diafragma. O homem saíra de sua pegada.

Ele conseguiu uma nova vantagem. Jogou todo o peso sobre o corpo do homem e o sentiu tremer. Aquilo exigiu mais dele do que deveria. Os músculos do homem se dobraram embaixo dele, e dessa vez, quando saiu de sua pegada, Damen sentiu uma explosão de dor no ombro. Ele ouviu sua respiração ficar irregular.

Havia algo errado. A fraqueza que sentia não era natural. Outra onda de tontura passou por ele. Então ele se lembrou, de repente, do cheiro demasiadamente adocicado nos banhos... O incenso no braseiro... Uma droga, percebeu, enquanto sua respiração arquejava. Ele havia inalado alguma espécie de droga. Não apenas inalado, mas cozinhara nela. Nada havia sido deixado ao acaso. Laurent agira para garantir o resultado daquela luta.

Houve um ataque repentino e renovado, e ele cambaleou. Levou algum tempo para se recuperar. Ele tentou agarrar o homem, sem sucesso; por alguns minutos, nenhum dos dois conseguiu manter a pegada. Suor brilhava no corpo do seu oponente, tornando mais difícil segurá-lo. O próprio corpo de Damen tinha sido levemente untado de óleo; a preparação do escravizado perfumado dava a ele uma vantagem irônica e não almejada, protegendo momentaneamente sua virtude. Ele pensou que não era o momento para um acesso de riso. Sentiu o hálito quente do homem em seu pescoço.

No segundo seguinte, ele estava de costas, preso, a escuridão ameaçando seu campo de visão enquanto o homem aplicava uma pressão esmagadora sobre sua traqueia, acima da coleira de ouro. Ele sentiu a força do homem contra si. O som da plateia se agitou. O homem estava tentando montá-lo.

Enquanto o homem estocava contra Damen, seu hálito agora saía em grunhidos suaves. Damen lutou sem sucesso, sem força suficiente para sair da pegada do outro. Suas pernas foram abertas à força. Ele procurou desesperadamente alguma fraqueza que pudesse ser explorada, mas não encontrou nenhuma.

Com seu objetivo à vista, a atenção do homem se dividiu entre prendê-lo e penetrá-lo.

O PRÍNCIPE CATIVO

Damen usou toda a força que lhe restava contra a pegada, e a sentiu vacilar... O suficiente para que mudassem um pouco de posição... O suficiente para encontrar uma vantagem... Um braço solto...

Ele jogou o punho para o lado, de modo que a pesada algema de ouro em seu pulso bateu com força na têmpora do homem, fazendo o som repugnante do impacto de uma barra de ferro sobre carne e osso. No momento seguinte, Damen deu continuidade, talvez desnecessariamente, com o punho direito, e jogou seu adversário atordoado e cambaleante no chão.

Ele caiu, a carne pesada desabando parcialmente sobre Damen.

De algum modo, Damen conseguiu se soltar e, instintivamente, abriu distância entre ele e o homem deitado de bruços. Ele tossiu, a garganta dolorida. Quando descobriu que tinha fôlego, começou o processo lento de se erguer sobre os joelhos e, então, ficar de pé. Estupro estava fora de questão. O pequeno espetáculo com o escravizado de estimação louro tinha sido uma grande performance. Nem aqueles cortesãos enfastiados esperariam que ele fodesse um homem inconsciente.

Entretanto, agora ele podia sentir a insatisfação do público. Ninguém queria ver um akielon vencer um veretiano. Muito menos Laurent. As palavras do conselheiro Guion voltaram a ele, de um modo quase louco. E de mau gosto.

Não estava acabado. Não era suficiente lutar entorpecido e ganhar. Não havia como ganhar. Já estava claro que a ordem do regente não se estendia aos divertimentos no ringue. E o que quer que acontecesse agora com Damen iria acontecer com a aprovação da plateia.

Ele sabia o que tinha de fazer. Contra todos seus instintos de rebelião, ele se forçou a cair de joelhos diante de Laurent.

– Eu luto a seu serviço, alteza. – Ele vasculhou sua memória à procura das palavras de Radel e as encontrou. – Eu existo apenas para agradar ao meu príncipe. Que minha vitória se reflita sobre sua glória.

Ele sabia que não devia erguer os olhos. Falou com a maior clareza possível, suas palavras tanto para os espectadores como para Laurent. Tentou parecer o mais respeitoso possível. Exausto e de joelhos, achou que isso não foi difícil. Se alguém o acertasse agora, ele iria cair.

Laurent estendeu um pouco a perna direita, a ponta de sua bota bem torneada se apresentando para Damen.

– Beije – ordenou Laurent.

Todo o corpo de Damen reagiu contra essa ideia; o coração, na caixa torácica, batia forte. Uma humilhação pública substituída por outra. Mas era mais fácil beijar um pé que ser estuprado diante de uma plateia... Não era? Damen baixou a cabeça e apertou os lábios contra o couro macio. Ele se esforçou para fazer aquilo com um respeito sem pressa, como um vassalo poderia beijar o anel de um suserano. Ele beijou apenas a curva do bico. Em Akielos, um escravizado ávido talvez tivesse continuado para cima, beijando o arco do pé de Laurent ou, se fosse ousado, subindo ainda mais, o músculo firme de sua panturrilha.

Ele ouviu o conselheiro Guion:

– O senhor fez milagres. Esse escravo estava completamente incontrolável a bordo do navio.

O PRÍNCIPE CATIVO

– Todo cachorro pode ser posto de joelhos – disse Laurent.

– Magnífico! – Uma voz suave e culta, que Damen não conhecia.

– Conselheiro Audin – disse Laurent.

Damen reconheceu o homem mais velho que vislumbrara mais cedo na plateia, o que estava sentado com o filho ou sobrinho. Sua roupa, embora escura como a de Laurent, era muito elegante. Não, claro, tão elegante quanto a do príncipe. Mas quase.

– Que vitória! Seu escravo merece uma recompensa. Permita-me lhe oferecer uma.

– Uma recompensa – repetiu Laurent, inexpressivo.

– Uma luta como essa, realmente magnífica, mas sem clímax! Permita-me oferecer um escravo de estimação no lugar de sua conquista planejada. Acredito – disse Audin – que estamos todos ansiosos para vê-lo em uma performance de verdade.

O olhar de Damen voltou-se para o escravizado de estimação.

Não estava acabado. *Performance*, pensou, e se sentiu mal.

O menino não era filho do homem. Era um escravizado, adolescente, ainda, com membros finos e sua fase de crescimento ainda distante no futuro. Era óbvio que estava morrendo de medo de Damen. O barrilzinho que era seu peito subia e descia rapidamente. Ele tinha, no máximo, 14 anos. Parecia mais 12.

Damen viu suas chances de voltar a Akielos se extinguirem e morrerem como a chama de uma vela, e todas as portas para a liberdade se fecharem. Obedeça. Siga as regras. Beije o sapato do príncipe. Faça tudo o que agradar a ele. Ele achara mesmo que seria capaz de fazer isso.

Ele reuniu o que lhe restava de forças e disse:

– Podem fazer o que quiserem comigo. Eu não vou estuprar uma criança.

A expressão de Laurent vacilou.

A objeção veio de um lugar inesperado.

– Eu não sou criança – disse o garoto de cara feia. Mas quando Damen olhou incrédulo para ele, o menino imediatamente ficou pálido e pareceu aterrorizado.

Laurent olhou de Damen para o menino, e do menino outra vez para Damen. Estava de cenho franzido, como se alguma coisa não fizesse sentido. Ou não estivesse correndo como ele queria.

– Por que não? – perguntou abruptamente.

– *Por que não?* – disse Damen. – Não compartilho de seu hábito covarde de agredir apenas aqueles que não podem revidar, e não tenho prazer em ferir aqueles mais fracos que eu. – Perturbado, as palavras saíram em sua própria língua.

– Alteza? – perguntou Audin, confuso.

Laurent, por fim, se virou para ele.

– O escravo está dizendo que se você quer o menino inconsciente, cortado ao meio ou morto de medo, vai precisar pensar em outra coisa. Ele recusa o serviço.

Ele se levantou da cadeira de camarote, e Damen foi quase jogado para trás quando Laurent passou por ele, ignorando seu escravizado. Damen o ouviu dizer a um dos criados:

– Mande trazer meu cavalo para o pátio norte. Vou sair para cavalgar.

E então, acabou – finalmente e de maneira inesperada. Na

O PRÍNCIPE CATIVO

ausência de outras ordens, sua escolta o vestiu e o preparou para retornar ao harém. Ele olhou ao redor e viu que o ringue agora estava vazio, embora ele não tivesse reparado se o mercenário havia sido carregado para fora ou se levantara e saíra andando por conta própria. Do outro lado do ringue havia uma trilha fina de sangue. Um criado estava ajoelhado, limpando-a. Damen estava sendo manobrado através de um borrão de rostos. Um deles era *lady* Vannes, que, inesperadamente, se dirigiu a ele.

– Você parece surpreso... Será que estava querendo desfrutar daquele menino, afinal? É melhor se acostumar com isso. O príncipe tem a reputação de deixar os escravos de estimação insatisfeitos. – O riso dela, um glissando baixo, se juntava aos sons de vozes e diversão, enquanto do outro lado do anfiteatro os cortesãos retornavam, praticamente sem nenhum sinal de interrupção, a seu passatempo vespertino.

Capítulo três

Antes que a venda fosse presa no lugar, Damen viu que os homens que o estavam devolvendo a seu quarto eram os mesmos dois que, na véspera, haviam aplicado a surra. Ele não sabia o nome do mais alto, mas ouvindo conversas descobrira que o mais baixo se chamava Jord. Dois homens – era a menor escolta desde sua prisão. Mas vendado e amarrado firmemente, sem falar na exaustão, ele não tinha como tirar vantagem disso. Os grilhões não foram removidos até que ele estivesse outra vez de volta em seu quarto, acorrentado pelo pescoço.

Os homens não saíram. Jord ficou parado, enquanto o homem mais alto fechou a porta consigo mesmo e com Jord no interior. O primeiro pensamento de Damen foi que eles tinham sido mandados para fazer uma reprise de sua performance, mas então viu que eles estavam ali por vontade própria, não seguindo ordens. Isso podia ser pior. Ele esperou.

– Então você gosta de uma luta – disse o homem mais alto. Ao ouvir o tom, Damen se preparou para o fato de que ele talvez fosse encarar mais uma. – Quantos homens foram necessários para botar essa coleira em Akielos?

O PRÍNCIPE CATIVO

– Mais de dois – disse Damen.

Isso não caiu bem. Não com o homem mais alto, pelo menos. Jord segurou seu braço e o deteve.

– Deixe – disse Jord. – Nós não devíamos nem estar aqui.

Jord, embora mais baixo, tinha ombros mais largos. Houve um breve momento de resistência até que o homem mais alto saísse do quarto. Jord permaneceu, sua própria atenção especulativa agora sobre Damen.

– Obrigado – disse Damen com neutralidade.

Jord olhou de volta para ele, obviamente avaliando se devia falar ou não.

– Eu não sou amigo de Govart – disse ele por fim. Damen pensou, a princípio, que Govart fosse o outro guarda, mas entendeu que não era isso quando Jord acrescentou: – Você deve ter vontade de morrer para nocautear o brutamontes favorito do regente.

– O que do regente? – perguntou Damen, apreensivo.

– Govart. Ele foi expulso da guarda real por ser um grande filho da mãe. O regente o mantém por perto. Não tenho ideia de como o príncipe o botou no ringue, mas esse aí faria qualquer coisa para irritar o tio. – Em seguida, ao ver a expressão de Damen: – O quê, você não sabia quem ele era?

Não. Ele não sabia. A compreensão que Damen tinha de Laurent tomou nova forma, de modo que ele pudesse desprezá-lo com mais precisão. Aparentemente, caso um milagre acontecesse e seu escravizado drogado conseguisse vencer o combate no ringue, Laurent obteria um prêmio de consolação. Sem querer,

Damen tinha conseguido para si um inimigo novo. Govart. Não apenas isso, mas derrotar Govart no ringue podia ser tomado como um insulto direto contra o regente. Laurent, ao escolher o adversário com malícia calculada, sabia disso, é claro.

Aquilo era Vere, Damen lembrou a si mesmo. Laurent podia falar como se tivesse sido criado no chão de um bordel, mas ele tinha a mente de um cortesão veretiano, acostumada a engodos e traições. E suas pequenas tramas eram perigosas para alguém tão sob seu poder quanto Damen.

Na manhã do dia seguinte, Radel chegou outra vez para supervisionar o transporte de Damen para os banhos.

– Você teve sucesso no ringue e até prestou um gesto de obediência ao príncipe – disse Radel. – Isso é excelente. E vejo que passou a manhã inteira sem atacar ninguém. Muito bom.

Damen digeriu o cumprimento, então perguntou:

– Com que droga vocês me entorpeceram antes da luta?

– Não houve nenhuma *droga* – disse Radel, parecendo um pouco horrorizado.

– Havia alguma coisa – disse Damen. – Você a botou nos braseiros.

– Aquilo era *chalis*, um divertimento refinado. Não há nada sinistro nele. O príncipe sugeriu que isso talvez o ajudasse a relaxar nos banhos.

– E o príncipe também sugeriu a quantidade? – disse Damen.

– Sim – disse Radel. – Mais que o normal. Afinal, você é bem grande. Eu não teria pensado nisso. A mente dele é muito atenta aos detalhes.

– Sim, estou aprendendo isso.

O PRÍNCIPE CATIVO

Ele pensou que tudo seria igual ao dia anterior: que ele estava sendo levado para os banhos para ser preparado para alguma nova performance grotesca. Mas tudo o que aconteceu foi que os tratadores o banharam, devolveram-no a seu quarto e trouxeram seu almoço em uma travessa. O banho foi mais prazeroso do que no dia anterior. Nada de *chalis*, nada de toques invasivos de sua intimidade, e ele recebeu uma exuberante massagem corporal. Seu ombro foi examinado à procura de qualquer sinal de tensão ou ferimento, e seus hematomas antigos tratados com muita delicadeza.

À medida que o dia passava e absolutamente nada acontecia, Damen teve uma sensação de anticlímax, quase de decepção, o que era absurdo. Era melhor passar o dia entediado sobre almofadas de seda do que o passar no ringue. Talvez ele só quisesse a chance de lutar com alguma coisa. De preferência, um jovem príncipe insuportável de cabelo louro.

Nada aconteceu no segundo dia, nem no terceiro, nem no quarto, nem no quinto; a única coisa que interrompia seus dias era a rotina de refeições e do banho matinal.

Ele usou o tempo para aprender o que pudesse. A troca de guarda à sua porta acontecia em horários intencionalmente irregulares. Os guardas não o tratavam mais como se ele fosse uma peça de mobília, e ele aprendeu vários de seus nomes; a luta no ringue havia mudado alguma coisa. Ninguém mais desobedeceu às ordens e entrou em seu quarto sem instrução, mas uma ou duas vezes um dos homens que cuidava dele lhe dirigiu algumas palavras, embora as conversas tivessem sido breves. Algumas palavras, aqui e ali. Isso foi algo em que ele se esforçou.

Ele era servido por criados que forneciam suas refeições, esvaziavam o penico de cobre, acendiam tochas, apagavam tochas, afofavam e trocavam as almofadas, esfregavam o chão, arejavam o quarto, mas era – até agora – impossível construir um relacionamento com qualquer um deles. Eles eram mais obedientes à ordem de não falar com ele que os guardas. Ou tinham mais medo de Damen. Certa vez, ele conseguiu um olhar assustado e um enrubescer. Isso aconteceu quando Damen, sentado com um joelho erguido e a cabeça repousada contra a parede, ficou com pena do menino que tentava fazer seu trabalho enquanto segurava a porta e disse:

– Está tudo bem. A corrente é muito forte.

As tentativas abortadas que ele fez para obter informação de Radel encontraram resistência e uma série de sermões condescendentes.

Govart, segundo Radel, não era um brutamontes com sanção real. De onde Damen tirara essa ideia? O regente mantinha Govart a seu serviço devido a algum tipo de obrigação, possivelmente com a família de Govart. Por que Damen estava perguntando sobre Govart? Ele não lembrava que estava ali para fazer apenas o que lhe mandassem? Não havia necessidade de fazer perguntas. Não havia necessidade de se preocupar com as idas e vindas do palácio. Ele devia tirar tudo da cabeça, exceto o pensamento de que devia agradar ao príncipe que, em dez meses, seria rei.

A essa altura, Damen tinha decorado o discurso.

◆ ◆ ◆

O PRÍNCIPE CATIVO

Na sexta manhã, a ida aos banhos tinha se tornado rotina, e ele não esperava nada dela. Exceto que, nesse dia, a rotina variou. Sua venda foi removida em frente aos banhos, não dentro deles. O olhar crítico de Radel estava sobre ele, como alguém que examinasse uma mercadoria: ele estava em boas condições? Estava.

Damen se sentiu ser solto de seus grilhões. Ali, do lado de fora. Radel disse rapidamente:

– Hoje, nos banhos, você vai servir.

– Servir? – perguntou Damen. Essa palavra conjurava as alcovas curvas e seu propósito, assim como as figuras em relevo, entrelaçadas.

Não houve tempo para absorver a ideia, nem para fazer perguntas. Assim como fora levado para o ringue, ele foi empurrado para o interior dos banhos. Os guardas fecharam as portas, ficando no exterior, e se transformaram em sombras obscuras por trás do metal treliçado.

Ele não sabia ao certo o que esperava. Talvez um quadro pervertido como o que o recebera no ringue. Talvez escravos de estimação esparramados por todas as superfícies, nus e encharcados de vapor. Talvez uma cena em movimento, corpos já se mexendo, sons delicados ou respingos na água.

Na verdade, os banhos estavam vazios, exceto por uma pessoa.

Ainda intocada pelo vapor, vestida dos pés à cabeça e parada no lugar onde os escravizados eram lavados antes de entrarem na banheira. Quando Damen viu quem era, ergueu instintivamente uma das mãos até a coleira de ouro, sem acreditar completamente que ele estava livre e que eles estavam sozinhos, juntos.

Laurent recostou-se contra a parede de lajotas e apoiou os ombros contra ela. Ele olhou para Damen com uma expressão familiar de antipatia por trás dos cílios dourados.

– Então meu escravo é tímido na arena. Vocês não trepam com garotos em Akielos?

– Eu sou bastante educado. Antes de tomar alguém, primeiro verifico se já tem voz de adulto – disse Damen.

– Você lutou em Marlas?

Damen não reagiu ao sorriso, que não era autêntico. A conversa agora estava no fio da navalha. Ele disse:

– Sim.

– Quantos você matou?

– Não sei.

– Perdeu a conta? – perguntou Laurent de maneira agradável, como alguém poderia perguntar sobre o tempo. – O bárbaro não trepa com garotos. Ele prefere esperar alguns anos e então usar uma espada no lugar do pau.

Damen corou.

– Foi em batalha. Houve mortes dos dois lados.

– Ah, sim. Nós matamos alguns de vocês também. Eu gostaria de ter matado mais, mas meu tio é extremamente clemente com a gentalha. Você o conheceu.

Laurent parecia uma das figuras em relevo do entalhe, exceto que era feito em branco e dourado, não em prata. Damen olhou para ele e pensou: foi neste lugar que você me drogou.

– Você esperou seis dias para me falar sobre seu tio? – perguntou Damen.

O PRÍNCIPE CATIVO

Laurent se rearrumou contra a parede em uma posição que parecia ainda mais indolentemente confortável que a anterior.

– Meu tio viajou para Chastillon. Ele caça javalis. Ele gosta da perseguição. Gosta da matança também. Fica a um dia de cavalgada, e depois ele e seu grupo vão ficar por cinco dias no velho forte. Seus súditos sabem que não devem perturbá-lo com missivas do palácio. Esperei seis dias para que pudéssemos ficar sozinhos.

Os doces olhos azuis se fixaram nele. Era, quando se eliminava o tom açucarado, uma ameaça.

– Sozinhos, com seus homens de guarda nas portas – disse Damen.

– Você vai reclamar de novo que não tem permissão de revidar? – disse Laurent. A voz se adocicou ainda mais. – Não se preocupe. Não vou bater em você a menos que tenha boa razão.

– Eu pareci preocupado? – perguntou Damen.

– Você pareceu um pouco agitado – disse Laurent –, no ringue. Minha parte preferida foi quando você ficou de quatro. Cão. Acha que vou tolerar insolência? Vá em frente, teste minha paciência.

Damen ficou em silêncio; ele podia sentir o vapor, agora, envolvendo calor contra sua pele. Ele podia sentir também o perigo. Ele podia se ouvir. Nenhum soldado falaria daquele jeito com um príncipe. Um escravizado teria ficado de quatro no instante em que visse Laurent na sala.

– Devo lhe contar a parte de que você mais gostou? – perguntou Laurent.

– Não *gostei* de nada.

– Você está mentindo. Você gostou de derrubar o homem e gostou quando ele não levantou. É muito difícil se controlar? Seu pequeno discurso sobre justiça me enganou tanto quanto sua demonstração de obediência. Você percebeu, com qualquer inteligência nativa que possua, que serve a seus interesses parecer tanto civilizado como obediente. Mas se tem uma coisa pela qual você está louco é uma luta.

– E você está aqui para me incitar a uma? – perguntou Damen em uma voz nova que parecia se erguer das profundezas de seu interior.

Laurent se afastou da parede.

– Eu não rolo no chiqueiro com porcos – ele respondeu, tranquilamente. – Estou aqui para me banhar. O quê, eu disse alguma coisa chocante? Venha cá.

Demorou um instante até Damen descobrir que podia obedecer. Assim que entrara nos banhos, ele tinha avaliado a opção de dominar Laurent fisicamente e a descartado. Ele não conseguiria sair vivo do palácio se machucasse ou matasse o príncipe herdeiro de Vere. Ele não chegou a essa decisão sem algum arrependimento.

Ele parou a dois passos de distância. Além da antipatia, ele se surpreendeu ao descobrir que a expressão de Laurent tinha algo de avaliador, assim como algo de presunçoso. Ele esperara bravatas. Sem dúvida havia guardas perto da porta e, a um chamado de seu príncipe, eles provavelmente irromperiam com espadas em punho, mas não havia garantia de que Damen não saísse de controle e matasse Laurent antes que isso acontecesse. Outro homem talvez fizesse isso. Outro homem talvez achasse que a retribuição inevitável – algum tipo de execução pública, acabando com sua cabeça em uma lança – valia a pena pelo prazer de apertar o pescoço de Laurent.

– Tire a roupa – disse Laurent.

A nudez nunca o incomodara. Ele sabia, a essa altura, que ela era proibida entre a nobreza veretiana. Mas mesmo que estivesse preocupado com os costumes veretianos, tudo o que havia a ser visto tinha sido visto, muito publicamente. Ele soltou o broche que prendia seu traje e o deixou cair. Ele não sabia ao certo qual o sentido daquilo. A menos que o sentido fosse provocar aquela sensação.

– Tire a minha roupa.

A sensação se intensificou. Ele a ignorou e se aproximou.

A roupa estrangeira o fez hesitar. Laurent estendeu uma mão friamente peremptória, espalmada para cima, indicando um ponto de partida. Os lacinhos apertados embaixo do pulso de Laurent continuavam até a metade do braço e eram do mesmo azul-escuro da roupa. Desamarrá-los levou vários minutos; os laços eram pequenos, complicados e apertados, e ele tinha de puxar cada um deles individualmente através de seu furo, sentindo a fricção do fio com o material do ilhó.

Laurent baixou um braço, arrastando os cadarços, e estendeu o outro.

Em Akielos, a roupa era simples e mínima, com foco na estética do corpo. Em contraste, as roupas veretianas ocultavam e

C. S. PACAT

pareciam projetadas para frustrar e impedir, sua complexidade não servindo a nenhum propósito óbvio além de dificultar o ato de despir. O ritual metódico de soltar os cadarços fez Damen se perguntar, com escárnio, se os amantes veretianos suspendiam sua paixão por meia hora para se despirem. Talvez tudo o que acontecia naquele país fosse deliberado e indiferente, incluindo o ato de fazer amor. Mas não, ele se lembrou da carnalidade do ringue. Os escravizados de estimação se vestiam de maneira diferente, oferecendo facilidade de acesso, e o ruivo tinha desamarrado apenas a parte da roupa de seu mestre necessária para seu propósito.

Quando todos os vários laços foram desfeitos, ele retirou o traje, que revelou ser apenas uma camada externa. Por baixo havia uma camisa branca simples, também com laços, que não estava visível previamente. Camisa, calça, botas. Damen hesitou.

Sobrancelhas louras se arquearam.

– Eu estou aqui para aguardar a modéstia de um escravo?

Então ele se ajoelhou. As botas deviam ser retiradas; a calça vinha em seguida. Damen se afastou quando terminou. A camisa (agora desamarrada) tinha escorregado um pouco e revelava um ombro. Laurent levou a mão às costas e a tirou. Ele não estava vestindo mais nada.

A forte aversão por Laurent evitou sua reação habitual a um corpo bem formado. Não fosse por isso, ele talvez tivesse experimentado um momento de dificuldade.

Pois Laurent era consistente: seu corpo tinha a mesma graça inacreditável de seu rosto. Ele era de constituição mais delicada que Damen, mas seu corpo não era infantil. Em vez disso,

O PRÍNCIPE CATIVO

possuía a musculatura perfeitamente proporcionada de um jovem à beira da vida adulta, feito para esportes ou estátuas. E era belo, com a pele bonita como a de uma menina, lisa e sem marcas, com um brilho dourado descendo do umbigo.

Naquela sociedade excessivamente vestida, Damen esperava que Laurent demonstrasse alguma vergonha, mas o príncipe parecia tão tranquilamente sem modéstia em relação a sua nudez quanto era em relação a todas as outras coisas. Ele parecia um jovem deus diante de quem um sacerdote estava prestes a fazer uma oferenda.

– Lave-me.

Damen nunca realizara uma tarefa servil em sua vida, mas supôs que aquela não iria devastar seu orgulho nem sua compreensão. Àquela altura, ele conhecia os costumes dos banhos. Mas ele captou um leve senso de satisfação da parte de Laurent, e uma correspondente resistência interna. Era uma forma desconfortavelmente íntima de serviço; ele não estava preso, e eles estavam sozinhos, um homem servindo ao outro.

Todos os apetrechos haviam sido cuidadosamente dispostos: um jarro bojudo, toalhas macias e frascos de óleo e sabão líquido espumante feitos de vidro filigranado, com tampas forradas de prata. O que Damen pegou retratava uma vinha com uvas. Ele sentiu seus contornos sob os dedos enquanto destampava o vidrinho, puxando contra a resistência da sucção. Ele encheu o jarro de prata. Laurent ofereceu as costas.

A pele fina de Laurent, quando Damen derramou água sobre ela, parecia pérola branca. Seu corpo sob o sabão escorregadio não era nada macio nem complacente, mas rígido como um arco elegantemente flexionado. Damen imaginou que Laurent praticasse um daqueles esportes refinados dos quais os cortesãos às vezes desfrutavam, e que os outros participantes deixavam que ele, por ser seu príncipe, vencesse.

Ele continuou dos ombros até a lombar. Os respingos de água molharam seu próprio peito e suas coxas, onde corriam em filetes, deixando para trás gotas suspensas que reluziam e ameaçavam escorrer a qualquer momento. A água respingava quente do chão, assim como quando ele a derramou do vaso de prata. O ar estava quente.

Ele estava consciente daquilo, consciente dos movimentos de seu peito, de sua respiração, de mais que isso. Ele lembrou que em Akielos tinha sido lavado por uma escrava de cabelo louro. A cor dela era tão parecida com a de Laurent que eles podiam ser irmãos. Ela tinha sido muito menos desagradável. Cobrira a distância de centímetros e apertara o corpo contra o dele. Ele se lembrou de seus dedos se fechando ao seu redor, os mamilos macios como fruta machucada comprimindo-se contra seu peito. Ele sentiu uma pulsação no pescoço.

Era um mau momento para perder o controle de seus pensamentos. Ele tinha avançado o suficiente em sua tarefa e encontrara curvas. Elas eram firmes sob suas mãos, e o sabão deixava tudo escorregadio. Ele olhou para baixo, e o pano com que lavava desacelerou. A atmosfera de estufa dos banhos só aumentava a impressão de sensualidade e, por mais que quisesse evitar, Damen sentiu a ereção entre as pernas.

O PRÍNCIPE CATIVO

Houve uma mudança na qualidade do ar, seu desejo de repente era tangível na umidade densa dos banhos.

– Não seja presunçoso – disse Laurent friamente.

– Tarde demais, querido – disse Damen.

Laurent se virou e, com uma precisão calma, deu um tapa com as costas da mão que teria força suficiente para arrancar sangue da boca, mas Damen já se cansara de apanhar, e segurou o pulso de Laurent antes que ele o acertasse.

Eles ficaram imóveis assim por um momento. Damen olhou para o rosto de Laurent – a pele clara um pouco corada pelo calor, o cabelo louro molhado nas pontas e, por baixo dos cílios dourados, os olhos azuis árticos – e, quando Laurent fez um pequeno movimento espasmódico para se libertar, sentiu sua pegada no pulso do outro se apertar.

Damen permitiu que seu olhar descesse – do peito molhado ao abdômen rígido – e seguisse adiante. Era de fato um corpo muito, muito bonito, mas o ultraje frio era autêntico. Laurent não estava nem mesmo um pouco amoroso, percebeu Damen; aquela parte dele, feita com tanta doçura quanto o resto, estava inerte.

Ele sentiu a tensão atingir o corpo de Laurent, embora a voz não mudasse muito de seu tom arrastado.

– Mas minha voz embargou. Esse era o único requisito, não era?

Damen relaxou a pegada, como se estivesse queimando. No momento seguinte, o golpe que ele detivera o acertou, com mais força do que ele poderia ter imaginado, atingindo-o na boca.

– *Tirem-no daqui* – disse Laurent, não mais alto do que seu tom de voz normal, mas as portas se abriram. Eles não estavam nem mesmo fora do alcance dos ouvidos. Damen sentiu mãos sobre ele enquanto era puxado com força para trás.

– Ponham-no na cruz. Esperem por minha chegada.

– Sua alteza, em relação ao escravo, o regente instruiu...

– Você pode fazer o que eu digo ou ir para lá no lugar dele.

Não era nenhuma escolha, com o regente em Chastillon. *Esperei seis dias para que pudéssemos ficar sozinhos.*

Não havia mais mentiras.

– Sim, alteza.

◆ ◆ ◆

Em um momento de desatenção, eles se esqueceram da venda.

O palácio se revelou um labirinto, no qual corredores cruzavam uns com os outros e cada arco emoldurava um aspecto distinto: salas de formas diferentes, escadas com padrões de mármore, pátios pavimentados com lajotas ou cheios de plantas cultivadas. Alguns arcos, fechados com portas com treliças, não ofereciam vistas, apenas indícios e sugestões. Damen foi levado de passagens para salas e para outras passagens. Uma vez, atravessaram um pátio com duas fontes, e ele ouviu o trinado de pássaros.

Ele se lembrou cuidadosamente do caminho. Os guardas que o acompanhavam foram os únicos que viu.

Damen imaginou que devia haver guardas no perímetro do harém, mas quando eles pararam em uma das salas maiores, percebeu que eles haviam saído do perímetro, e ele não tinha sequer percebido onde ficava.

O PRÍNCIPE CATIVO

Ele viu, sentindo seu pulso se alterar, que a arcada no fim daquele aposento emoldurava outro pátio, e que aquele não era tão bem-cuidado quanto os outros, contendo detritos e uma série de objetos irregulares, incluindo algumas placas de pedra bruta e um carrinho de mão. Em um canto, um pilar quebrado estava apoiado contra o muro, criando uma espécie de escada que levava ao teto. O teto intricado, com suas curvas escuras, saliências, nichos e esculturas. Era – claro como a luz do dia – um caminho para a liberdade.

Para não olhar fixamente para aquilo como um idiota lunático, Damen voltou sua atenção outra vez para o local onde estava. Havia serragem no chão. Era algum tipo de área de treinamento. A ornamentação permanecia extravagante. Exceto pelo fato de os ornamentos serem mais velhos e de uma qualidade um pouco mais grosseira, ainda parecia parte do harém. Provavelmente tudo em Vere parecia parte de um harém.

A cruz, dissera Laurent. Ela ficava na extremidade do salão. A viga central era feita de um único tronco reto de uma árvore muito grande. A viga que a cruzava era menos grossa, mas igualmente robusta. Em torno da viga central havia uma faixa acolchoada amarrada. Um criado estava apertando os nós que prendiam o acolchoado à viga, e o encordoamento o lembrou da roupa de Laurent.

O criado começou a testar a força da cruz jogando seu peso contra ela. Ela não se moveu.

Laurent a chamara de cruz. Era um pelourinho para açoites.

Damen exercera seu primeiro comando aos 17 anos, e chicotadas eram parte da disciplina do exército. Como comandante e príncipe, ele não tinha experimentado chibatadas pessoalmente, mas tampouco era algo do qual ele tivesse um medo desproporcional. Era familiar para ele como um castigo duro aos quais os homens, com dificuldade, suportavam.

Ao mesmo tempo, ele sabia que homens fortes não resistiam ao chicote. Homens morriam sob o chicote. Embora – mesmo aos 17 anos – uma morte assim não fosse algo que ele teria permitido sob seu comando. Se um homem não reagisse positivamente à boa liderança e aos rigores da disciplina normal – quando a culpa não era de seus superiores –, ele era dispensado. Um homem desses não devia sequer ter sido aceito.

Provavelmente, não ia morrer. Haveria apenas grande quantidade de dor. A maior parte da raiva que sentia sobre o fato ele destinava a si mesmo. Ele resistira às provocações para a violência exatamente por saber que ia acabar sofrendo as consequências. E agora ali estava, e a única razão para isso era que Laurent, que possuía uma forma agradável, falara por tempo o bastante para que o corpo de Damen se esquecesse de sua disposição.

Damen foi preso à coluna de madeira com o rosto virado, os braços abertos e acorrentados à barra horizontal. Suas pernas ficaram soltas. A posição conferia espaço suficiente para se contorcer, mas ele não faria isso. Os guardas puxaram seus braços e os grilhões, para testá-los, e posicionaram seu corpo, chegando a chutar suas pernas para abri-las. Ele teve de se esforçar para não lutar contra aquilo. Não foi fácil.

Ele não sabia quanto tempo se passara quando Laurent finalmente entrou no aposento. Tempo suficiente para Laurent se secar, se vestir e atar todas aquelas centenas de laços.

O PRÍNCIPE CATIVO

Quando Laurent entrou, um dos homens começou a testar o chicote em suas mãos, com calma, como eles haviam testado o resto do equipamento. O rosto de Laurent tinha a expressão dura e firme de um homem que tomara uma decisão. Ele assumiu uma posição contra a parede à frente de Damen. Daquele ponto, não seria capaz de ver o impacto do chicote, mas veria o rosto do seu escravizado. O estômago de Damen se embrulhou.

Ele teve uma sensação de embotamento nos pulsos e percebeu que tinha inconscientemente começado a forçar seus grilhões. Obrigou-se a parar.

Havia um homem ao seu lado com algo entrelaçado entre os dedos. Ele o estava erguendo até o rosto de Damen.

– Abra a boca.

Damen aceitou o objeto estranho entre os lábios um momento antes de se dar conta do que era: um pedaço de madeira coberto de couro marrom macio. Não era como as mordaças e objetos aos quais fora submetido durante seu cativeiro. Era mais do tipo que se dava a um homem para morder a fim de ajudá-lo a suportar a dor. O homem o amarrou por trás da cabeça de Damen.

Quando o homem com o chicote foi para trás dele, ele tentou se preparar.

– Quantas chicotadas? – perguntou o homem.

– Ainda não tenho certeza – disse Laurent. – Tenho certeza de que vou acabar decidindo. Você pode começar.

O som veio primeiro: o assovio suave de ar, em seguida o estalo, chicote contra carne, uma fração de segundo antes que a dor cortante o atravessasse. Damen forçou os grilhões quando o chicote atingiu seus ombros, obliterando sua consciência de qualquer outra coisa. O clarão de dor mal teve tempo de se dissipar antes que a segunda chicotada o atingisse com força brutal.

O ritmo era implacavelmente eficiente. O chicote caiu repetidas vezes sobre as costas de Damen, variando apenas o lugar onde o atingia. Ainda assim, essa diferença mínima assumiu uma importância crítica, sua mente se aferrando a qualquer esperança de uma fração menor de dor enquanto seus músculos se contraíam e sua respiração se alterava.

Damen se viu reagindo não apenas à dor, mas a seu ritmo, à antecipação doentia do golpe; ele tentava se preparar para ele, mas houve um ponto, conforme o chicote o atingia repetidas vezes por cima das mesmas marcas de açoite, em que isso não era mais possível.

Nesse momento, ele apertou a testa contra a madeira da coluna e apenas... aceitou aquilo. Seu corpo estremeceu contra a cruz. Com todos os nervos e tendões retesados, a dor se espalhava de suas costas e consumia todo seu corpo, então invadia sua mente, que foi deixada sem nenhuma barreira ou compartimento que pudesse contê-la. Ele esqueceu onde estava e quem o estava observando. Estava incapaz de pensar ou sentir qualquer coisa além da própria dor.

Finalmente, os golpes pararam.

Damen levou algum tempo para perceber isso. Alguém estava desamarrando a mordaça e liberando sua boca. Depois disso, Damen retomou a consciência aos poucos: o peito estava arquejante, e o cabelo estava ensopado. Ele relaxou os músculos e testou

O PRÍNCIPE CATIVO

as costas. A onda de dor que o cobriu o convenceu de que era muito melhor ficar imóvel.

Ele pensou que, se seus pulsos fossem soltos dos grilhões, ele iria simplesmente desabar de quatro diante de Laurent. Lutou contra a fraqueza que o fez pensar isso. A volta de sua consciência sobre a presença de Laurent ocorreu no mesmo momento em que ele percebeu que Laurent havia se aproximado – agora estava parado a apenas um passo de distância e o observava com o rosto desprovido de qualquer expressão.

Damen se lembrou dos dedos frios de Jokaste sobre seu rosto machucado.

– Eu devia ter feito isso com você no dia em que chegou – disse Laurent. – É exatamente o que você merece.

– Por que não o fez? – perguntou Damen. As palavras simplesmente saíram de maneira um pouco grosseira. Não restava mais nada para controlá-las. Ele se sentia em carne viva, como se uma camada externa protetora tivesse sido arrancada; o problema era que o que fora exposto não era fraqueza, mas uma estrutura de metal. – Você é frio e calculista e não tem nenhuma honra. O que deteve alguém como você? – Isso foi a coisa errada a dizer.

– Não tenho certeza – disse Laurent com uma voz distante. – Estava curioso sobre que tipo de homem era você. Vejo que paramos cedo demais. De novo.

Damen tentou se preparar antes de outro golpe, e algo em sua mente se despedaçou quando ele não veio imediatamente.

– Alteza, não tenho certeza se ele vai sobreviver a outra série.

– Acho que vai. Por que não fazemos uma aposta? – tornou a

81

falar Laurent naquela voz fria e insípida. – Aposto uma moeda de ouro que ele vive. Se quiser ganhá-la de mim, vai ter de se esforçar.

Perdido para a dor, Damen não sabia dizer por quanto tempo o homem se esforçou, só que ele fez isso. Quando acabou, ele estava muito além de qualquer outra impertinência. A escuridão ameaçava sua visão, e foi necessária toda sua força para impedir que ela o tomasse. Demorou um tempo antes que ele percebesse que Laurent tinha falado, e mesmo então por um período muito longo a voz sem emoção não fez sentido.

– Eu estava no campo de batalha em Marlas – disse Laurent.

Quando assimilou as palavras, Damen sentiu o mundo mudar de forma ao seu redor.

– Eles não me deixaram chegar perto do *front*. Eu nunca tive a chance de enfrentá-lo. Eu costumava me perguntar o que diria a ele se o enfrentasse. O que eu faria. Como qualquer um de vocês ousa dizer a palavra *honra*? Eu conheço seu tipo. Um veretiano que trata um akielon com honra vai ser estripado com a própria espada. Foi seu compatriota que me ensinou isso. Você pode agradecer a ele pela lição.

– *Agradecer a quem?* – Damen fez força para dizer as palavras, apesar da dor. Mas ele sabia.

– Damianos, o príncipe morto de Akielos – disse Laurent.

– O homem que matou meu irmão.

Capítulo quatro

—Ai – disse Damen por entre os dentes cerrados.
— Fique parado – disse o médico.
— Você é um homem grosseiro, intrometido e desajeitado – retrucou Damen na própria língua.
— E fique quieto. Esta é uma sálvia medicinal – disse o médico.

Damen não gostava de médicos. Durante as últimas semanas da doença de seu pai, o quarto do doente se enchera com eles. Eles haviam cantado, murmurado pronunciamentos, jogado ossos de adivinhação no ar e ministrado vários remédios, mas o pai ficara apenas mais doente. Ele se sentia diferente em relação aos pragmáticos cirurgiões de campo que tinham trabalhado incansavelmente junto do exército em campanha. O cirurgião que cuidara dele em Marlas costurara seu ombro com o mínimo de estardalhaço e restringira sua objeção a um cenho franzido quando Damen subiu em um cavalo cinco minutos depois.

Os médicos veretianos não eram do mesmo jeito. Davam advertências para que não se mexesse e infinitas instruções e curativos que eram continuamente trocados. Esse médico usava uma túnica que chegava ao chão e um chapéu em forma de pão.

A sálvia não estava tendo absolutamente nenhum efeito em suas costas que Damen pudesse perceber, embora tivesse um aroma agradável de canela.

Fazia três dias desde as chicotadas. Damen não se lembrava com clareza de ser retirado do tronco onde fora açoitado e devolvido ao seu quarto. As impressões turvas que tinha da jornada lhe asseguravam de ter feito a viagem de pé. A maior parte dela.

Ele se lembrava de se apoiar em dois dos guardas, ali, naquela sala, enquanto Radel olhava horrorizado para suas costas.

– O príncipe... fez mesmo isso?

– Quem mais? – perguntou Damen.

Radel se aproximou e deu um tapa no rosto de Damen; foi um tapa forte, e o homem usava três anéis em cada dedo.

– O que você fez para ele? – perguntou Radel.

Essa pergunta pareceu engraçada para Damen. Isso devia ter transparecido em seu rosto, porque um segundo tapa muito mais forte seguiu-se ao primeiro. A dor momentaneamente limpou a escuridão que pressionava sua visão; Damen aproveitou esse controle maior de sua consciência e se aferrou a ele. Ele jamais havia desmaiado antes, mas aquele era um dia de novidades, e ele não ia arriscar.

– Não deixe que ele morra ainda. – Aquela tinha sido a última coisa dita por Laurent.

A palavra do príncipe era lei. Por isso, pelo pequeno preço da pele de suas costas, houve uma série de vantajosas concessões ao encarceramento de Damen, incluindo a gratificação dúbia de ser apalpado regularmente pelo médico.

O PRÍNCIPE CATIVO

Uma cama substituiu as almofadas do chão, de modo que ele podia se deitar confortavelmente de bruços (para proteger as costas). Ele também recebeu cobertores e vários retalhos de seda colorida, embora devesse usá-los apenas para cobrir a parte inferior do corpo (para proteger as costas). A corrente permanecia, mas em vez de presa a sua coleira, ela estava conectada a uma das algemas de ouro (para proteger suas costas). A preocupação com suas costas também lhe pareceu engraçada.

Ele era banhado com frequência, a pele delicadamente limpa com esponja e água retirada de uma tina. Depois, os criados descartavam a água, que, no primeiro dia, ficou vermelha.

Para a surpresa de Damen, a maior mudança não foi a mobília nem as rotinas, mas a atitude dos criados e dos homens que o vigiavam. Damen esperava que eles reagissem como Radel, com animosidade e ultraje. Em vez disso, havia simpatia por parte dos criados. Dos guardas, havia – o que era ainda mais inesperado – camaradagem. Se a luta no ringue mostrara que Damen era um lutador como eles, ser pulverizado sob o chicote do príncipe tinha aparentemente feito dele um membro da fraternidade. Até o guarda mais alto, Orlant, que ameaçara Damen depois de sua luta, parecia ter começado a gostar um pouco dele. Ao examinar as costas de Damen, Orlant tinha – com bastante orgulho – proclamado o príncipe uma vadia feita de ferro, e deu um tapinha alegre no ombro de Damen, deixando-o momentaneamente pálido.

Por sua vez, Damen teve o cuidado de não fazer nenhuma pergunta que lhe valesse desconfianças. Em vez disso, embarcou em um intercâmbio cultural determinado.

Era verdade que em Akielos eles cegavam aqueles que olhavam para o harém do rei? Não, não era. Era verdade que as mulheres akielons ficavam de seios à mostra no verão? Sim, era. E nas lutas, as pessoas combatiam nuas? Sim. E os escravos também ficavam nus? Sim. Akielos podia ter um rei bastardo e uma rainha prostituta, mas parecia um paraíso para Orlant. Risos.

Um rei bastardo e uma rainha prostituta; o aforismo cru de Laurent tinha, descobriu Damen, entrado no uso comum.

Damen relaxou a mandíbula e deixou passar. A segurança estava relaxando aos poucos, e agora ele sabia uma maneira de sair do palácio. Ele tentou, objetivamente, ver isso como uma troca justa pelas chicotadas (duas séries, lembravam-no com candura suas costas).

Ele ignorou as costas e se concentrou em qualquer outra coisa ou pessoa.

Os homens que o vigiavam eram da Guarda do Príncipe e não tinham nenhuma ligação com o regente. Damen se surpreendeu ao ver quão leais eles eram ao príncipe e como eram diligentes em seu serviço, sem expressar nenhum dos ressentimentos e reclamações que ele teria esperado, levando-se em conta a personalidade nociva de Laurent. Eles abraçavam completamente o conflito de Laurent com o tio; aparentemente, havia grandes discórdias e rivalidades entre a Guarda do Príncipe e a Guarda do Regente.

Tinha de ser seu aspecto o que inspirava essa lealdade nos homens, e não o próprio Laurent. O mais perto que os homens chegavam do desrespeito era uma série de comentários obscenos em relação à aparência de Laurent. A lealdade, aparentemente,

O PRÍNCIPE CATIVO

não impedia que a fantasia de trepar com o príncipe alcançasse proporções míticas.

Era verdade, perguntou Jord, que em Akielos os homens da nobreza mantinham escravas, e as mulheres fodiam com os homens?

– Eles não fazem isso em Vere? – Damen lembrou que, no interior do ringue e fora dele, vira apenas pares do mesmo sexo. Seu conhecimento da cultura veretiana não se estendia a práticas íntimas. – Por que não?

– Ninguém de alta estirpe se expõe à abominação de filhos bastardos – explicou Jord, num tom casual. Fêmeas de estimação eram mantidas pelas damas, machos de estimação eram mantidos por lordes.

– Você quer dizer que homens e mulheres... nunca...

Nunca. Não entre a nobreza. Bom, às vezes, se fossem pervertidos. Era tabu. Bastardos eram uma praga, disse Jord. Mesmo entre os guardas, se você transasse com mulheres, ficava calado em relação a isso. Se engravidasse uma mulher e não se casasse com ela, sua carreira estava terminada. Era melhor evitar o problema, seguir o exemplo da nobreza e trepar com homens. Jord preferia homens. Damen não? Você sabia como eram as coisas com homens. E podia ejacular sem medo.

Damen, sabiamente, se mantinha em silêncio. Sua própria preferência era por mulheres; não parecia aconselhável admitir isso. Nas raras ocasiões em que teve prazer com homens, ele fez isso por estar atraído por eles como homens, não por ter qualquer razão para evitar mulheres ou substituí-las. Veretianos, pensou Damen, tornavam as coisas desnecessariamente complicadas para si mesmos.

Aqui e ali, emergia informação útil. Os escravizados de estimação não eram vigiados, o que explicava a falta de homens no entorno do harém. Eles não eram vistos como escravos, e circulavam à vontade. Damen era a exceção. Isso significava que, se passasse daqueles guardas, era improvável que encontrasse outros.

Aqui e ali, levantava-se o tema de Laurent.

– Vocês já...? – Jord perguntou a Damen, abrindo lentamente um sorriso.

– Entre a luta no ringue e as chicotadas? – retrucou Damen, mal-humorado. – Não.

– Dizem que ele é frígido.

Damen o encarou.

– O quê? Por quê?

– Bom – disse Jord –, porque ele não...

– Quero dizer, por que ele é assim? – disse Damen, interrompendo com firmeza a explicação prosaica de Jord.

– Por que ele é frio como gelo? – Jord deu de ombros.

Damen franziu o cenho e mudou de assunto. Damen não estava interessado nas inclinações de Laurent. Desde a cruz, seus sentimentos em relação ao príncipe haviam se solidificado de uma aversão incômoda a algo duro e implacável.

Foi Orlant que, finalmente, fez a pergunta óbvia:

– Afinal, por que você veio parar aqui?

– Fui descuidado – disse Damen. – Fiz do rei meu inimigo.

– Kastor? Alguém devia foder com aquele filho da puta. Só

O PRÍNCIPE CATIVO

um país de escória bárbara poria um bastardo no trono – disse Orlant. – Sem ofensa.

– Não ofendeu – disse Damen.

◆ ◆ ◆

No sétimo dia, o regente voltou de Chastillon.

A primeira coisa que Damen percebeu foi a entrada em seu quarto de guardas que ele não reconheceu. Eles não estavam usando o uniforme. Tinham capas vermelhas, rugas de disciplina e rostos desconhecidos. A chegada provocou uma discussão acalorada entre o médico do príncipe e um novo homem, que Damen nunca tinha visto antes.

– Acho que ele não devia se mexer – disse o médico do príncipe. Ele estava suando. – As feridas podem abrir.

– Elas parecem cicatrizadas para mim – disse o outro. – Ele pode ficar de pé.

– Eu posso ficar de pé – concordou Damen. Ele demonstrou essa habilidade incrível. Pensou que sabia o que estava acontecendo. Só um homem além de Laurent tinha autoridade para dispensar a Guarda do Príncipe.

O regente entrou no quarto cheio de determinação, ladeado por sua guarda de capas vermelhas e acompanhado por criados uniformizados e dois homens de alta patente. Ele dispensou os dois médicos, que fizeram mesuras e desapareceram. Em seguida, dispensou os criados e todos os outros, menos os dois homens que tinham entrado com ele. A falta de um séquito não diminuiu seu poder. Embora, tecnicamente, ele detivesse o trono apenas por procuração, e fosse tratado pelo mesmo título honorífico de "alteza real" que Laurent, aquele era um homem com a estatura e a presença de um rei.

Damen se ajoelhou. Ele não ia cometer o mesmo erro com o regente que cometera o príncipe. Ele lembrou que tinha recentemente insultado o regente ao derrotar Govart no ringue, o que fora arranjado por Laurent. As emoções que sentia em relação a Laurent emergiram brevemente; no chão ao lado dele, amontoava-se a corrente de seu pulso. Se alguém tivesse lhe dito, seis meses atrás, que ele iria se ajoelhar espontaneamente para a nobreza veretiana, ele teria rido na cara dessa pessoa.

Damen reconheceu os dois homens que estavam acompanhando o regente como o conselheiro Guion e o conselheiro Audin. Os dois usavam o mesmo medalhão pesado em uma corrente de elos grossos: a corrente de seu cargo.

– Testemunhem com seus próprios olhos – disse o regente.

– Este é o presente de Kastor para o príncipe. O escravo akielon – disse Audin, surpreso. No momento seguinte, ele sacou um pedaço quadrado de seda e o levou ao nariz, como se quisesse proteger sua sensibilidade de uma afronta. – O que aconteceu com as costas dele? Isso é uma coisa bárbara.

Era, pensou Damen, a primeira vez que ele ouvia a palavra *bárbaro* usada para descrever alguma coisa que não ele mesmo naquele país.

– É isso o que Laurent pensa de nossas negociações cuidadosas com Akielos – disse o regente. – Eu mandei que tratasse com

O PRÍNCIPE CATIVO

respeito o presente de Kastor. Em vez disso, ele fez com que o escravo fosse chicoteado quase até a morte.

– Eu sabia que o príncipe era obstinado, mas nunca achei que fosse tão destrutivo, tão selvagem – disse Audin em uma voz chocada e abafada pela seda.

– Não há nada selvagem nisso. Este foi um gesto de provocação intencional, destinado a mim e a Akielos. Laurent ia adorar que nosso tratado com Kastor fosse a pique. Ele diz banalidades em público e em particular... faz isso.

– Veja, Audin – disse Guion –, é como o regente nos alertou.

– A falha é profunda na natureza de Laurent. Achei que ele ia crescer e superá-la. Entretanto, ele fica cada vez pior. É preciso fazer algo para discipliná-lo.

– É impossível apoiar essas atitudes – concordou Audin. – Mas o que pode ser feito? Não é possível reescrever a natureza de um homem em dez meses.

– Laurent desobedeceu a minha ordem. Ninguém sabe isso melhor que o escravo. Talvez devêssemos perguntar a ele o que deveria ser feito com meu sobrinho.

Damen não imaginou que ele estivesse falando sério, mas o regente se aproximou e parou bem à sua frente.

– Olhe para cima, escravo – disse o regente.

Damen ergueu os olhos. Ele viu outra vez o cabelo escuro e o aspecto imponente, assim como o leve franzir de testa de insatisfação que, aparentemente, Laurent sempre provocava no tio. Damen se lembrou de pensar que não havia semelhança familiar entre o regente e Laurent, mas agora ele via que isso não era bem verdade. Embora seu cabelo fosse escuro e prateado nas têmporas, o regente tinha olhos azuis.

– Soube que você já foi soldado – disse o regente. – Se um homem desobedecesse a uma ordem no exército akielon, como ele seria punido?

– Ele seria açoitado em público e dispensado – disse Damen.

– Um chicoteamento público – disse o regente, voltando-se para os dois homens que o acompanhavam. – Isso não é possível. Mas Laurent ficou tão incontrolável nos últimos anos que eu me pergunto o que iria ajudá-lo. É uma vergonha que soldados e príncipes respondam a instâncias diferentes.

– Dez meses até sua ascensão... Será que este é um momento sábio para punir seu sobrinho? – Audin perguntou por trás da seda.

– Acham que eu devo deixá-lo fazer o que quiser, acabando com tratados, destruindo vidas? Provocando guerras? Isso é minha culpa. Eu fui leniente demais.

– Você tem meu apoio – disse Guion.

Audin estava assentindo lentamente.

– O conselho vai apoiá-lo quando souber disso. Mas talvez devêssemos discutir o assunto em outro lugar.

Damen viu os homens se retirarem. A paz a longo prazo com Akielos era obviamente algo que o regente estava trabalhando duro para alcançar. A parte de Damen que não desejava destruir a cruz, o ringue e o palácio que os continha reconheceu com relutância que esse objetivo era admirável.

O médico voltou agitado, e criados vieram para deixá-lo

O PRÍNCIPE CATIVO

confortável, então partiram. E Damen foi deixado sozinho em seus aposentos para pensar sobre o passado.

A batalha de Marlas seis anos antes terminara com um sucesso duplo e sangrento para Akielos. Uma flecha akielon, uma flecha de sorte perdida no vento, atingiu o rei veretiano na garganta. E Damen matou o príncipe herdeiro, Auguste, em combate homem a homem no *front* norte.

A batalha virou com a morte de Auguste. As forças veretianas rapidamente entraram em desordem. A morte de seu príncipe foi um golpe atordoante e desalentador. Auguste era um líder amado, um lutador indomável e um símbolo do orgulho veretiano: ele reunira seus homens após a morte do rei; ele liderara o ataque que dizimou o flanco norte akielon; ele tinha sido a ponta na qual onda após onda de guerreiros akielons quebraram.

– Pai, eu posso derrotá-los – dissera Damen. E, depois de receber a bênção do pai, saiu a cavalo de trás das linhas e entrou na luta de sua vida.

Damen não sabia que o irmão mais novo estivera no campo de batalha. Seis anos antes, Damen tinha dezenove. Laurent devia ter... treze, quatorze? Era novo para lutar em uma batalha como Marlas.

E jovem demais para herdar. Com o rei veretiano e o príncipe herdeiro mortos, o irmão do rei assumiu como regente, e seu primeiro ato foi pedir negociações, aceitar os termos de rendição e ceder a Akielos as terras disputadas de Delpha, que os veretianos chamavam de Delfeur.

Era o ato sensato de um homem sensato; em pessoa, o regente parecia similarmente equilibrado e racional, embora atormentado por um sobrinho intolerável.

Damen não sabia por que sua mente estava voltando para o fato da presença de Laurent no campo de batalha naquele dia. Não havia temor de descoberta. Isso ocorrera seis anos antes, e Laurent era um menino que, ele mesmo admitiu, não chegou nem perto do *front*. Mesmo que não fosse o caso, Marlas tinha sido um caos. Qualquer vislumbre de Damen teria sido no início da batalha, quando ele vestia sua armadura completa, incluindo o elmo – ou se, por algum milagre, Laurent o tivesse visto mais tarde, depois que ele perdera o escudo e o elmo, a essa hora Damen estava coberto de lama e sangue e lutava por sua vida como todos os outros.

Mas se ele fosse reconhecido: todo homem e mulher em Vere conhecia o nome de Damianos, assassino do príncipe. Damen sabia como seria perigoso para ele se sua identidade fosse revelada; ele não soubera quão perto a descoberta estivera, e pela pessoa que tinha mais razões para querê-lo morto. Mais um motivo para ele escapar daquele lugar.

Você tem uma cicatriz, dissera Laurent.

◆ ◆ ◆

– O que você disse ao regente? – perguntou Radel. Da última vez que o supervisor olhara para ele desse jeito, levantara a mão e batera em Damen. Com força. – Você me ouviu. O que disse a ele sobre as chicotadas?

O PRÍNCIPE CATIVO

– O que eu devia ter dito a ele? – Damen retribuiu calmamente seu olhar.

– O que você devia ter feito – disse Radel – era mostrar lealdade a seu príncipe. Em dez meses...

– Ele vai ser rei – disse Damen. – Até lá, nós não estamos sujeitos ao governo de seu tio?

Houve uma pausa longa e fria.

– Vejo que você não demorou muito para aprender a se virar por aqui – disse Radel.

– O que aconteceu? – Damen perguntou.

– Você foi chamado à corte – disse Radel. – Espero que consiga andar.

Com isso, um desfile de criados entrou no quarto. Os preparativos aos quais deram início eclipsaram todos os que Damen havia experimentado até então, incluindo aqueles feitos antes da luta.

Ele foi lavado, mimado, enfeitado e perfumado. Eles tomaram cuidado para não tocar suas costas feridas, mas untaram de óleo todo o resto, e o óleo que usaram continha um pigmento dourado, de modo que seus membros brilhavam à luz das tochas como os de uma estátua de ouro.

Um criado chegou com três potes pequenos e um pincel delicado, então aproximou o rosto do de Damen e olhou para seus traços com uma expressão concentrada, o pincel em posição. Os potes continham pintura para seu rosto. Ele não sofria a humilhação de ser pintado desde Akielos. O criado tocou a ponta molhada do pincel em sua pele, usando tinta dourada para delinear os olhos, e Damen sentiu a espessura grossa daquilo nos cílios, bochechas e lábios.

Dessa vez, Radel não disse "Nada de joias", e quatro baús de prata esmaltados foram trazidos ao quarto e abertos. De seu conteúdo reluzente, Radel fez várias escolhas. A primeira foi uma série de fios quase invisíveis, dos quais pendiam rubis pequeninos em intervalos; eles foram entrelaçados no cabelo de Damen. Em seguida, ouro para sua testa e ouro para sua cintura. Então, uma guia, presa à coleira. A guia também era de ouro, uma bela corrente que terminava em uma vara de ouro para seu tratador, o gato esculpido em sua extremidade segurando uma granada na boca. Muito mais daquilo e ele ia fazer barulho ao caminhar.

Mas havia ainda mais. Havia uma peça final, outra bela corrente de ouro presa entre dois dispositivos idênticos de ouro. Damen não reconheceu o que era até que um criado se aproximou e prendeu os grampos de mamilo no lugar.

Ele recuou bruscamente – tarde demais, sem falar que foi preciso apenas um soco em suas costas para fazê-lo ficar outra vez de joelhos. Enquanto seu peito arquejava, a correntinha balançava.

– A pintura está borrada – disse Radel para um dos criados depois de avaliar o corpo e o rosto de Damen. – Aqui. E aqui. Reaplique.

– Achei que o príncipe não gostasse de pintura – disse Damen.

– Ele não gosta.

◆ ◆ ◆

O PRÍNCIPE CATIVO

Era o costume da nobreza veretiana se vestir em esplendor discreto, distinguindo-se das cores vistosas dos escravizados de estimação com quem faziam suas maiores demonstrações de riqueza. Isso significava que Damen, envolto em ouro e escoltado através da porta dupla segurado por uma coleira, não podia ser confundido com nada além de o que era. Ele se destacava na sala abarrotada.

Laurent também. Sua cabeça brilhante era instantaneamente reconhecível. O olhar de Damen se fixou nele. À esquerda e à direita, os cortesãos estavam ficando em silêncio e recuando, abrindo caminho para o trono.

Um tapete vermelho se estendia da porta dupla até o estrado, tecido com cenas de caça, macieiras e uma borda de acanto. As paredes estavam cobertas por tapeçarias, nas quais predominava o mesmo vermelho forte. O trono estava envolto na mesma cor.

Vermelho, vermelho, vermelho. Laurent se destacava.

Damen notou seus pensamentos se dispersarem. A concentração o estava mantendo de pé. Suas costas doíam e latejavam.

Ele afastou à força seu olhar de Laurent e se virou na direção de qualquer que fosse o espetáculo público que estava prestes a se desenrolar. No fim do tapete comprido, o regente estava sentado no trono. Em sua mão esquerda, repousado em seu joelho, ele segurava o cetro dourado do cargo. E, atrás dele, em trajes de Estado completos, estava o Conselho Veretiano.

O Conselho era a sede do poder veretiano. Nos dias do rei Aleron, o papel do Conselho era opinar em questões de Estado. Agora o regente e o Conselho administravam a nação provisoriamente até a ascensão de Laurent. Composto de cinco homens e nenhuma mulher, o Conselho estava posicionado diante de um fundo formidável sobre o estrado. Damen reconheceu Audin e Guion. Um terceiro homem que ele identificou por sua idade muito avançada era o conselheiro Herode. Os outros, portanto, deviam ser Jeurre e Chelaut, embora ele não pudesse saber quem era quem. Todos os cinco usavam seus medalhões em torno do pescoço, a marca de seu cargo.

Também no estrado, parado logo atrás do trono, Damen viu o escravizado de estimação do conselheiro Audin, o garoto, vestido com ainda mais extravagância que Damen. A única razão por que Damen o superava em volume absoluto de ouro era que, sendo várias vezes do tamanho do menino, ele tinha substancialmente mais pele disponível para servir de tela.

Um arauto anunciou o nome de Laurent e todos os seus títulos.

Laurent deu alguns passos à frente e se juntou a Damen e seu tratador conforme eles se aproximavam. Damen estava começando a ver o tapete como um teste de resistência. Não era apenas a presença de Laurent. A série correta de prostrações diante do trono parecia especialmente criada para arruinar uma semana de cura. Finalmente, acabou.

Damen se ajoelhou, e Laurent curvou o joelho na dose necessária.

Dos cortesãos que enchiam a sala, Damen ouviu um ou dois murmurarem comentários sobre suas costas. Ele supôs que, ao lado da tinta dourada, elas parecessem um tanto horríveis. Essa, percebeu ele de repente, era a intenção.

O regente queria disciplinar o sobrinho, e com o Conselho por trás, ele decidira fazê-lo em público.

O PRÍNCIPE CATIVO

Um chicoteamento público, dissera o regente.

– Tio – disse Laurent.

Ao se aprumar, a postura de Laurent estava relaxada, e sua expressão imperturbada, mas havia algo sutil na posição de seus ombros que Damen reconheceu. Era a atitude de um homem se preparando para uma luta.

– Sobrinho – disse o regente. – Acho que você pode adivinhar por que estamos aqui.

– Um escravo pôs as mãos sobre mim e mandei chicoteá-lo por isso – Laurent respondeu calmamente.

– Duas vezes – disse o regente. – Contra minhas ordens. A segunda vez, contrariando o aviso de que poderia levar à morte dele. E quase levou.

– Ele está vivo. O aviso estava incorreto. – Mais uma vez, calmamente.

– Você também foi avisado de minha ordem: que em minha ausência o escravo não devia ser tocado – disse o regente. – Procure em sua memória. Você verá que o conselho foi preciso. Ainda assim, você o ignorou.

– Não sabia que o senhor ia se importar. Sei que não é tão subserviente em relação a Akielos para querer que as ações do escravo ficassem impunes só porque ele é um presente de Kastor.

A compostura de olhos azuis estava impecável. Laurent, pensou Damen com desprezo, falava bem. Ele se perguntou se o regente estava arrependido de fazer aquilo em público. Mas o regente não parecia perturbado, nem mesmo surpreso. Bom, ele devia estar acostumado a lidar com Laurent.

– Posso pensar em várias razões pelas quais você não devia espancar um presente real quase até a morte imediatamente após a assinatura de um tratado. Não só porque eu mandei. Você alega ter administrado um castigo justo, mas a verdade é diferente.

O regente gesticulou, e um homem se aproximou.

– O príncipe me ofereceu uma moeda de ouro se eu chicoteasse o escravo até a morte.

Nesse momento, a simpatia do público se afastou visivelmente de Laurent. Ao perceber isso, o príncipe abriu a boca para falar, mas o regente o impediu.

– Você teve sua chance para se desculpar ou apresentar justificativas razoáveis. Em vez disso, escolheu demonstrar uma arrogância sem arrependimento. Você ainda não tem o direito de cuspir na cara de reis. Com sua idade, seu irmão estava liderando exércitos e trazendo glória para o país. O que você realizou no mesmo tempo? Quando você se esquivou de suas responsabilidades na corte, eu ignorei. Quando você se recusou a cumprir com seu dever na fronteira, deixei que fizesse o que queria. Mas, desta vez, sua desobediência ameaçou um acordo entre nações. O Conselho e eu nos reunimos e concordamos que devemos tomar uma atitude.

O regente falou com uma voz de poder inquestionável que foi ouvida em todos os cantos da sala.

– Suas terras de Varenne e Marche estão confiscadas, junto com todas as tropas e rendas que as acompanham. Você ficará apenas com Acquitart. Pelos próximos dez meses, terá sua renda reduzida e seu séquito diminuído. Você deverá se dirigir a mim

O PRÍNCIPE CATIVO

diretamente para realizar qualquer despesa. Agradeça por permanecer com Acquitart e por nós não termos levado este decreto além disso.

O choque pelas sanções atravessou a assembleia. Havia ultraje em alguns rostos. Mas em muitos outros havia algo silenciosamente satisfeito, e o choque era menor. Nesse momento, ficou óbvio quais cortesãos formavam a facção do regente, e quais a de Laurent. E que a de Laurent era menor.

— Agradeça por permanecer com Acquitart — repetiu Laurent. — Que, por lei, o senhor não pode confiscar e que, além disso, não vem acompanhada por tropas e tem pequena importância estratégica?

— Você acha que me agrada disciplinar meu próprio sobrinho? Nenhum tio age com o coração mais pesado. Assuma suas responsabilidades, vá até Delfeur, mostre-me que tem ao menos uma gota do sangue de seu irmão, e eu devolvo tudo a você.

— Acho que há um velho zelador em Acquitart. Eu devo cavalgar até a fronteira com ele? Nós podíamos dividir a armadura.

— Não seja condescendente. Se você concordasse em cumprir com seu dever, não lhe faltariam homens.

— Por que eu perderia meu tempo na fronteira quando, ao menor gesto de Kastor, o senhor obedece?

Pela primeira vez, o regente pareceu ficar com raiva.

— Você diz que isso é questão de orgulho nacional, mas é incapaz de erguer um dedo para servir a seu próprio país. A verdade é que você agiu por pura maldade, e agora está desdenhando da disciplina. Isso está na sua cabeça. Abrace o escravo para se desculpar, e acabamos com isso.

Abrace o escravo.

A antecipação ficou mais tensa entre os cortesãos reunidos.

Damen foi erguido de pé por seu tratador. Esperando que Laurent se recusasse a obedecer a ordem do tio, ele levou um susto quando, depois de encarar o tio por um longo momento, Laurent se aproximou com uma graça delicada e obediente. Ele prendeu um dedo na corrente que se estendia sobre o peito de Damen e o puxou para a frente por ela. Damen, sentindo o puxão nas pontas gêmeas, fez o que lhe mandavam. Com um distanciamento tranquilo, os dedos de Laurent se envolveram em rubis, inclinando a cabeça de Damen o suficiente para lhe dar um beijo no rosto. O beijo foi insubstancial: nem uma única partícula de ouro se transferiu para os lábios de Laurent no processo.

– Você parece uma prostituta. – As palavras delicadas mal moveram o ar junto do ouvido de Damen, inaudíveis para todos exceto ele.

Laurent murmurou:

– Uma prostituta suja e maquiada. Você se abriu para meu tio do mesmo jeito que se abriu para Kastor?

Damen recuou violentamente, borrando a tinta dourada. Ele encarou Laurent a dois passos de distância, revoltado.

Laurent levou as costas da mão ao rosto, agora marcado de ouro, em seguida se voltou para o regente com os olhos arregalados e uma expressão de inocência ferida.

– Testemunhe por si só o comportamento do escravo. Tio, o senhor está sendo cruelmente injusto comigo. O castigo do escravo na cruz foi merecido; o senhor mesmo pode ver como ele é

O PRÍNCIPE CATIVO

arrogante e rebelde. Por que castiga seu próprio sangue quando a culpa é de Akielos?

Ação e reação. Havia perigo em fazer algo como aquilo em público. E, de fato, houve uma leve mudança de simpatia dentro da assembleia.

– Você diz que o escravo estava errado e merecia punição. Muito bem. Ele a recebeu. Agora você receberá a sua. Até você está sujeito às decisões do regente e do Conselho. Aceite-as com elegância.

Laurent baixou os olhos azuis, se martirizando.

– Sim, tio.

Ele era diabólico. Talvez essa fosse a resposta para como conquistara a lealdade da Guarda do Príncipe; ele simplesmente os manipulava. No estrado, o conselheiro idoso, Herode, estava com o cenho um pouco franzido e olhou para Laurent pela primeira vez com simpatia preocupada.

O regente encerrou os procedimentos, levantou-se e se retirou, talvez para alguma diversão que o aguardasse. Os conselheiros saíram com ele. A simetria da sala se desfez quando os cortesãos saíram de suas posições dos dois lados do tapete e começaram a se misturar mais livremente.

– Você pode me entregar a corrente – disse uma voz agradável, muito próxima.

Damen olhou para olhos azuis límpidos. Ao seu lado, o tratador hesitou.

– Por que a demora? – Laurent estendeu a mão e sorriu. – O escravo e eu nos abraçamos e nos reconciliamos alegremente.

O tratador lhe entregou a guia. Laurent imediatamente esticou a corrente.

– Venha comigo – disse o príncipe.

Capítulo cinco

Foi um pouco de ambição demais de Laurent pensar que poderia se livrar, com facilidade e discrição, de uma reunião da corte da qual sua própria censura fora a peça central.

Damen, levado na ponta da corrente, observou enquanto o progresso de Laurent era impedido repetidas vezes por aqueles que queriam se condoer. Havia a pressão de seda, cambraia e solicitude. Para Damen, não era um alívio, apenas um adiamento. Ele sentia a todo momento a mão de Laurent na corrente, como uma promessa. Damen sentia uma tensão que não era medo. Sob outras circunstâncias, sem guardas ou testemunhas, ele talvez gostasse da oportunidade de ficar sozinho em um quarto com Laurent.

Laurent era, de fato, bom de conversa. Ele aceitava com graça a solidariedade. Expunha sua posição racionalmente. Parava o fluxo da fala quando esta se tornava perigosamente crítica do tio. Ele não disse nada que pudesse ser tomado como um insulto aberto à regência. Ainda assim, ninguém que falasse com ele podia ter qualquer dúvida de que o tio estava se comportando, na melhor das hipóteses, equivocadamente e, na pior delas, de modo traiçoeiro.

C. S. PACAT

Mas mesmo para Damen, que não tinha grande conhecimento da política naquela corte, era significante que todos os cinco conselheiros tivessem saído com o regente. Era um sinal da força comparativa do regente: ele tinha todo o apoio do Conselho. A facção de Laurent, que ficara reclamando na sala de audiências, não havia gostado daquilo. Mas eles não tinham de gostar. Não podiam fazer nada em relação àquilo.

Essa, então, era a hora em que Laurent devia fazer seu melhor para conseguir reunir apoio, não desaparecer em algum lugar para um *tête-à-tête* em particular com seu escravizado.

No entanto, apesar de tudo isso, eles estavam deixando a sala de audiências e seguindo por uma série de pátios internos grandes o suficiente para conter árvores, canteiros geométricos, fontes e trilhas sinuosas. Do outro lado dos pátios, era possível ver vislumbres da celebração; as árvores se mexiam, e as luzes do entretenimento no outro lado brilhavam forte.

Eles não estavam sozinhos. Havia dois guardas seguindo a distância para a proteção de Laurent. Como sempre. E o pátio em si não estava vazio. Eles passaram mais de uma vez por casais passeando pelas trilhas, e uma vez Damen viu um escravizado de estimação e um cortesão se abraçando e se beijando sensualmente em um banco.

Laurent os conduziu até uma pérgula coberta de vinhas. Ao seu lado havia uma fonte e um lago comprido cheio de lírios. Laurent prendeu a corrente de Damen à estrutura de metal do caramanchão, como amarraria um cavalo a um poste. Ele teve de ficar bem perto de Damen para fazer isso, mas não deu sinal de estar incomodado

O PRÍNCIPE CATIVO

com a proximidade. Amarrá-lo não era nada mais que um insulto. Como não era um animal estúpido, Damen era perfeitamente capaz de soltar a corrente. O que o mantinha no lugar não era uma fina corrente dourada que fora enrolada despreocupadamente em torno do metal, mas a guarda uniformizada e a presença de meia corte, e de muitos outros homens além disso, entre ele e a liberdade.

Laurent se afastou alguns passos. Damen o viu erguer a mão até a própria nuca, como se quisesse aliviar a tensão. O príncipe não fez nada por um momento além de ficar parado em silêncio e respirar o ar fresco perfumado pelas flores noturnas. Ocorreu a Damen pela primeira vez que Laurent talvez tivesse as próprias razões para querer fugir da atenção da corte.

A tensão aumentou e irrompeu na superfície quando Laurent se virou outra vez para ele.

– Você não tem um grande senso de autopreservação, tem, bichinho de estimação? Dar com a língua nos dentes com meu tio foi um erro – disse Laurent.

– Porque o senhor foi repreendido? – disse Damen.

– Porque isso vai deixar com raiva todos os guardas que você teve tanto trabalho para cultivar – disse Laurent. – Eles não costumam gostar de escravos que colocam o próprio interesse acima da lealdade.

Esperando um ataque direto, ele não estava preparado para o que chegou indiretamente, pelas bordas. Ele cerrou os dentes e deixou que seu olhar avaliasse a forma de Laurent de alto a baixo.

– O senhor não pode tocar em seu tio, por isso revida onde pode. Não tenho medo. Se há alguma coisa que vai fazer comigo, faça.

– Pobre animal equivocado – disse Laurent. – O que fez você pensar que vim aqui por você?

Damen piscou.

– Mas, afinal – disse Laurent –, talvez eu precise de você para uma coisa. – Ele enrolou a corrente fina uma vez em torno do próprio pulso e, em seguida, com um puxão rápido, arrebentou-a. As duas pontas escorregaram de seu pulso e caíram, penduradas. Laurent deu um passo para trás. Damen olhou confuso para a corrente partida.

– Alteza – disse uma voz.

Laurent disse:

– Conselheiro Herode.

– Obrigado por concordar em se encontrar comigo – começou Herode. Em seguida, ele viu Damen e hesitou. – Perdoe-me. Eu supus que o senhor viria sozinho.

– Perdoá-lo? – disse Laurent.

Um silêncio recaiu em torno das palavras de Laurent. Nele, seu significado mudou. Herode começou:

– Eu... – Então ele olhou para Damen, e sua expressão ficou alarmada. – Isto é seguro? Ele rompeu sua corrente. Guarda!

Houve o som penetrante de uma espada sendo sacada da bainha. Duas palavras. Os guardas abriram caminho até o caramanchão e se colocaram entre Damen e Herode. É claro.

– Sua alteza tem razão – disse Herode com um olhar desconfiado para Damen. – Eu não tinha visto o lado rebelde do escravo. Sua alteza parecia tê-lo sob controle, no ringue. E os escravos dados de presente a seu tio são muito obedientes. Se for às diversões mais tarde, verá com os próprios olhos.

O PRÍNCIPE CATIVO

– Eu já os vi – disse Laurent. Houve um silêncio curto.

– O senhor sabe o quanto eu era próximo de seu pai – disse Herode. – Desde sua morte, eu dediquei minha lealdade totalmente a seu tio. Estou preocupado que, neste caso, isso possa ter me levado a fazer um julgamento equivocado...

– Se está preocupado que minha memória por injustiças cometidas contra mim dure mais que dez meses – disse Laurent –, não precisa ficar ansioso. Tenho certeza de que o senhor pode me convencer de que estava realmente equivocado.

– Talvez possamos dar uma volta no jardim – Herode disse. – O escravo pode aproveitar o banco e descansar seus ferimentos.

– É muita consideração, conselheiro – disse Laurent. Ele se virou para Damen e disse com uma voz derretida: – Suas costas devem doer terrivelmente.

– Estou bem – disse Damen.

– Ajoelhe-se, então – disse Laurent.

Um aperto forte em seu ombro o forçou para baixo; assim que os joelhos de Damen tocaram o chão, uma espada foi erguida até sua garganta para dissuadi-lo de se levantar. Herode e Laurent desapareceram juntos, apenas mais um casal circulando pelas trilhas perfumadas do jardim.

◆ ◆ ◆

A festa do outro lado começou a se derramar no jardim. Sua população crescia constantemente, lanternas foram penduradas e criados começaram a circular com bebidas. O lugar onde Damen tinha ajoelhado permaneceu razoavelmente fora do caminho, mas de vez em quando cortesãos passavam por ele e observavam: Vejam, é o escravo bárbaro do príncipe.

Frustração se enrolou em seu interior como um chicote. Ele estava mais uma vez preso. O guarda era menos indiferente em relação a restringir seus movimentos do que Laurent. Ele foi acorrentado ao caramanchão de metal pela coleira, e dessa vez era uma corrente de verdade, não algo que ele pudesse arrebentar.

Bichinho de estimação, pensou Damen, enojado. Da conversa tensa de Herode com Laurent ele captou a única informação saliente.

Em algum lugar ali dentro, não longe, estavam os outros escravizados akielons.

A mente de Damen voltou-se para eles. Sua preocupação por seu bem-estar persistia, mas sua proximidade levantava questões perturbadoras. Qual era a procedência desses escravos? Eles eram escravos do palácio, treinados por Adrastus e trazidos, como Damen, diretamente da capital? Mantido em confinamento solitário a bordo do navio, Damen ainda não tinha visto os outros escravos, nem eles o haviam visto. Mas se eram escravos do palácio, escolhidos a dedo dentre os melhores que serviam à realeza em Akielos, havia chance de que eles o reconhecessem.

No silêncio que se estendeu sobre o pátio, ele ouviu o tilintar suave de sinos pequenos.

Acorrentado em uma parte obscura do jardim, longe dos divertimentos da corte, apenas por azar um daqueles escravos foi levado até ele.

O PRÍNCIPE CATIVO

No fim de uma corrente, conduzido por um escravo de estimação veretiano. O escravo akielon usava uma versão menor da coleira e das algemas de ouro de Damen. O escravo de estimação veretiano era a fonte dos sinos. Ele usava sinos no pescoço, como se fosse um gato. Usava uma grande quantidade de pintura. E era familiar.

Era o escravo de estimação do conselheiro Audin, o garoto.

Os belos lábios arqueados do menino tomaram a forma de um beijo e ele cuspiu diretamente no rosto de Damen.

– Meu nome é Nicaise – disse ele. – Você não é importante o suficiente para me insultar. Tiraram toda a terra e dinheiro de seu mestre. Mesmo que isso não tivesse acontecido, você é apenas um escravo. O regente me mandou procurar o príncipe. Onde está ele?

– Ele voltou para a sala de audiências – disse Damen. Falar que foi pego de surpresa por Nicaise era pouco. A mentira simplesmente escapou.

Nicaise o encarou. Então ele deu um puxão brutal na guia do escravizado, que foi arrastado para a frente e quase se desequilibrou, como um potro sobre pernas compridas demais.

– Não vou arrastá-lo por aí a noite inteira. Espere aqui por mim. – Nicaise jogou a corrente do escravizado no chão e deu meia-volta, os sinos tinindo.

Damen levou a mão ao rosto molhado. Instantaneamente, o escravo estava de joelhos ao lado dele e uma mão delicada pousou em seu pulso, puxando-a para trás.

– Por favor, permita-me. Isso vai borrar sua pintura.

O escravizado estava olhando diretamente para ele. Damen não percebeu reconhecimento em seu rosto. O escravo simplesmente ergueu a barra de sua túnica e a usou para secar delicadamente o rosto de Damen.

Damen relaxou. Pensou, com um pouco de tristeza, que provavelmente era arrogância sua ter achado que o escravo iria reconhecê-lo. Ele imaginou que parecia bem diferente de um príncipe, com algemas de ouro e pintura dourada, acorrentado a uma pérgula no meio de um jardim veretiano.

Ele também teve certeza de que o escravo não era do palácio de Akielos; Damen o teria notado. Sua aparência chamava atenção. Sua pele era clara, e seu cabelo encaracolado castanho-claro era lustrado de dourado. Ele era exatamente o tipo que Damen poderia ter levado para os lençóis e passado algumas horas agradáveis saboreando.

Os dedos cuidadosos do escravo tocaram seu rosto. Damen sentiu um momento de culpa obscura por ter mandado Nicaise em uma busca infrutífera. Mas ele também estava satisfeito por aquele momento inesperado, sozinho com um escravo de sua terra natal.

– Qual o seu nome? – perguntou Damen com delicadeza.

– Erasmus.

– Erasmus, é bom falar com outro akielon.

Ele estava falando sério. O contraste entre esse escravo reservado e adorável e o rancoroso Nicaise fez com que ele sentisse saudade da simplicidade franca de casa. Ao mesmo tempo, Damen sentiu uma pontada de preocupação pelos escravos akielons. Sua obediência e natureza doce estavam longe de ser um modelo de sobrevivência naquela corte. Damen achou que Erasmus devia ter 18 ou 19 anos, e ainda assim ele seria comido vivo pelo Nicaise de treze. Sem falar em Laurent.

O PRÍNCIPE CATIVO

– Havia um escravo que era mantido drogado e amarrado a bordo do navio – disse Erasmus com hesitação. Desde o início, ele falara em akielon. – Disseram que ele foi dado ao príncipe.

Damen assentiu lentamente, respondendo à pergunta não dita. Além de cachos castanho-claros revoltos, Erasmus tinha o par de olhos cor de mel mais irremediavelmente inocentes que ele já vira.

– Que belo quadro – disse uma voz de mulher.

Erasmus se afastou bruscamente de Damen e se prostrou, apertando a testa contra o chão. Damen permaneceu onde estava. Estar ajoelhado e acorrentado já era submissão demais.

A mulher que falou era Vannes. Ela estava passeando pelas trilhas do jardim com dois nobres. Um dos homens tinha um escravizado de estimação com ele, um jovem ruivo que Damen também reconheceu vagamente do ringue.

– Não parem por nossa causa – disse o ruivo com sarcasmo. Damen olhou de relance para Erasmus, que não tinha se mexido. Era improvável que Erasmus soubesse falar veretiano.

Seu mestre riu.

– Mais um ou dois minutos e talvez os tivéssemos pegado se beijando.

– Será que o príncipe pode ser convencido a fazer com que esse escravo se divirta com outros? – disse Vannes. – Não é sempre que vemos um macho forte se apresentar. Foi uma vergonha tê-lo tirado do ringue antes que ele pudesse montar em alguém.

– Não sei ao certo se gostaria de assistir a ele depois do que vimos esta noite – disse o mestre do ruivo.

– Acho que é mais excitante agora que sabemos que ele é realmente perigoso – disse o ruivo de estimação.

– É uma vergonha que suas costas estejam arruinadas, mas a parte da frente é muito bonita – disse Vannes. – Nós vimos mais dela no ringue, é claro. Em relação ao perigo... O conselheiro Guion sugeriu que ele não foi treinado para desempenhar as funções de um escravo de prazer. Mas o treinamento não é tudo. Ele pode ter um talento natural.

Damen estava em silêncio. Reagir àqueles cortesãos seria loucura; a única atitude possível era ficar quieto e torcer para que eles se entediassem e fossem embora; e era isso o que Damen estava fazendo com determinação quando aconteceu uma coisa que sempre deixaria qualquer situação espetacularmente pior.

– Talento natural? – repetiu Laurent.

Ele se juntou ao grupo de pessoas. Todos os cortesãos fizeram mesuras respeitosas, e Vannes explicou o que estava sendo discutido. Laurent se virou para Damen.

– Então? – disse Laurent. – Você sabe acasalar adequadamente ou apenas mata coisas?

Damen pensou que, se tivesse a escolha entre o chicote e uma conversa com Laurent, talvez ele escolhesse o chicote.

– Ele não fala muito – observou Vannes.

– Isso acontece – disse Laurent.

– Eu ficaria satisfeito em fazer uma performance com ele. – Era o ruivo de estimação. Ele falou ostensivamente com o mestre, mas suas palavras foram transmitidas.

– Ancel, não. Ele poderia machucá-lo.

– O senhor gostaria disso? – disse o garoto de estimação, passando os braços em torno do pescoço de seu mestre. Antes de fazer isso, ele olhou de esguelha para Laurent.

– Não, não gostaria. – Seu mestre franziu o cenho.

Mas era óbvio que a pergunta provocadora de Ancel não tinha sido dirigida para seu mestre, mas para Laurent. O garoto estava querendo obter atenção real. Damen ficou enojado com a ideia do garoto de algum nobre se oferecer para ser machucado na suposição de que isso iria agradar Laurent. Depois pensou em tudo o que sabia de Laurent, e só se sentiu mais enojado, porque, é claro, as suposições do garoto provavelmente estavam corretas.

– O que acha, alteza? – disse Ancel.

– Acho que seu mestre iria preferi-lo intacto – disse Laurent secamente.

– Sua alteza podia amarrar o escravo – disse Ancel.

Foi um testamento à habilidade cultivada de Ancel sua fala ter saído de maneira provocante e sedutora, em vez de o que era, a última tentativa de um arrivista de agarrar e prender a atenção do príncipe.

Quase não funcionou. Laurent pareceu não dar importância aos flertes de Ancel, ficando até entediado por isso. Ele tinha jogado Damen no ringue, mas na atmosfera mergulhada em sexo da arquibancada, o pulso do príncipe não parecera sequer se alterar. Ele estivera singularmente imune à carnalidade do que os veretianos chamavam de "performance", o único cortesão que não era paparicado por um escravizado de estimação.

Dizem que ele é frígido, dissera Jord.

– E que tal algo pequeno, enquanto esperamos pela atração principal? – sugeriu Vannes. – Sem dúvida já passou da hora de o escravo aprender seu lugar.

Damen viu Laurent absorver essas palavras. Viu-o parar e dar toda sua atenção à ideia, revirando a decisão em sua mente.

E a viu tomá-la, quando seus lábios se curvaram e sua expressão ficou dura.

– Por que não? – disse Laurent.

– *Não* – disse Damen com uma palpitação no peito, frustrado ao sentir mãos sobre ele. Lutar de verdade contra guardas armados, diante de testemunhas e no meio de uma corte cheia de gente, era um ato de autodestruição. Mas sua mente e seu corpo se rebelaram e puxaram instintivamente os grilhões.

Uma namoradeira abrigada no interior do caramanchão criava dois semicírculos. Os cortesãos se acomodaram sobre ela, ocupando um dos lados. Vannes sugeriu vinho, e um criado foi mandado com uma bandeja. Um ou dois outros cortesãos se aproximaram e Vannes começou a conversar com um deles sobre a delegação de Patras, que devia chegar em alguns dias.

Damen foi preso ao assento do outro lado, diante deles.

Havia um ar de irrealidade em torno do que estava acontecendo. O mestre de Ancel estava delineando o encontro. O escravizado seria amarrado e Ancel iria usar a boca. Vannes comentou que, como era muito raro que o príncipe concordasse com uma performance, eles deviam fazer o melhor possível. O mestre de Ancel não iria vacilar.

Aquilo ia mesmo acontecer. Damen agarrou o metal do caramanchão. Seus punhos estavam algemados acima da cabeça. Ele

O PRÍNCIPE CATIVO

iria receber prazer para uma plateia veretiana. Ele era provavelmente apenas um de uma dúzia de divertimentos discretos que iriam se desenrolar naquele jardim.

Os olhos de Damen estavam fixos em Ancel. Ele quase disse a si mesmo que aquilo não era culpa do escravo de estimação, só que, em grande parte, era.

Ancel caiu de joelhos e encontrou seu caminho para o interior das roupas do escravizado. Damen olhou para ele e não podia ter se sentido menos excitado. Mesmo nas melhores circunstâncias, o ruivo de olhos verdes não era seu tipo. Ele parecia ter uns 19 anos, e embora não fosse a juventude obscena de Nicaise, seu corpo era delicadamente juvenil. Sua beleza era na verdade cultivada, uma beleza consciente.

Escravo de estimação, pensou Damen. A expressão se encaixava. Ancel afastou o cabelo comprido para um lado e começou sem nenhuma formalidade. Ele tinha prática, e manipulou habilidosamente Damen com a boca e as mãos. Damen se perguntou se devia sentir simpatia ou satisfação, porque Ancel não ia ter seu momento de triunfo: nem mesmo parcialmente duro sob as atenções de Ancel, Damen desconfiava de que não fosse capaz de gozar para o prazer de uma plateia. Se houvesse algo explícito à vista, devia ser a ausência de qualquer desejo por estar onde ele estava.

Houve um leve farfalhar e, frio como a água abaixo dos lírios, Laurent se aproximou e sentou ao seu lado.

– Me pergunto se conseguimos fazer melhor que isso – disse Laurent. – Pare.

Ancel interrompeu seus esforços e olhou para cima, com lábios úmidos.

– É mais fácil ganhar um jogo se você não jogar todas as cartas de uma vez – disse Laurent. – Comece mais devagar.

Damen reagiu às palavras de Laurent com uma tensão inevitável. Ancel estava perto o suficiente para que Damen sentisse seu hálito, uma nuvem quente e focada de calor que girava no lugar, um sussurro sobre a pele sensível.

– Assim? – perguntou Ancel. Sua boca estava a dois centímetros de seu destino, e as mãos subiram delicadamente pelas coxas de Damen. Seus lábios úmidos se entreabriram. Damen, contra sua vontade, reagiu.

– Assim – disse Laurent.

– Devo? – disse Ancel, inclinando-se para a frente.

– Não use a boca, ainda – disse Laurent. – Só a língua.

Ancel obedeceu. Passou a língua pela cabeça, um toque evasivo, uma mera sugestão. Sem pressão suficiente. Laurent estava observando o rosto de Damen com a mesma atenção cerebral que poderia aplicar a um problema estratégico. A língua de Ancel pressionou a ranhura.

– Ele gosta disso. Faça com mais força – disse Laurent.

Damen xingou, uma única palavra em akielon. Sem conseguir resistir à sedução delicada que era aplicada em sua carne, seu corpo estava despertando e começando a ansiar por ritmo. A língua de Ancel se envolvia preguiçosamente em volta da cabeça.

– Agora lamba-o. Inteiro.

As palavras calmas antecederam uma lambida longa e quente,

O PRÍNCIPE CATIVO

molhada desde a base até a ponta. Damen podia sentir as coxas se contraírem, então se abrirem suavemente; a respiração se acelerou no peito. Ele queria sair de seus grilhões. Houve um som metálico quando ele puxou as algemas com as mãos em punhos. Ele se virou na direção de Laurent.

Foi um erro olhar para ele. Mesmo nas sombras do final da tarde, Damen pôde ver a posição relaxada do corpo de Laurent, a perfeição marmórea de seus traços. E a despreocupação distante com a qual olhava para Damen, sem se importar em baixar os olhos para a cabeça de Ancel, que se movia.

Se você acreditasse na Guarda do Príncipe, Laurent era uma cidadela inexpugnável e não tomava nenhum amante. Naquele momento, ele dava a impressão de uma mente um tanto envolvida e um corpo totalmente distante, intocado pelo ardor. A imaginação grosseira da Guarda do Príncipe tinha uma semente de plausibilidade.

Por outro lado, o Laurent distante e intocado estava naquele momento proferindo um tratado preciso sobre felação.

E Ancel obedecia às instruções. Sua boca fazia o que lhe diziam. Os comandos de Laurent eram preguiçosos, sem pressa, e ele tinha a prática refinada de suspender seu envolvimento no momento em que eles começavam a ficar interessantes. Damen estava acostumado a ter prazer nos seus termos, tocando onde queria, provocando respostas de seus parceiros à vontade. A frustração aumentava à medida que a gratificação era cruelmente contida. Ele estava tomado inteiramente por uma sensação frustrante, o ar frio sobre sua pele quente, a cabeça em seu colo apenas uma parte de um todo que incluía a consciência de onde ele estava e quem estava sentado ao seu lado.

– Agora tudo – disse Laurent.

Damen sentiu a respiração sair do peito de modo chocante com o primeiro mergulho longo e molhado em seu pau. Ancel não conseguia pôr tudo na boca, embora sua garganta fosse sofisticadamente treinada, sem reflexo de vômito. A ordem seguinte de Laurent foi com um tapa no ombro, e Ancel recuou obedientemente para não fazer mais do que sugar a cabeça.

Agora, Damen podia ouvir o som da própria respiração, mesmo acima do clamor de sua carne. Embora sem uma atenção rítmica, um prazer difuso estava começando a se aglutinar em algo mais urgente; ele pôde sentir a mudança, a orientação de seu corpo na direção do clímax.

Laurent descruzou as pernas e se levantou.

– Termine com ele – ordenou Laurent casualmente e, sem olhar para trás, dirigiu-se aos outros cortesãos para fazer observações sobre o tema em discussão, como se não tivesse nenhuma necessidade especial de ver a conclusão, já que ela era inevitável.

A imagem de Ancel absorvendo sua ereção juntou-se em seus pensamentos fragmentados ao desejo repentino e duro de pôr as mãos no corpo de Laurent e obter vingança – tanto por suas ações como por sua ausência petulante. O orgasmo rolou como chamas por uma superfície quente, despejando a semente que foi profissionalmente engolida.

– Um pouco lento no início, mas um clímax bem satisfatório – disse Vannes.

O PRÍNCIPE CATIVO

Damen foi solto da namoradeira e empurrado para o chão de joelhos. Laurent estava sentado em frente com as pernas cruzadas. Os olhos de Damen se fixaram nele e não olharam para mais nenhum lugar; sua respiração ainda era perceptível, e seu pulso estava rápido, mas a raiva produzia os mesmos efeitos.

O som musical de sinos invadiu a reunião. Nicaise a interrompeu sem nenhum sinal de deferência às pessoas de maior posto.

– Estou aqui para falar com o príncipe – disse Nicaise.

Laurent levantou os dedos delicadamente, e Vannes, Ancel e os outros viram isso como um sinal para fazer uma breve mesura e partir.

Nicaise parou em frente ao banco e encarou Laurent com uma expressão de hostilidade. Laurent, de sua parte, estava relaxado, com um braço estendido em cima das costas do banco.

– Seu tio quer vê-lo.

– Ele quer? Vamos deixá-lo esperando.

Um par de olhos desagradáveis encarou outro. Nicaise se sentou.

– Não me importo. Quanto mais você esperar, em mais problemas vai se meter.

– Bom, desde que você não se importe – disse Laurent. Ele parecia estar se divertindo.

Nicaise ergueu o queixo.

– Vou dizer a ele que você esperou de propósito.

– Pode fazer isso, se quiser. Eu só imaginei que ele fosse adivinhar, mas você pode poupá-lo do esforço. Já que estamos esperando, devo pedir uma bebida? – Ele gesticulou para o último criado com uma bandeja que se retirava, e o homem se aproximou. – Você bebe vinho, ou ainda não tem idade?

– Tenho treze. Eu bebo quando quiser. – Nicaise escarneceu da bandeja, e empurrou-a com tanta força que ela quase se desequilibrou. – Eu não vou beber com você. Não precisamos começar a fingir educação.

– Não? Muito bem: acho que são quatorze agora, não?

Nicaise ficou vermelho sob a pintura.

– Foi o que pensei – disse Laurent. – Você pensou no que vai fazer depois? Se conhece os gostos de seu mestre, você tem um ano, no máximo. Em sua idade, o corpo começa a se trair. – Em seguida, reagindo a algo no rosto do garoto: – Ou isso já começou?

O vermelho ficou estridente.

– *Isso não é da sua conta.*

– Você tem razão, não é – disse Laurent.

Nicaise abriu a boca, mas Laurent prosseguiu antes que ele conseguisse falar.

– Farei uma oferta por você, se quiser. Quando chegar a hora. Eu não vou querê-lo em minha cama, mas você teria os mesmos privilégios. Você talvez prefira isso. Eu faria uma oferta.

Nicaise piscou, então o olhou com desprezo.

– Com o quê?

Laurent exalou com bom humor.

– Sim, se eu ainda tiver alguma terra, talvez tenha de vendê-la para comprar pão, que dirá escravos de estimação. Nós dois vamos ter de navegar os próximos dez meses na ponta dos dedos.

– Não preciso de você. Ele prometeu. Ele não vai abrir mão de mim. – A voz de Nicaise saiu presunçosa e satisfeita consigo mesma.

O PRÍNCIPE CATIVO

– Ele desiste de todos – disse Laurent. – Mesmo que você seja mais empreendedor do que os outros.

– Ele gosta mais de mim que dos outros. – Um riso de escárnio. – Você está com ciúme. – Então foi a vez de Nicaise reagir a algo que viu no rosto de Laurent, e ele disse, com um horror que Damen não entendeu: – *Você vai dizer a ele que me deseja.*

– Oh – disse Laurent. – Não, Nicaise... Não. Isso iria acabar com você. Eu não faria isso.

Então sua voz pareceu quase cansada:

– Talvez seja melhor que você ache que eu faria isso. Você tem uma cabeça boa para estratégia, para ter pensado nisso. Talvez você o segure por mais tempo que os outros.

Por um momento, pareceu que Laurent ia dizer mais alguma coisa, mas no fim ele apenas se levantou do banco e estendeu a mão para o garoto.

– Venha. Vamos. Você pode me ver levar uma bronca do meu tio.

Capítulo seis

—Seu mestre parece bom – disse Erasmus.
— Bom? – disse Damen.

Foi difícil pronunciar a palavra, que arranhou sua garganta à medida que ele forçou sua saída. Ele olhou para Erasmus sem acreditar. Nicaise saíra junto com Laurent, deixando Erasmus para trás, sua guia esquecida no chão ao lado de onde estava ajoelhado. Uma brisa suave agitou seus cachos louros, e acima deles a folhagem se moveu como um toldo de seda negra.

— Ele se preocupa com seu prazer – explicou Erasmus.

Levou alguns instantes para que essas palavras se conectassem a seu significado correto, e, quando fizeram isso, uma risada impotente foi a única resposta. As instruções precisas de Laurent e seu resultado inevitável não tinham boa intenção, mas o oposto. Não havia como explicar a mente tranquila e intricada de Laurent para o escravo, e Damen não tentou.

— O que foi? – disse Erasmus.

— Nada. Conte-me. Eu queria notícias suas e dos outros. Como estão as coisas para você, tão longe de casa? Você é bem tratado por seus mestres? Eu tenho curiosidade... Você entende a língua deles?

O PRÍNCIPE CATIVO

Erasmus sacudiu a cabeça para a última pergunta.

– Eu... Eu tenho alguma habilidade com patrano e os dialetos do norte. Algumas palavras são parecidas. – Ele disse algumas delas de maneira vacilante.

Erasmus falava veretiano bem o bastante; não foi isso o que fez Damen franzir o cenho. As palavras que Erasmus conseguira decifrar do que tinha sido dito a ele eram: *Silêncio. Ajoelhe-se. Não se mexa.*

– Eu falei errado? – disse Erasmus, interpretando equivocadamente a expressão.

– Não, você falou bem – disse Damen, embora sua consternação permanecesse. Ele não gostou da escolha das palavras. Não gostou da ideia de que Erasmus e os outros ficavam duplamente impotentes pela incapacidade de falar ou de entender o que estava sendo dito ao seu redor.

– Você... não tem as maneiras de um escravo palaciano – disse Erasmus com hesitação.

Isso era dizer pouco. Ninguém de Akielos confundiria Damen com um escravo de prazer; ele não tinha as maneiras nem o físico. Damen olhou pensativamente para Erasmus, perguntando-se o quanto dizer.

– Eu não era escravo em Akielos. Fui mandado para cá por Kastor como punição – disse ele depois de algum tempo. Não fazia sentido mentir sobre essa parte.

– Punição – repetiu Erasmus. Seu olhar baixou para o chão. Todos os seus modos mudaram.

Damen perguntou:

– Mas você foi treinado no palácio? Quanto tempo passou lá?
– Ele não sabia por que nunca vira aquele escravo antes.

Erasmus tentou um sorriso, animando-se depois do que quer que o houvesse desalentado.

– Sim. Eu... Mas eu nunca vi o palácio principal. Eu estava treinando minhas habilidades quando fui escolhido pelo guardião para vir para cá. E meu treinamento em Akielos foi muito rígido. Eles estavam... na verdade...

– Na verdade...? – encorajou Damen.

Erasmus corou e disse com uma voz muito delicada:

– Caso ele me achasse agradável, eu estava sendo treinado para o príncipe.

– Estava mesmo? – perguntou Damen com algum interesse.

– Por causa da cor de meu cabelo. Não dá para ver nessa luz, mas na luz do sol meu cabelo é quase louro.

– Eu posso ver a essa luz – disse Damen.

Ele podia ouvir a aprovação saturando a própria voz. Ele sentiu isso alterar a dinâmica entre eles. Foi como se ele tivesse dito *Bom garoto.*

Erasmus reagiu às palavras como uma flor se inclinando na direção da luz do sol. Não importava que ele e Damen estivessem tecnicamente no mesmo nível. Erasmus era treinado para responder a força, para ansiar por ela e se submeter a ela. Seus membros repentinamente se rearrumaram, um rubor se espalhou por seu rosto, e seus olhos caíram para o chão. Seu corpo se transformou em súplica. A brisa brincava irresistivelmente com um cacho que caíra sobre sua testa.

O PRÍNCIPE CATIVO

Na voz mais baixa e delicada, ele disse:

– Este escravo está abaixo de sua atenção.

Em Akielos, a submissão era uma arte, e o escravizado era um artista. Agora que estava mostrando sua forma, era possível ver que Erasmus com certeza era a joia dos escravizados enviados de presente para o regente. Era ridículo vê-lo arrastado de um lado para outro por uma coleira como um animal contrariado. Era como possuir um instrumento delicadamente afinado e usá-lo para quebrar conchas. Um uso errado.

Ele devia estar em Akielos, onde seu treinamento seria celebrado e valorizado. Mas ocorreu a Damen que Erasmus podia ter tido sorte por ter sido escolhido para o regente, sorte por nunca ter chamado a atenção do príncipe Damianos. Damen viu o que acontecera com seus escravizados pessoais mais próximos. Eles foram mortos.

Ele tentou expulsar à força a lembrança da mente e voltar a atenção para o escravo à sua frente.

– E seu mestre é bom? – Damen perguntou.

– Um escravo vive para servir – disse Erasmus.

Era uma frase feita que seguia uma fórmula e não significava nada. O comportamento dos escravos era rigidamente restrito. Por isso, o que não era dito frequentemente tinha mais importância do que o que era. Damen já estava franzindo levemente o cenho quando arriscou olhar para baixo.

A túnica que Erasmus usava tinha sido levemente desarrumada quando ele a usara para limpar o rosto de Damen, e ele não tivera oportunidade de ajeitá-la. A barra subira o suficiente para

127

revelar o topo de sua coxa. Erasmus, ao ver a direção do olhar de Damen, rapidamente puxou o tecido para baixo para se cobrir, esticando-o o máximo possível.

– O que aconteceu com sua perna? – perguntou Damen.

Erasmus ficara branco como marfim. Ele não queria responder, mas iria se forçar a fazê-lo, porque tinham feito a ele uma pergunta direta.

– Qual o problema?

A voz de Erasmus mal era audível. Suas mãos apertavam a barra da túnica.

– Estou com vergonha.

– Mostre-me – disse Damen.

Os dedos de Erasmus se afrouxaram, trêmulos, em seguida lentamente levantaram o tecido. Damen olhou para o que tinha sido feito. Para o que tinha sido feito três vezes.

– O regente fez isso? Fale abertamente.

– Não. No dia em que chegamos, houve um teste de obediência. Eu falhei.

– Esse foi seu castigo por falhar?

– Este foi o teste. Ordenaram que eu não emitisse nenhum som.

Damen já tinha visto a arrogância e a crueldade veretiana. Ele sofrera insultos veretianos, passara pela dor do chicote e a violência do ringue. Mas ele não conhecera raiva até agora.

– Você não falhou – disse Damen. – O fato de ter se esforçado prova sua coragem. O que pediram de você era impossível. Não há vergonha no que aconteceu.

O PRÍNCIPE CATIVO

Exceto para as pessoas que tinham feito aquilo. Havia vergonha e desgraça sobre todos eles, e Damen iria responsabilizá-los pelo que tinham feito.

Ele disse:

– Conte-me tudo o que aconteceu com você desde que saiu de Akielos.

Erasmus falou sem rodeios. A história era perturbadora. Os escravizados tinham sido transportados a bordo do navio em jaulas no convés inferior. Tanto tratadores como marinheiros tomaram liberdades. Uma das mulheres, temendo pela falta de acesso a algum dos meios habituais de prevenir a gravidez, tentou comunicar o problema aos tratadores veretianos, sem perceber que, para eles, filhos ilegítimos eram um horror. A ideia de que pudessem estar enviando uma escravizada para o regente com o bastardo de um marinheiro crescendo na barriga fez com que eles entrassem em pânico. O médico do navio deu a ela alguma espécie de preparado que induziu suores e náusea. Preocupado que não fosse suficiente, sua barriga foi espancada com pedras. Isso antes de atracarem em Vere.

Em Vere, o problema foi o desprezo. O regente não levara nenhum dos escravizados para a cama. O regente era uma figura em grande parte ausente, ocupado com questões de Estado, servido por escravizados de estimação de sua própria escolha. Os escravizados foram deixados a seus tratadores e aos caprichos de uma corte entediada. Lendo nas entrelinhas, Damen percebeu que eles eram tratados como animais, sua obediência um truque de salão, e os "testes" pensados pela corte sofisticada, que os escravizados se esforçavam para realizar, eram em alguns casos verdadeiramente sádicos, como o que acontecera com Erasmus. Damen se sentiu enojado.

– Você deve ansiar por liberdade mais que eu – disse Damen. A coragem do escravo fez com que sentisse vergonha.

– Liberdade? – perguntou Erasmus, parecendo assustado pela primeira vez. – Por que eu ia querer isso? Eu não posso... Eu fui feito para um mestre.

– Você foi feito para mestres melhores que esses. Você merece alguém que aprecie seu valor.

Erasmus corou e não disse nada.

– Prometo a você – disse Damen – que vou descobrir um meio de ajudá-lo.

– Eu gostaria... – disse Erasmus.

– Você gostaria?

– Gostaria de poder acreditar em você – disse Erasmus. – Você fala como um mestre. Mas você é um escravo, como eu.

Antes que Damen pudesse responder, houve um som vindo das trilhas, e, como tinha feito antes, Erasmus se prostrou, antecipando a chegada de outro cortesão.

Vozes na trilha:

– Onde está o escravo do regente?

– Aqui.

Em seguida, depois de virar a curva:

– Aí está você.

E depois:

– E vejam quem eles também deixaram sair.

O PRÍNCIPE CATIVO

Não era um cortesão. Não era o pequeno, malicioso e delicado Nicaise. Era Govart, de traços grosseiros e nariz quebrado.

Ele falara com Damen, que o enfrentara no ringue pela última vez em um combate desesperado por força e poder.

Govart pegou casualmente a parte de trás da coleira de ouro de Erasmus e o arrastou por ela, como um dono negligente poderia arrastar um cachorro. Erasmus, um garoto, não um cão, sufocou violentamente quando a coleira afundou em seu pescoço macio, perto na junção do pescoço com a mandíbula, logo acima de seu pomo de adão.

– Cale a boca. – Govart, irritado pela tosse, deu-lhe um tapa no rosto com força.

Damen foi puxado para trás quando seu corpo atingiu os limites das correntes e ouviu o som metálico antes mesmo de perceber que tinha reagido.

– Solte-o.

– Quer que eu faça isso? – Ele sacudiu Erasmus pela coleira como ênfase. Erasmus, que tinha entendido *cale a boca*, estava de olhos molhados pelo breve sufocamento, mas em silêncio. – Não ache que vou fazer isso. Tenho de levá-lo de volta. Ninguém disse que eu não podia me divertir um pouco no caminho.

Damen disse:

– Se você quiser outra rodada, tudo o que precisa fazer é dar um passo à frente. – Ele iria gostar muito de machucar Govart.

– Eu prefiro foder seu namorado – disse Govart. – Na minha opinião, estão me devendo uma foda.

Enquanto falava, Govart ergueu a túnica do escravizado, revelando as curvas cobertas. Erasmus não lutou quando Govart afastou seus tornozelos com chutes e ergueu seus braços. Ele se deixou ser manipulado, então ficou em posição, estranhamente curvado.

A realização de que Govart iria foder Erasmus bem ali na frente dele o atingiu com a mesma sensação irreal que ele tivera ao encarar Ancel. Não era possível que algo assim fosse acontecer – que aquela corte fosse tão depravada que um mercenário pudesse estuprar um escravizado real a uma curta distância da corte reunida. Não havia ninguém por perto que pudesse ouvir exceto um guarda desinteressado. O rosto de Erasmus, vermelho pela humilhação, afastou-se com determinação de Damen.

– Na minha opinião – Govart usou a expressão outra vez –, foi seu mestre quem fodeu a nós dois. Era ele quem devia estar levando isso. Mas no escuro, um louro é igual a qualquer outro. E melhor assim – disse Govart. – Se eu enfiasse o pau naquela vadia frígida, ele ia congelar e cair. Esse aqui gosta.

Ele fez algo com a mão embaixo da túnica enrolada para cima. Erasmus fez um som. Damen deu um puxão, e dessa vez o áspero barulho metálico sugeriu alto que o ferro antigo estava prestes a ceder.

Esse som sacudiu o guarda de seu posto.

– Algum problema?

– Ele não gosta que eu foda seu amiguinho escravo – disse Govart. Erasmus, exposto de maneira mortificante, parecia estar desmoronando em silêncio.

O PRÍNCIPE CATIVO

– Então vá fodê-lo em outro lugar – disse o guarda. Govart sorriu. Então empurrou Erasmus com força pela lombar.

– Eu vou – disse Govart. Empurrando Erasmus à sua frente, ele desapareceu pelas trilhas, e não havia absolutamente nada que Damen pudesse fazer para detê-lo.

◆ ◆ ◆

A noite virou dia. As diversões no jardim terminaram. Damen foi depositado de volta em seu quarto, limpo, cuidado, acorrentado e impotente.

◆ ◆ ◆

A previsão de Laurent em relação à reação dos guardas – e dos criados, e de todos os membros de seu séquito – revelou-se dolorosamente precisa. Os membros da casa de Laurent reagiram ao seu conluio com o regente com raiva e inimizade. As relações frágeis que Damen conseguira construir estavam acabadas.

Era o pior momento possível para uma mudança de atitude. Agora, quando os relacionamentos podiam trazer-lhe notícias ou conseguirem, de alguma maneira sutil, influenciar o tratamento dos escravizados akielons.

Ele não pensava na própria liberdade. Só havia a pressão constante da preocupação e da responsabilidade. Escapar sozinho seria um ato de egoísmo e traição. Ele não podia partir, não se isso significasse abandonar os outros à própria sorte. No entanto, ele era absolutamente impotente para provocar qualquer mudança em suas circunstâncias.

Erasmus tinha razão. Sua promessa de ajuda era vazia.

Fora de seu quarto, várias coisas estavam acontecendo. Primeiro, em resposta aos decretos do regente, os membros da casa do príncipe estavam sendo reduzidos. Sem acesso à renda de suas várias propriedades, o séquito de Laurent foi substancialmente diminuído, e suas despesas foram limitadas. No turbilhão de mudanças, o quarto de Damen foi movido das residências dos escravizados de estimação reais para algum lugar no interior da ala de Laurent do palácio.

Isso não o ajudou. Seu quarto novo tinha o mesmo número de guardas, a mesma plataforma de madeira com as mesmas sedas e almofadas, e o mesmo elo de ferro no chão, embora esse parecesse recém-instalado. Mesmo com poucos fundos, Laurent não parecia inclinado a economizar na segurança de seu prisioneiro akielon. Infelizmente.

De trechos de conversas ouvidas, Damen soube que, em algum outro lugar, a delegação de Patras chegara para negociações comerciais com Vere. Patras fazia fronteira com Akielos e era um país de cultura parecida – não tradicionalmente um aliado de Vere. A notícia das negociações o preocupou. A delegação estava ali apenas para discutir comércio ou era parte de alguma mudança maior na paisagem política?

Ele teve tanta sorte em descobrir os motivos da delegação patrana quanto teve em ajudar os escravizados, o que quer dizer nenhuma.

Parecia não haver nada que ele pudesse fazer.

O PRÍNCIPE CATIVO

Mas tinha que haver alguma coisa!

Encarar a própria impotência era horrível. Em nenhum momento desde sua captura ele tinha realmente pensado em si mesmo como escravo. No máximo, atuara de acordo com o papel. Vira os castigos como nada mais que pequenos obstáculos, porque essa situação, em sua mente, era temporária. Acreditava que a fuga estava em seu futuro. Ele ainda acreditava nisso.

Ele queria ser livre. Queria encontrar o caminho para casa. Queria ficar de pé na capital, no alto de seus pilares de mármore, e olhar para o verde e o azul das montanhas e do oceano. Ele queria enfrentar Kastor, seu irmão, e lhe perguntar, de homem para homem, por que ele fizera aquilo. Mas a vida em Akielos prosseguia sem Damianos. Aqueles escravos não tinham mais ninguém para ajudá-los.

E o que significava ser um príncipe se não lutasse para proteger aqueles mais fracos que ele?

O sol, caindo baixo no céu, trouxe luz para seu quarto através das janelas gradeadas.

Quando Radel entrou, Damen suplicou por uma audiência com o príncipe.

◆ ◆ ◆

Radel, com prazer evidente, recusou. O príncipe, disse Radel, não iria perder tempo com um escravo akielon traidor. Ele tinha negócios mais elevados a fazer. Esta noite havia um banquete em honra do embaixador patrano. Dezoito pratos, e os escravos de estimação mais talentosos divertindo a plateia com dança, jogos e performances. Conhecendo a cultura patrana, Damen pensou na reação dos delegados aos divertimentos mais criativos da corte veretiana, mas permaneceu em silêncio enquanto Radel descrevia o esplendor da mesa e os pratos em detalhes, além dos vinhos: vinho de amora, de fruta e de flores. Damen não era adequado a essa companhia. Damen não estava à altura comer os restos da mesa. Radel, depois de deixar isso bem claro, saiu.

Damen esperou. Ele sabia que Radel seria obrigado a passar sua solicitação adiante.

Ele não tinha ilusões em relação à sua importância relativa na casa de Laurent, mas, pelo menos, seu papel involuntário na luta de poder de Laurent com o tio significava que sua solicitação por uma audiência não seria ignorada. Provavelmente não seria ignorada. Ele relaxou, sabendo que Laurent iria fazê-lo esperar. Sem dúvida não mais que um ou dois dias, pensou.

Foi o que pensou. Por isso, quando caiu a noite, ele dormiu.

◆ ◆ ◆

Ele acordou em meio a travesseiros amassados e lençóis de seda remexidos para encontrar o olhar frio e azul de Laurent sobre ele.

As tochas estavam acesas, e os criados que as haviam acendido estavam se retirando. Damen se mexeu; a seda, quente do contato com a pele, deslizou e se amontoou em meio às almofadas quando ele se levantou. Laurent não prestou atenção. Damen lembrou que uma visita de Laurent já o havia acordado uma vez.

O PRÍNCIPE CATIVO

Era mais perto do amanhecer que do pôr do sol. Laurent estava vestido com roupas da corte, tendo chegado, supostamente, depois do décimo oitavo prato e dos divertimentos noturnos que se seguiram. Não estava bêbado, dessa vez.

Damen imaginara uma espera longa e excruciante. Houve uma leve resistência das correntes arrastadas pelas almofadas, seguindo seu movimento. Ele pensou no que tinha de fazer, e em por que tinha de fazê-lo.

Muito deliberadamente, ele se ajoelhou e inclinou a cabeça, baixando os olhos até o chão. Por um momento, o cômodo ficou tão quieto que ele podia ouvir as chamas das tochas tremulando no ar.

– Isso é novidade – disse Laurent.

– Há uma coisa que eu quero – disse Damen.

– Uma coisa que você quer. – As mesmas palavras, precisamente pronunciadas.

Ele sabia que não seria fácil. Mesmo com alguém que não fosse aquele príncipe frio e desagradável, não seria fácil.

– Sua alteza recebe algo em retorno – disse Damen.

Ele travou a mandíbula enquanto Laurent caminhava ao seu redor, como se estivesse apenas interessado em vê-lo de todos os ângulos. Laurent pisou com elegância na corrente que jazia frouxa no chão, completando sua volta.

– Você é tolo a ponto de tentar barganhar comigo? O que poderia oferecer que eu fosse querer?

– Obediência – disse Damen.

Ele sentiu Laurent reagir a essa ideia. Sutil, mas inconfundível, o interesse estava ali. Damen tentou não pensar demais no que estava oferecendo, no que ia significar manter sua promessa. Ele enfrentaria o futuro quando chegasse a ele.

– Você quer que eu me submeta. Eu faço isso. Você quer que eu faça por merecer publicamente o castigo que seu tio não permite que aplique? Qualquer performance que você quiser de mim, vai ter. Eu me jogo sobre uma espada. Em troca de uma coisa.

– Deixe-me adivinhar. Você quer que eu tire suas correntes. Ou reduza sua guarda, ou o ponha em um quarto onde as portas e janelas não tenham grades. Poupe seu fôlego.

Damen se esforçou para conter a raiva. Era mais importante ser claro.

– Eu não acho que os escravos sob os cuidados de seu tio são bem tratados. Faça algo em relação a isso, e a barganha está feita.

– Os escravos? – perguntou Laurent após uma pausa breve.

Então, com um desprezo lento e renovado:

– Eu devo acreditar que você se preocupa com o bem-estar deles? Como exatamente eles seriam mais bem tratados em Akielos? Foi sua sociedade bárbara que os forçou à escravidão, não a minha. Eu não achava possível treinar um homem para perder a força de vontade, mas vocês conseguiram. Parabéns. Sua demonstração de compaixão parece falsa.

Damen disse:

– Um dos tratadores pegou um ferro em brasa para testar se um escravo obedeceria à ordem de permanecer em silêncio enquanto ele o usava. Não sei se essa é uma prática comum neste lugar, mas homens bons não torturam escravos em Akielos. Escravos são treinados para obedecer a tudo, mas sua submissão é um pacto.

O PRÍNCIPE CATIVO

Eles abrem mão do livre-arbítrio em troca de tratamento perfeito. Abusar de alguém que não pode resistir... isso não é monstruoso?

Damen prosseguiu:

– Por favor. Eles não são como eu. Eles não são soldados. Eles não mataram ninguém. Eles são inocentes. Vão servi-lo de bom grado. E eu também, se fizer alguma coisa para ajudá-los.

Houve um longo silêncio. A expressão de Laurent tinha mudado. Finalmente, Laurent disse:

– Você superestima minha influência sobre meu tio.

Damen começou a falar, mas Laurent o interrompeu.

– Não. Eu...

As sobrancelhas louras de Laurent tinham se juntado um pouco, como se ele tivesse encontrado algo que não fazia sentido.

– Você sacrificaria mesmo seu orgulho pelo destino de um punhado de escravos? – Ele assumira a mesma expressão no ringue; estava olhando para Damen como se procurasse a resposta para um problema inesperado.

– Por quê?

Raiva e frustração irromperam livres de seus grilhões.

– *Porque eu estou preso nesta gaiola e não tenho outra maneira de ajudá-los.* – Ele ouviu a força da raiva na voz e tentou segurá-la, com sucesso limitado. Sua respiração estava irregular.

Laurent estava olhando fixamente para ele. O pequeno cenho franzido dourado estava mais profundo.

Depois de um momento, Laurent gesticulou para o guarda na porta, e Radel foi chamado. Ele chegou imediatamente.

Sem tirar os olhos de Damen, Laurent disse:

– Alguém entrou ou saiu deste quarto?

– Ninguém além de seus próprios criados, alteza. Como sua alteza ordenou.

– Que criados?

Radel recitou uma lista de nomes. Laurent disse:

– Quero falar com os guardas que estavam cuidando do escravo nos jardins.

– Vou mandar chamá-los pessoalmente – disse Radel, partindo para realizar a tarefa.

– Você acha que isto é um truque? – perguntou Damen.

Ele podia ver pela expressão avaliativa no rosto de Laurent que estava certo. O riso amargo simplesmente saiu.

– Alguma coisa o diverte? – disse Laurent.

– O que eu teria a ganhar com... – Damen se conteve. – Não sei como convencê-lo. Você não faz nada sem uma dúzia de motivos. Mente até para o próprio tio. Este é um país de comportamentos tortuosos e farsas.

– Enquanto Akielos é livre de traições? Seu herdeiro morre na mesma noite que o rei, e é a mera coincidência sorrindo para Kastor? – questionou Laurent, com delicadeza. – Você devia beijar o chão quando pede meu favor.

Claro que Laurent iria invocar Kastor. Eles eram iguais. Damen se forçou a recordar por que estava ali.

– Peço desculpa. Eu falei fora de hora – disse, com coragem.

Laurent disse:

– Se isso for uma artimanha, se eu descobrir que você tem contatos com emissários de meu tio...

O PRÍNCIPE CATIVO

– Não tenho – disse Damen.

O guarda levou mais tempo para despertar que Radel, que supostamente não dormia nunca, mas eles chegaram razoavelmente rápido. Vestido de libré e parecendo alerta, em vez de, como era possível de esperar, bocejando e arrastando sua roupa de cama.

– Quero saber quem falou com o escravo na noite que você o estava vigiando nos jardins – disse Laurent. – De Nicaise e Vannes eu sei.

– Foi isso – disse a resposta. – Não houve mais ninguém.

– Então, Damen sentiu uma sensação de enjoo no estômago.

– Não. Espere.

– Oh?

– Depois que o senhor partiu – disse o guarda –, ele recebeu uma visita de Govart.

Laurent se voltou para Damen com os olhos azuis como gelo.

– Não – disse Damen, sabendo que Laurent agora acreditava que isso fosse algum esquema de seu tio. – Não é o que você pensa.

Mas era tarde demais.

– Cale a boca dele – disse Laurent. – Tente não deixar nenhuma marca nova. Ele já me causou problemas suficientes.

Capítulo sete

Sem ver nenhuma razão para cooperar com essa ordem, Damen se levantou.

Isso teve um efeito interessante sobre o guarda, que parou onde estava e virou o olhar de volta para Laurent, à procura de nova orientação. Radel também estava no quarto, e na porta havia os dois guardas em seu turno de vigia.

Laurent estreitou os olhos diante do problema, mas não ofereceu nenhuma solução imediata.

Damen disse:

— Você podia trazer mais homens.

Atrás dele estavam as almofadas jogadas e os lençóis de seda amassados, e correndo pelo chão havia a corrente ligada à algema em seu pulso, que não era nenhum impedimento à movimentação.

— Esta noite você está mesmo cortejando o perigo — disse Laurent.

— Estou? Achei que estivesse apelando à melhor parte de sua natureza. Ordene a punição que desejar à distância covarde do alcance da corrente. Você e Govart são iguais.

Não foi Laurent, mas o guarda quem reagiu. Aço reluziu ao sair da bainha.

O PRÍNCIPE CATIVO

– Cuidado com o que fala.

Ele estava usando libré, não armadura. A ameaça era ínfima. Damen olhou com desprezo para sua espada sacada.

– Você não é melhor, viu o que Govart estava fazendo e não fez nada para detê-lo.

Laurent ergueu a mão, detendo o guarda antes que ele pudesse dar mais um passo com raiva.

– O que ele estava fazendo? – perguntou Laurent.

O guarda deu um passo para trás, em seguida deu de ombros.

– Estuprando um dos escravos.

Houve uma pausa, mas se Laurent teve alguma reação a essas palavras, isso não transpareceu em seu rosto. Laurent transferiu o olhar de volta para Damen e perguntou, de modo agradável:

– Isso incomoda você? Lembro-me de que estava agindo livremente com as próprias mãos não faz muito tempo.

– Isso foi... – Damen enrubesceu. Ele queria negar ter feito qualquer coisa desse tipo, mas se lembrou de maneira inequívoca que tinha. – Eu garanto: Govart fez muito mais do que apenas aproveitar a vista.

– Com um escravo – disse Laurent. – A Guarda do Príncipe não interfere com a Regência. Govart pode enfiar o pau em qualquer coisa de meu tio, se ele quiser.

Damen emitiu um som de repulsa.

– Com sua aprovação?

– Por que não? – disse Laurent. Sua voz estava adocicada. – Ele sem dúvida tinha minha aprovação para foder você, mas preferiu levar um golpe na cabeça. Foi decepcionante, mas não posso criticar seu gosto. Mas, afinal, se você tivesse se aberto no ringue, talvez Govart não tivesse ficado tão excitado para entrar em seu amigo.

– Isso não é nenhum esquema de seu tio – Damen disse. – Não recebo ordens de homens como Govart. Você está errado.

– Errado – disse Laurent. – Sorte minha ter escravos para observar meus defeitos. O que faz você pensar que vou tolerar algo desse tipo, mesmo que eu acreditasse que o que você está dizendo seja verdade?

– Porque pode acabar com esta conversa na hora que quiser.

Com tanta coisa em jogo, Damen estava cansado de certo tipo de conversa; o tipo que Laurent preferia e saboreava, e no qual era bom. O jogo de palavras por si só; palavras que construíam armadilhas. Nada disso fazia sentido.

– Você tem razão. Eu posso. Deixem-nos – ordenou Laurent. Ele estava olhando para Damen enquanto dizia isso, mas foram Radel e os guardas quem fizeram reverências e saíram.

– Muito bem. Vamos resolver isso. Você está preocupado com o bem-estar dos outros escravos? Por que me dar esse tipo de vantagem?

– Vantagem? – disse Damen.

– Quando alguém não gosta muito de você, não é boa ideia que eles saibam que você se importa com alguma coisa – disse Laurent.

Damen se sentiu empalidecer quando compreendeu a ameaça.

– Ia doer mais se eu ferisse alguém de quem você gosta do que uma chicotada?

Damen ficou em silêncio. *Por que você nos odeia tanto?*, quase disse, só que ele sabia a resposta para essa pergunta.

O PRÍNCIPE CATIVO

– Eu não acho que preciso trazer mais homens – disse Laurent.
– Acho que basta que eu diga para você se ajoelhar que você vai se
ajoelhar. Sem que eu erga um dedo para ajudar ninguém.

– Tem razão – disse Damen.

– Posso acabar com isso a qualquer momento que eu quiser? –
disse Laurent. – Eu ainda nem comecei.

❖ ❖ ❖

– Ordens do príncipe – disseram a Damen no dia seguinte quando ele foi despido e vestido outra vez. E quando ele perguntou para que eram aqueles preparativos, disseram que naquela noite ele iria servir o príncipe na mesa alta.

Radel, claramente desaprovando o fato de levarem Damen para companhia refinada, deu um sermão peripatético, caminhando de um lado para outro no quarto de Damen. Poucos escravizados de estimação eram convidados para servir seus mestres na mesa alta. Ao oferecer a ele essa oportunidade, o príncipe devia ver algo em Damen que superava a compreensão de Radel. Era inútil instruir alguém como Damen nos rudimentos da etiqueta da boa educação, mas ele devia tentar se manter em silêncio, obedecer ao príncipe e evitar atacar ou molestar qualquer pessoa.

Na experiência de Damen, ser retirado de seus aposentos por solicitação de Laurent não acabava bem. Suas três excursões tinham envolvido o ringue, os jardins e os banhos, com uma viagem subsequente ao tronco de açoite.

C. S. PACAT

Suas costas, agora, estavam praticamente curadas, mas isso não importava; na próxima vez que Laurent atacasse, não seria diretamente contra ele.

Damen tinha muito pouco poder, mas havia uma fissura que descia pelo meio daquela corte. Se Laurent não podia ser convencido, Damen devia voltar sua atenção à facção do regente.

Por hábito, ele observou a segurança do lado de fora de seu quarto. Eles estavam no segundo andar do palácio, e a passagem pela qual caminharam tinha várias janelas cobertas por grades, que davam para uma queda íngreme nada convidativa. Eles também passaram por vários homens armados, todos usando a libré da Guarda do Príncipe. Ali estavam os guardas ausentes das residências dos escravizados de estimação. Um número surpreendente de homens: eles não podiam todos estar ali por causa dele. Será que Laurent mantinha esse tipo de segurança ao seu redor o tempo inteiro?

Eles passaram por um par de portas de bronze ornamentadas, e Damen percebeu que tinha sido levado para os próprios aposentos de Laurent.

Os olhos de Damen analisaram o interior com escárnio. Aqueles aposentos eram tudo o que ele teria esperado de um jovem príncipe mimado de forma perdulária e extravagante além da compreensão. Havia decoração por toda parte. Os azulejos tinham padrões, as paredes eram intricadamente esculpidas. A vista era encantadora: o cômodo no segundo andar tinha uma arcada aberta de arcos semicirculares que se erguia acima de jardins. Era possível ver o quarto de dormir através de uma arcada. A cama estava envolta em cortinas suntuosas, uma panóplia de ornamentos de luxo e madeira esculpida. Tudo o que faltava era uma trilha de roupas amassadas e perfumadas espalhadas pelo chão, e um escravo de estimação deitado em uma das superfícies cobertas de seda.

Não havia tal evidência de habitação. Na verdade, em meio à opulência havia apenas alguns objetos pessoais. Perto de Damen havia uma poltrona reclinável e um livro aberto, revelando páginas com iluminuras e arabescos que reluziam com folhas de ouro. A guia usada por Damen nos jardins também estava no sofá, como se jogada ali descuidadamente.

Laurent emergiu do quarto de dormir. Ele ainda não tinha fechado a fita delicada na gola de sua camisa, e rendas brancas adejavam, expondo a base da garganta. Quando viu que Damen tinha chegado, ele fez uma pausa embaixo da arcada.

– Deixem-nos – disse Laurent.

Ele falou com os tratadores que tinham levado Damen até ali. Eles libertaram Damen de seus grilhões e partiram.

– Levante-se – disse Laurent.

Damen se levantou. Ele era mais alto que Laurent e fisicamente mais forte, e não estava usando nenhum grilhão. E eles estavam juntos sozinhos, como estiveram na noite anterior, como estiveram nos banhos. Mas havia algo diferente. Ele percebeu que em algum ponto começara a considerar perigoso ficar sozinho em um aposento com Laurent.

Laurent se afastou da porta. Ao se aproximar de Damen, sua expressão azedou e os olhos azuis coagularam de desprazer.

Laurent disse:

– Não há barganha entre nós. Um príncipe não faz acordos

com escravos e insetos. Suas promessas para mim valem menos que excremento. Você me entende?

– Perfeitamente – disse Damen.

Laurent estava olhando para ele com frieza.

– Torveld de Patras pode ser convencido a pedir que os escravos vão com ele para Bazal, como parte do acordo comercial que está sendo negociado com meu tio.

Damen sentiu o cenho franzir. Essa informação não fazia sentido.

– Se Torveld insistir com bastante veemência, acho que meu tio vai concordar com algum tipo de... empréstimo. Ou, mais precisamente, um arranjo permanente disfarçado de empréstimo, para não ofender nossos aliados em Akielos. Eu entendo que as sensibilidades patranas em relação ao tratamento de escravos sejam semelhantes às suas.

– Elas são.

– Passei a tarde semeando a ideia com Torveld. O acordo será finalizado esta noite. Você vai me acompanhar aos divertimentos. É costume de meu tio fazer negócios em ambientes relaxados – disse Laurent.

– Mas... – disse Damen.

– Mas? – repetiu Laurent num tom congelante.

Damen repensou essa abordagem em particular.

Ele refletiu sobre a informação que acabara de receber. Reexaminou-a. E tornou a revirá-la.

– O que o fez mudar de ideia? – perguntou cuidadosamente.

Laurent não respondeu, apenas olhou para ele com hostilidade.

– Não fale a menos que lhe façam uma pergunta. Não contradiga

O PRÍNCIPE CATIVO

nada que eu diga. Essas são as regras. Se quebrá-las, ficarei feliz em deixar que seus compatriotas apodreçam. – E em seguida: – Traga-me a guia.

O bastão ao qual a guia estava fixada tinha o peso de ouro puro. A corrente frágil estava intacta; ou ela tinha sido consertada ou substituída. Damen a pegou, não muito depressa.

– Não tenho certeza se acredito em nada do que acabou de me dizer – disse Damen.

– Você tem escolha?

– Não.

Laurent havia fechado os laços da camisa, e a imagem que apresentava agora estava imaculada.

– Então? Coloque-a – ordenou Laurent com um toque de impaciência. Ele estava falando da corrente.

Torveld de Patras estava no palácio para negociar um acordo comercial. Isso era verdade. Damen soubera das notícias por várias fontes. Ele se lembrou de Vannes discutindo a delegação patrana, várias noites antes, no jardim. Patras tinha uma cultura similar à de Akielos; isso também era verdade. Talvez o resto viesse em seguida. Se um grupo de escravos estivesse em oferta, era concebível que Torveld barganhasse por ele, sabendo seu valor. Podia ser verdade.

Podia ser. Quem sabe? Talvez.

Laurent não estava fingindo nenhuma mudança de opinião, nem um sentimento mais caloroso. Sua parede de desprezo estava firme no lugar – na verdade, ainda mais evidente que o habitual, como se aquele ato de benevolência estivesse empurrando toda sua antipatia para a superfície. Damen viu que a necessidade de ganhar Laurent para sua causa estava abrindo caminho para a noção preocupante de que tinha posto o destino de outros nas mãos de um homem malicioso e volátil em que não confiava e que não podia prever, nem entender.

Ele não sentiu nenhuma nova onda de calor em relação a Laurent. Ele não estava inclinado a acreditar que a crueldade entregue com uma das mãos fosse redimida com uma carícia da outra, se é que isso era uma carícia. Tampouco era ingênuo o suficiente para achar que Laurent estivesse agindo por um impulso altruísta. Laurent estava fazendo isso por alguma razão perversa própria.

Se fosse verdade.

Quando a corrente foi fixada, Laurent segurou o bastão do tratador e disse:

– Você é meu escravo de estimação. É superior aos outros. Você não precisa se submeter a ordens de ninguém, exceto às minhas e às de meu tio. Se contar a ele os planos desta noite, ele vai ficar muito, muito irritado comigo, o que talvez lhe agrade, mas você não vai gostar de minha reação. A escolha é sua, claro.

– Claro.

Laurent fez uma pausa na porta.

– Mais uma coisa.

Eles estavam de pé sob um arco alto, que lançava sombras no rosto de Laurent e o tornava difícil de interpretar. Levou um momento até que ele falasse.

– Tenha cuidado com Nicaise, o escravo de estimação que você viu com o conselheiro Audin. Você o rejeitou no ringue, e esse não é um insulto que ele vai esquecer.

O PRÍNCIPE CATIVO

– O escravo de estimação do conselheiro Audin? O garoto? – perguntou Damen, incrédulo.

– Não o subestime por causa da idade. Ele experimentou coisas que muitos adultos não viveram, e sua mente não é mais a de uma criança. Embora até uma criança possa aprender a manipular um adulto. E você está equivocado: o conselheiro Audin não é seu mestre. Nicaise é perigoso.

– Ele tem 13 anos – disse Damen, e se viu submetido ao olhar de pálpebras compridas de Laurent. – Tem alguém nesta corte que não seja meu inimigo?

– Não se eu puder evitar – disse Laurent.

◆ ◆ ◆

– Então ele está domado – disse Estienne. Ele estendeu a mão de forma hesitante, como se fosse acariciar um animal selvagem.

A questão era que parte do animal ele estava acariciando. Damen afastou sua mão com um tapa. Estienne deu um gritinho, recolheu-a e a aninhou contra o peito.

– Não tão manso – disse Laurent.

Ele não repreendeu Damen. Comportamento bárbaro não parecia lhe desagradar, desde que fosse dirigido para fora. Como um homem que gosta de ver um animal destroçar outros com suas garras, mas comer pacificamente de sua própria mão, ele estava dando ao seu escravo de estimação grande dose de liberdade.

Como resultado, os cortesãos ficaram de olho em Damen, e mantiveram certa distância dele. Laurent aproveitou isso em benefício próprio, usando a propensão dos cortesãos a se afastarem de Damen como forma de se livrar tranquilamente de conversas.

Na terceira vez que isso aconteceu, Damen perguntou:

– Devo fazer caretas para aqueles de quem você não gosta ou basta parecer um bárbaro?

– Cale a boca – disse Laurent, calmamente.

Dizia-se que a imperatriz de Vask mantinha dois leopardos presos junto de seu trono. Damen tentou não se sentir como um deles.

Antes das negociações, haveria diversões; antes das diversões, um banquete; antes do banquete, essa recepção. Não havia tantos escravizados de estimação quanto no ringue, mas Damen viu um ou dois rostos familiares. Do outro lado do salão, ele avistou um brilho de cabelo ruivo e encontrou um par de olhos esmeralda; Ancel se soltou dos braços de seu mestre, apertou o dedo contra os lábios e mandou um beijo para Damen.

A delegação patrana, quando chegou, era óbvia pelo corte de suas roupas. Laurent cumprimentou Torveld como um igual. O que ele era. Quase.

Em negociações sérias, era comum enviar um homem de alto nascimento para agir como embaixador. Torveld era o príncipe Torveld, irmão mais novo do rei Torgeir de Patras, embora em seu caso "mais novo" fosse relativo. Torveld era um homem bonito na casa dos quarenta, quase o dobro da idade de Damen. Ele tinha uma barba castanha bem aparada no estilo patrano, com pelos castanhos ainda mal tocados pelo grisalho.

As relações entre Akielos e Patras eram amistosas e extensas, mas o príncipe Torveld e o príncipe Damianos nunca tinham se

O PRÍNCIPE CATIVO

conhecido. Torveld passara a maior parte dos últimos 18 anos na fronteira norte de Patras em negócios com o império vaskiano. Damen o conhecia por reputação. Todo mundo o conhecia. Ele tinha se destacado em campanhas no norte quando Damen ainda estava em cueiros. Era o quinto na linha de sucessão, depois da ninhada do rei de três filhos e uma filha.

Os olhos castanhos de Torveld ficaram nitidamente cálidos e apreciativos quando ele olhou para Laurent.

– Torveld – cumprimentou Laurent. – Infelizmente meu tio está atrasado. Enquanto esperamos, achei que você poderia se juntar a mim e meu escravo de estimação para tomar um ar na sacada.

Damen pensou que o tio de Laurent provavelmente não estava atrasado. Ele se conformou com uma noite em que ouviria Laurent mentir muito, sobre tudo.

– Eu adoraria – disse Torveld com verdadeiro prazer, e gesticulou para que um de seus próprios criados os acompanhasse também. Eles caminharam juntos em um pequeno grupo, Laurent e Torveld na frente, Damen e o criado seguindo alguns passos atrás.

A sacada tinha um banco para cortesãos se reclinarem e uma alcova na sombra, para onde os criados podiam se retirar discretamente. Damen, com proporções adequadas a batalhas, não tinha um corpo para ser discreto, mas se Laurent insistia em arrastá-lo pelo pescoço, o príncipe podia aguentar o incômodo ou encontrar uma sacada com uma alcova maior. Era uma noite quente e o ar estava perfumado com toda a beleza dos jardins. A conversa se desenrolou com facilidade entre os dois homens, que sem dúvida nada tinham em comum. Mas, é claro, Laurent era bom de conversa.

– Quais as novidades de Akielos? – perguntou Laurent a Torveld, em determinado ponto. – Você esteve lá recentemente.

Damen olhou para ele, assustado. Como Laurent era Laurent, o assunto não era acidente. De qualquer outra pessoa, podia ter sido uma gentileza. Ele não conseguiu evitar que seu pulso se acelerasse com a primeira menção a seu lar.

– Você já visitou a capital, em Ios? – perguntou Torveld. Laurent sacudiu a cabeça. – É muito bonita. Um palácio branco, construído no alto dos penhascos que dominam o oceano. Em um dia claro, é possível ver Isthima do outro lado da água. Mas era um lugar sombrio quando cheguei, toda a cidade ainda estava de luto pelo velho rei e seu filho. Aquele negócio terrível. E havia uma disputa de facções entre os kyroi. O início de um conflito, de dissidências.

– Theomedes os uniu – disse Laurent. – Você não acha que Kastor pode fazer o mesmo?

– Talvez. Sua legitimidade é uma questão. Um ou dois dos kyroi têm sangue real correndo nas veias. Não tanto quanto Kastor, mas obtido em um leito nupcial. Essa situação provoca descontentamento.

– Que impressão você teve de Kastor? – perguntou Laurent.

– Um homem complicado – disse Torveld. – Nascido na sombra de um trono. Mas ele tem muitas das qualidades necessárias a um rei. Força. Inteligência. Ambição.

– Ambição é necessária a um rei? – questionou Laurent. – Ou é necessária apenas para se tornar um rei?

O PRÍNCIPE CATIVO

Depois de uma pausa:

– Eu também ouvi esses rumores. Que a morte de Damianos não foi acidente. Mas não dou crédito a eles. Eu vi a tristeza de Kastor. Era verdadeira. Não pode ter sido fácil para ele. Perder tanto e ganhar tanto no espaço de um instante.

– Essa é a sina de todos os príncipes destinados a um trono – disse Laurent.

Torveld favoreceu Laurent com outro daqueles olhares longos e cheios de admiração que estavam começando a surgir com uma frequência irritante. Damen franziu o cenho. Laurent era um ninho de escorpiões no corpo de uma pessoa. Torveld olhava para ele e via uma flor.

Ouvir que Akielos estava enfraquecido foi tão doloroso quanto devia ter sido a intenção de Laurent. A mente de Damen se emaranhou com o pensamento de disputas de facções e dissidências. Se havia inquietação, ela viria primeiro das províncias do norte. Sicyon, talvez. E Delpha.

A chegada de um criado, tentando não mostrar que estava sem fôlego, interrompeu o que quer que Torveld talvez dissesse em seguida.

– Sua alteza, perdoe-me a interrupção. O regente diz que está a sua espera lá dentro.

– Eu já o mantive para mim mesmo por tempo demais – disse Laurent.

– Eu queria que tivéssemos mais tempo juntos – disse Torveld, sem demonstrar qualquer inclinação para se levantar.

O rosto do regente, quando viu os dois príncipes entrarem juntos no salão, era uma série de rugas sérias, embora sua saudação a Torveld fosse cordial e todas as formalidades certas fossem trocadas. O criado de Torveld fez uma mesura e se retirou. Era isso o que a etiqueta exigia, mas Damen não conseguiu seguir seu exemplo, não a menos que estivesse preparado a arrancar a corrente da mão de Laurent.

Cumpridas as formalidades, o regente disse:

— Podia dar licença a mim e a meu sobrinho por um instante?

Seu olhar repousou pesadamente sobre Laurent. Foi a vez de Torveld se retirar, afavelmente. Damen supôs que devesse fazer o mesmo, mas sentiu a pegada de Laurent se apertar subitamente na corrente.

— Sobrinho, você não está convidado para estas discussões.

— Apesar disso, aqui estou eu. É muito irritante, não é?

O regente disse:

— Isso são negócios sérios entre homens. Não é hora para jogos infantis.

— Eu me lembro de me dizerem para assumir mais responsabilidades – disse Laurent. – Isso aconteceu em público, com muita cerimônia. Se não se lembra, verifique seus registros. O senhor saiu dessa situação duas propriedades mais rico e com renda suficiente para asfixiar todos os cavalos nos estábulos.

— Se eu achasse que você está aqui para assumir responsabilidades, eu o receberia à mesa de braços abertos. Você não tem interesse em negociações comerciais. Você nunca se aplicou seriamente a nada em sua vida.

— Não? Bom, então isso não é nada sério, tio. Você não tem motivo para preocupação.

O PRÍNCIPE CATIVO

Damen viu os olhos do regente se estreitarem. Era uma expressão que o lembrava de Laurent.

– Espero um comportamento apropriado – o regente disse simplesmente antes de conduzi-los para os divertimentos, demonstrando muito mais paciência do que Laurent merecia. Laurent não o seguiu imediatamente; seu olhar permaneceu no tio.

– Sua vida seria muito mais fácil se parasse de provocá-lo – disse Damen.

Dessa vez, ele foi frio e direto:

– Eu disse para calar a boca.

Capítulo oito

Esperando um lugar discreto de escravo à margem, Damen se surpreendeu ao se ver sentado ao lado de Laurent, embora com uma distância fria de 20 centímetros entre eles. Ele não estava quase sentado no colo do príncipe, como Ancel com seu mestre do outro lado.

Laurent portava-se conscientemente bem. Ele estava vestido severamente como sempre. Nenhuma joia, com a exceção de uma argola fina de ouro na testa, que ficava quase toda escondida pelos cabelos dourados. Quando eles se sentaram, ele soltou a coleira de Damen e a enrolou em torno do bastão de tratador, então a jogou para um dos presentes, que conseguiu pegá-la atrapalhando-se apenas um pouco.

A mesa se esticava. Ao lado de Laurent estava sentado Torveld, prova de uma pequena vitória para Laurent. Ao lado de Damen estava Nicaise. Possivelmente também indício de uma vitória para Laurent. Nicaise estava separado do conselheiro Audin, que estava sentado em outro lugar, perto do regente; o escravizado não parecia ter um mestre por perto.

Parecia uma gafe de etiqueta ter Nicaise sentado à mesa,

O PRÍNCIPE CATIVO

levando-se em conta a sensibilidade dos patranos. Mas Nicaise estava vestido com respeito e usava muito pouca pintura. O único vislumbre de ostentação do escravizado de estimação era um brinco comprido na orelha esquerda; duas safiras penduradas, quase tocando seu ombro, pesado demais para seu rosto jovem. De todas as outras maneiras, ele podia ser confundido com um membro da nobreza. Ninguém de Patras iria imaginar que uma criança catamita de um homem estaria sentada à mesa junto da realeza; Torveld provavelmente devia ter feito a mesma suposição incorreta de Damen e pensado que Nicaise fosse filho ou sobrinho de alguém. Apesar do brinco.

Nicaise também se portava bem. Sua beleza, de perto, era impressionante. Assim como sua juventude. Sua voz, quando ele falava, era perfeita. Tinha o tom nítido, como uma flauta, de uma faca batida contra cristais, sem variações.

– Não quero me sentar ao seu lado – disse Nicaise. – Vá se foder.

Instintivamente, Damen olhou ao redor para ver se alguém da delegação patrana tinha ouvido, mas não era o caso. O primeiro prato de carne havia chegado, e a comida detinha a atenção de todos. Nicaise pegara um garfo dourado de três dentes, mas fizera uma pausa antes de provar o prato para falar. O medo que ele demonstrara de Damen no ringue parecia ainda estar ali. Os nós de seus dedos, apertados em torno da faca, estavam brancos.

– Está tudo bem – disse Damen. Ele falou com o menino com a maior delicadeza possível. – Não vou machucar você.

Nicaise olhou fixamente para ele. Seus enormes olhos azuis tinham cílios longos como os de uma prostituta ou de um cervo.

Em torno deles, a mesa era uma parede colorida de vozes e risos, cortesãos envolvidos em seus próprios divertimentos, não prestando nenhuma atenção a eles.

– Bom – disse Nicaise, e enfiou o garfo com maldade na coxa de Damen sob a mesa.

Mesmo através de uma camada de tecido, foi suficiente para assustar Damen e fazê-lo segurar instintivamente o garfo enquanto três gotas de sangue brotavam de sua perna.

– Com licença, um instante – disse Laurent com delicadeza e se virou de Torveld para encarar Nicaise.

– Dei um susto em seu escravo de estimação – disse Nicaise com orgulho.

Sem soar em nada aborrecido:

– Deu mesmo.

– O que quer que esteja planejando, não vai funcionar.

– Mas eu acho que vai. Aposto seu brinco.

– Se eu ganhar, sua alteza o usa – disse Nicaise.

Laurent imediatamente ergueu o copo e o inclinou na direção de Nicaise, em um pequeno gesto que selava a aposta. Damen tentou afastar a impressão bizarra de que eles estavam se divertindo.

Nicaise gesticulou para chamar um criado e pediu um garfo novo.

Sem um mestre para divertir, Nicaise estava livre para implicar com Damen. Ele começou com uma série de insultos e especulação explícita sobre as práticas sexuais de Damen, ditos em uma voz baixa demais para qualquer outra pessoa ouvir. Quando, depois de algum tempo, ele viu que Damen não estava caindo na isca, ele voltou seu comentário para o dono de Damen.

– Você acha que se sentar à mesa alta com ele significa alguma coisa? Não significa. Ele não vai foder você. Ele é frígido.

Esse assunto foi quase um alívio. Por mais grosseiro que fosse o garoto, não havia nada que ele pudesse dizer sobre as tendências de Laurent que Damen já não tivesse ouvido guardas entediados do serviço especularem extensivamente e em linguagem grosseira.

– Acho que ele não *consegue*. Acho que não funciona, o que ele tem. Quando eu era mais jovem, pensava que ele o havia cortado fora. O que você acha? Você já o viu?

Quando ele era mais jovem?

Damen disse:

– Ele não o cortou fora.

Os olhos de Nicaise se estreitaram.

Damen perguntou:

– Há quanto tempo você é um escravo de estimação nesta corte?

– Três anos – disse Nicaise, no tipo de tom que implicava: Você não vai durar três minutos.

Damen olhou para ele e desejou não ter perguntado. Nicaise parecia mais jovem que qualquer outro escravo de estimação que Damen tinha visto naquela corte. Três anos.

A delegação patrana continuava distraída. Com Torveld, Laurent estava se comportando muito bem. Ele tinha aparentemente, e incrivelmente, se despido de malícia e lavado a boca com sabão. Falava com inteligência sobre política, sobre comércio, e se de vez em quando dizia algo mais afiado, era visto como inteligência, não provocação, apenas o suficiente para dizer: Estão vendo? Posso acompanhar.

Torveld mostrava cada vez menos inclinação para olhar para qualquer outra pessoa. Era como ver um homem sorrir ao se afogar em águas profundas.

Felizmente, isso não durou muito tempo. Em um milagre de contenção, houve apenas nove pratos, enfeitados e arrumados com arte sobre louças com joias por pajens atraentes. Os escravizados de estimação não eram servidos. Sentados ao lado de seus donos, alguns deles eram alimentados à mão, e um ou outro ousadamente até serviram a si mesmos, roubando pedaços de seus mestres, como cãezinhos de companhia mimados que aprenderam que podiam fazer qualquer coisa e seus donos maravilhados iam achá-los encantadores.

– É uma vergonha que eu não tenha conseguido arranjar para que você visse os escravos – disse Laurent quando os pajens começavam a cobrir a mesa de doces.

– Não precisa. Vimos escravos palacianos em Akielos. Acho que nunca vi escravos dessa qualidade, nem em Bazal, e confio em seu gosto, é claro.

– Fico feliz – disse Laurent.

Damen sabia que, ao seu lado, Nicaise começara a ouvir com atenção.

– Tenho certeza de que meu tio vai concordar com a troca se você insistir o bastante – disse Laurent.

– Se ele fizer isso, ficarei grato a você – disse Torveld.

Nicaise se levantou da mesa.

Damen reduziu os 20 centímetros frios na primeira oportunidade.

O PRÍNCIPE CATIVO

– O que está fazendo? Foi você quem me alertou sobre Nicaise – disse em voz baixa.

Laurent ficou absolutamente imóvel, em seguida se mexeu deliberadamente em seu assento e se debruçou, aproximando os lábios do ouvido de Damen.

– Acho que não estou ao alcance de uma punhalada. Ele tem braços curtos. Ou talvez ele tente jogar um doce. Isso vai ser difícil. Se eu me abaixar, ele vai acertar Torveld.

Damen cerrou os dentes.

– Você sabe o que eu quis dizer. Ele o ouviu. Ele vai agir. Você não pode fazer nada em relação a isso?

– Estou ocupado.

– Então me deixe fazer algo.

– Sangrar em cima dele? – disse Laurent.

Damen abriu a boca para responder e viu suas palavras serem interrompidas pelo toque surpreendente dos dedos de Laurent contra seus lábios, enquanto ele alisava a linha de seu queixo com o polegar. Era o tipo de toque distraído que qualquer mestre à mesa podia oferecer a um escravizado de estimação. Mas pela reação chocada que percorreu os cortesãos sentados, ficou claro que Laurent não fazia esse tipo de coisa com frequência. Ou nunca.

– Meu escravo de estimação estava se sentindo negligenciado – desculpou-se Laurent com Torveld.

– Ele é o cativo que Kastor mandou para você treinar? – Torveld perguntou com curiosidade. – Ele é... seguro?

– Ele parece combativo, mas na verdade é muito dócil e amoroso – disse Laurent. – Como um cachorrinho.

– Um cachorrinho – disse Torveld.

Para demonstrar, Laurent pegou um doce de nozes picadas e mel e o estendeu para Damen como fizera no ringue, entre o polegar e o indicador.

– Um docinho? – ofereceu Laurent.

No momento prolongado que se seguiu, Damen pensou explicitamente em matá-lo.

Damen se inclinou para perto. Era enjoativamente doce. Ele não deixou que os lábios tocassem os dedos de Laurent. Muitas pessoas estavam olhando para eles. Laurent lavou os dedos com cuidado na tigela de ouro quando terminou, e os secou em um pedaço quadrado de seda.

Torveld encarava. Em Patras, escravizados alimentavam seus mestres – descascando frutas e servindo bebidas –, não o contrário. Também era assim em Akielos. A conversa se recuperou dessa pausa e voltou a assuntos triviais. Em torno deles, as criações de açúcar, condimentos açucarados e doces caramelizados em formas fantásticas estavam lentamente sendo demolidas.

Damen olhou ao redor à procura de Nicaise, mas o garoto tinha desaparecido.

◆ ◆ ◆

Na calmaria relaxada após a refeição, antes dos divertimentos, Damen recebeu liberdade para circular e foi atrás dele. Laurent estava ocupado, e pela primeira vez não havia dois guardas assomando perpetuamente sobre Damen. Ele podia ter saído andando.

O PRÍNCIPE CATIVO

Podia ter saído direto pelas portas do palácio e de lá para a cidade de Arles, que o cercava. Só que ele não podia deixar aquele lugar até que a comitiva de Torveld partisse com os escravizados, que era, é claro, a única razão por que ele estava sem a corrente.

Ele não fez um progresso muito grande. Os guardas podiam ter partido, mas a carícia de Laurent chamara outro tipo de atenção sobre Damen.

– Eu previ quando o príncipe o levou ao ringue que ele ia ficar bem popular – dizia Vannes para uma nobre a seu lado. – Eu vi sua performance nos jardins, mas foi quase um desperdício de seus talentos; o príncipe não deixou que ele tomasse nenhum papel ativo.

As tentativas de Damen de pedir licença e sair dali não tiveram impacto sobre ela.

– Não, não nos deixe ainda. Talik queria conhecer você – disse Vannes a Damen.

Ela estava dizendo para a nobre:

– É claro, a ideia de uma de nós manter machos é grotesca. Mas se fosse possível, você não acha que ele e Talik formariam um belo par? Ah, aí está ela. Vamos dar a vocês dois um momento juntos. – Elas partiram.

– Eu sou Talik – disse a escravizada de estimação. Sua voz tinha o sotaque forte de Ver-Tan, província no leste de Vask.

Damen se lembrou de alguém dizendo que Vannes gostava de escravas que pudessem vencer as competições no ringue. Talik era quase tão alta quanto Damen, e seus braços nus eram bem musculosos. Havia algo levemente predatório em seu olhar, em sua boca larga e no arco de suas sobrancelhas. Damen imaginara que escravos de estimação, como os outros, eram sexualmente submissos a seus mestres, como era o costume em Akielos. Mas ele só podia imaginar o arranjo entre Vannes e aquela mulher na cama.

Ela disse:

– Acho que uma guerreira de Ver-Tan mataria com facilidade um guerreiro de Akielos.

– Acho que isso dependeria do guerreiro – disse ele com cautela.

Ela pareceu avaliá-lo junto com sua resposta e, por fim, achar os dois aceitáveis.

– Estamos esperando – disse ela. – Ancel vai fazer uma performance. Ele é muito popular, está na moda. Você o teve. – Ela não esperou que ele confirmasse a informação. – Como foi ele?

Bem instruído. A mente de Damen forneceu a resposta, astuta como uma sugestão murmurada em seu ouvido. Ele franziu o cenho e disse:

– Adequado.

– Seu contrato com lorde Berenger termina em breve – Talik contou. – Ancel vai buscar um novo contrato, uma oferta maior. Ele quer dinheiro, *status*. Ele é tolo. Lorde Berenger pode oferecer menos dinheiro, mas ele é bondoso, e nunca põe um escravo de estimação no ringue. Ancel fez muitos inimigos. No ringue, alguém vai arrancar seus olhos verdes, num "acidente".

Damen foi atraído contra sua vontade.

– É por isso que ele está atrás de atenção real? Ele quer que o príncipe... – Ele experimentou o vocabulário que não lhe era familiar. – Faça uma oferta por seu contrato?

O PRÍNCIPE CATIVO

– O príncipe? – perguntou Talik com desprezo. – Todo mundo sabe que o príncipe não mantém escravos de estimação.

– Nenhum? – indagou Damen.

Ela disse:

– Você. – Ela o olhou de alto a baixo. – Talvez o príncipe tenha gosto por homens, não esses meninos veretianos pintados que dão gritinhos se você os belisca. – O tom de voz dela sugeria que ela apreciava isso, como princípio geral.

– Nicaise – disse Damen, já que eles estavam falando de meninos veretianos maquiados. – Eu estava procurando por Nicaise. Você o viu?

Talik apontou.

– Ali.

Do outro lado do salão, Nicaise havia reaparecido. Ele estava falando junto do ouvido de Ancel, que tinha quase de se dobrar em dois para alcançar o nível do garoto. Quando terminou, Nicaise seguiu direto para Damen.

– O príncipe mandou você? É tarde demais – disse Nicaise.

Tarde demais para quê?, seria a resposta em qualquer corte, menos naquela.

Ele disse:

– Se você machucou algum deles...

– Você vai o quê? – Nicaise deu um sorriso. – Você não vai. Você não tem tempo. O regente quer vê-lo. Ele me mandou para dizer isso. Você devia se apressar, está fazendo-o esperar. – Outro sorrisinho. – Ele me mandou há séculos.

Damen o encarou.

– Bem? Então vá – disse Nicaise.

Podia ser mentira, mas ele não podia arriscar a ofensa se não fosse. Ele foi.

Não era mentira. O regente o chamara, e, quando ele chegou, o regente dispensou todos ao seu redor, de modo que Damen ficou sozinho em sua cadeira. No fim da sala suavemente iluminada, foi uma audiência particular.

Em torno deles, satisfeito de comida e vinho, o barulho da corte estava cálido e relaxado. Damen fez todas as deferências exigidas pelo protocolo. O regente falou:

– Imagino que excite um escravo saquear os tesouros de um príncipe. Você tomou meu sobrinho?

Damen permaneceu imóvel; ele tentou não movimentar o ar ao respirar.

– Não, alteza.

– O contrário, talvez?

– Não.

– Ainda assim você come da mão dele. Da última vez que falei com você, você desejava que ele fosse açoitado. Como mais você explica essa mudança?

Você não vai gostar de minha reação, dissera Laurent.

Damen disse, com cautela:

– Estou a serviço dele. Tenho a lição escrita em minhas costas.

O regente olhou para ele por algum tempo.

– Estou quase desapontado, se não for mais que isso. Laurent poderia se beneficiar de uma influência fortificante, alguém perto dele preocupado com seus interesses. Um homem com bom julgamento, que pudesse guiá-lo sem ser manipulado.

O PRÍNCIPE CATIVO

– Manipulado? – perguntou Damen.

– Meu sobrinho é encantador, quando deseja. Seu irmão era um verdadeiro líder; ele podia inspirar lealdade extraordinária de seus homens. Laurent tem uma versão superficial dos dons do irmão, que ele usa para conseguir o que deseja. Se há uma pessoa que pode fazer alguém comer da mão que o açoitou, é meu sobrinho – disse o regente. – Onde está sua lealdade?

E Damen entendeu que não estavam lhe fazendo uma pergunta. Estavam lhe oferecendo uma escolha.

Ele queria muito atravessar o abismo que separava as duas facções dessa corte: do outro lado estava esse homem que havia muito ganhara seu respeito. Era irritantemente doloroso perceber que não estava em sua natureza fazer isso – não enquanto Laurent estava agindo em seu interesse. *Se* Laurent estivesse agindo em seu interesse... mesmo que Laurent estivesse agindo em seu interesse, ele não tinha estômago para o jogo prolongado que estava sendo jogado nessa noite. Mesmo assim...

– Não sou o homem que o senhor quer – disse ele. – Não tenho influência sobre ele. Não sou íntimo dele. Ele não tem amor por Akielos nem seu povo.

O regente lhe deu outro olhar longo e reflexivo.

– Você é honesto. Isso é agradável. Em relação ao resto, veremos. Por enquanto isso é suficiente – disse o regente. – Vá buscar meu sobrinho. Prefiro que ele não seja deixado sozinho com Torveld.

– Sim, alteza.

Ele não sabia ao certo por que aquilo parecia uma reprimenda, mas parecia.

Depois de fazer algumas perguntas a outros criados, Damen soube que Laurent e Torveld tinham se retirado mais uma vez para uma das sacadas, escapando da pressão sufocante no interior do palácio.

Ao chegar à sacada, Damen diminuiu sua velocidade. Ele podia ouvir o som de vozes. Ele olhou para trás, para o salão da corte pulsante. Ele estava fora da vista do regente. Se Laurent e Torveld estivessem realizando negociações comerciais, seria melhor atrasar um pouco e dar a eles o tempo extra de que pudessem precisar.

– … disse a meus conselheiros que eu tinha passado da idade de ser distraído por jovens bonitos – ele ouviu Torveld dizer, e de repente ficou eminentemente claro que eles não estavam realizando negociações comerciais.

Foi uma surpresa, mas, em retrospecto, aquilo estivera acontecendo a noite inteira. Um homem com a reputação honrada de Torveld escolher Laurent como objeto de seus afetos era difícil de engolir, mas talvez Torveld admirasse répteis. A curiosidade floresceu. Não havia assunto que gerasse mais especulação do que esse, tanto entre cortesãos como entre membros da Guarda do Príncipe. Damen fez uma pausa e ouviu.

– Então conheci você – disse Torveld. – E aí passei uma hora em sua companhia.

– Mais de uma hora – disse Laurent. – Menos de um dia. Acho que você se distrai mais facilmente do que admite.

– E você, não?

Houve uma pausa breve no ritmo da conversa.

O PRÍNCIPE CATIVO

– Você... tem ouvido fofocas.

– É verdade, então?

– Que eu não sou... facilmente cortejado? Isso não pode ser a pior coisa que você ouviu falar de mim.

– Facilmente a pior, de meu ponto de vista.

Isso foi dito de maneira calorosa, e provocou um suspiro de diversão em Laurent.

A voz de Torveld mudou, como se eles estivessem mais perto agora.

– Ouvi muitos rumores sobre você, mas julgo o que quero.

Laurent respondeu, na mesma voz íntima:

– E o que você quer?

Damen começou a andar, determinado.

Ao ouvir seus passos, Torveld se assustou e olhou ao redor; em Patras, assuntos do coração – ou do corpo – eram normalmente privados. Laurent se reclinou elegantemente contra a balaustrada, sem demonstrar reação além de voltar os olhos na direção de Damen. Eles estavam mesmo parados juntos de pé. Não exatamente próximos para se beijarem.

– Alteza, seu tio mandou chamá-lo – disse Damen.

– De novo – disse Torveld. Uma ruga surgiu no meio de sua testa.

Laurent se afastou.

– Ele é superprotetor – disse. A ruga desapareceu quando Torveld olhou para Laurent.

– Você demorou – murmurou Laurent ao passar por Damen.

Ele foi deixado sozinho com Torveld. Estava tranquilo ali na sacada. Os sons da corte estavam abafados, como se estivessem muito distantes. Mais altos e íntimos eram os sons de insetos nos jardins abaixo deles, e o movimento lento da folhagem. Em algum momento, ocorreu a Damen que ele devia ter baixado os olhos.

A atenção de Torveld estava em outro lugar.

– Ele é um prêmio – disse Torveld de maneira calorosa. – Aposto que você nunca pensou que um príncipe podia sentir ciúme de um escravo. Neste momento, eu trocaria de lugar com você no ato.

Você não o conhece, pensou Damen. *Você não sabe nada sobre ele. Você o conhece há uma noite.*

– Acho que os divertimentos já vão começar – disse Damen.

– Sim, claro – disse Torveld, e eles seguiram Laurent de volta à corte.

◆ ◆ ◆

Ao longo da vida, Damen fora obrigado a assistir a inúmeros espetáculos. Em Vere, "diversão" assumira um novo significado. Quando Ancel se adiantou segurando um longo bastão nas mãos, Damen se preparou para o tipo de performance que faria a delegação patrana desmaiar. Então Ancel tocou cada extremidade do bastão em uma tocha em um suporte na parede, e elas pegaram fogo.

Era uma espécie de dança do fogo, na qual o bastão era lançado e apanhado, e a chama jogada e girada, criando formas sinuosas, círculos e padrões sempre em movimento. O cabelo vermelho de

O PRÍNCIPE CATIVO

Ancel criava uma estética agradável ao lado do fogo vermelho e laranja. E mesmo sem o movimento hipnótico das chamas, a dança era sedutora, suas dificuldades parecendo simples; sua fisicalidade, sutilmente erótica. Damen olhou para Ancel com novo respeito. Essa performance exigia treino, disciplina e dotes atléticos, o que Damen admirava. Era a primeira vez que ele via escravizados de estimação veretianos demonstrarem habilidade em qualquer coisa que não fosse vestir roupas ou montar uns nos outros.

O clima estava relaxado. Damen estava de volta à corrente, sendo usado muito possivelmente como um acompanhante. Laurent estava agindo com as maneiras cuidadosamente frias de uma pessoa tentando lidar de forma educada com um pretendente difícil. Damen pensou, se divertindo um pouco: preso por sua própria inteligência. Enquanto Damen olhava, o criado de Torveld surgiu com um pêssego, então, após instrução de Torveld, pegou uma faca, cortou uma fatia e a ofereceu para Laurent, que aceitou friamente. Quando terminou o pedaço, o criado produziu um pequeno lenço de sua manga com um floreio para que Laurent limpasse os dedos imaculados. O lenço era de seda transparente, com fio de ouro nas bordas. Laurent o devolveu amassado.

– Estou gostando da apresentação – Damen não conseguiu resistir a dizer.

– O criado de Torveld está mais abastecido que você – foi tudo o que disse Laurent.

– Não tenho mangas onde carregar lenços – disse Damen. – Não me importaria se me dessem uma faca.

– Ou um garfo? – sugeriu Laurent.

C. S. PACAT

Uma onda de aplauso e uma pequena comoção evitaram uma resposta. A dança do fogo tinha terminado, e algo estava acontecendo na extremidade mais distante do salão.

Empacando como um potro novo com rédeas, Erasmus estava sendo arrastado para a frente por um tratador veretiano.

Ele ouviu a voz melódica de uma garota dizer:

– Como vocês gostam tanto deles, achei que podíamos ver uma performance de um dos escravos de Akielos.

Era Nicaise, ali pela questão insignificante de um brinco.

Torveld estava sacudindo a cabeça, não sem simpatia.

– Laurent – disse ele. – Você foi enganado pelo rei de Akielos. Esse não pode ser um escravo palaciano. Ele não está mostrando nenhuma forma. Ele não sabe nem ficar quieto. Acho que Kastor apenas vestiu alguns criados e os mandou para vocês. Embora ele seja bonito – disse Torveld.

E então, com uma voz levemente diferente:

– Muito bonito.

Ele *era* muito bonito. E era excepcional mesmo entre escravizados escolhidos para serem excepcionais, escolhido à mão para ser oferecido a um príncipe. Só que ele parecia desajeitado e não tinha graça, não mostrando nenhum sinal de treinamento. Ele tinha finalmente caído de joelhos, mas parecia ter ficado ali apenas porque seus membros tinham congelado, as mãos cerradas como se tivessem com câimbras.

– Bonito ou não, não posso levar doze escravos não treinados de volta comigo para Bazal – estava dizendo Torveld.

Damen pegou Nicaise pelo pulso.

O PRÍNCIPE CATIVO

– O que você fez?

– Me solte! Eu não fiz nada – disse Nicaise.

Ele esfregou o pulso quando Damen o largou. Para Laurent:

– Você deixa que ele fale assim com seus superiores?

– Não com os superiores – disse Laurent.

Nicaise ruborizou ao ouvir isso. Ancel ainda estava girando preguiçosamente o bastão. O tremeluzir das chamas lançava uma luz laranja. O calor, quando se aproximava, era surpreendente. Erasmus tinha ficado branco, como se estivesse prestes a vomitar na frente de todo mundo.

– Pare com isso – disse Damen a Laurent. – É cruel. Esse garoto sofreu queimaduras terríveis. Ele está com medo do fogo.

– Queimaduras? – perguntou Torveld.

Nicaise disse, rapidamente:

– Queimado, não, marcado. Ele tem cicatrizes por toda a perna. Elas são feias.

Torveld estava olhando para Erasmus, cujos olhos estavam vidrados e mostravam uma espécie de desesperança estupefata. Para alguém que soubesse o que ele achava que ia acontecer, era difícil acreditar que estivesse ajoelhado, esperando por isso.

Torveld ordenou:

– Apaguem o fogo.

O cheiro acre e repentino de fumaça abafou os perfumes veretianos. O fogo foi apagado. Chamado à frente, Erasmus conseguiu uma prostração um pouco melhor e pareceu se acalmar na presença de Laurent, o que fez pouco sentido até que Damen lembrou que Erasmus achava Laurent "bondoso".

Torveld fez várias perguntas a Erasmus, que foram respondidas em patrano de forma tímida, mas com progresso. Depois disso, os dedos de Torveld de algum modo se dirigiram ao topo da cabeça de Erasmus por um momento, de maneira protetora. Em seguida, Torveld pediu que Erasmus se sentasse ao seu lado durante as negociações comerciais.

Pouco depois, Erasmus beijou a ponta do pé de Torveld, em seguida o tornozelo, e seus cachos roçaram o músculo firme da panturrilha dele.

Damen olhou para Laurent, que tinha simplesmente deixado que tudo aquilo se desenrolasse à sua frente. Ele podia ver o que tinha feito Torveld transferir suas afeições. Havia uma semelhança superficial entre o príncipe e o escravizado. A pele clara de Erasmus e o cabelo brilhante eram a coisa mais próxima no salão da coloração de marfim e ouro de Laurent. Mas Erasmus tinha algo que faltava a Laurent: uma vulnerabilidade, uma necessidade de cuidado e um desejo de ter um mestre que eram quase palpáveis. Em Laurent, havia apenas uma frieza aristocrática, e se a pureza do perfil de Laurent chamava a atenção, Damen tinha as cicatrizes nas costas que provavam que era possível olhar, mas não tocar.

– Você planejou isso! – disse Nicaise. Sua voz baixa era um sibilar. – Você queria que ele visse, você me enganou! – Com a mesma voz com a qual um amante poderia ter dito: Como pôde fazer isso! Só que ali também havia raiva. E ódio.

– Você teve uma escolha – disse Laurent. – Não precisava me mostrar suas garras.

– Você me enganou – disse Nicaise. – Vou contar...

O PRÍNCIPE CATIVO

– Conte a ele – disse Laurent. – Sobre tudo o que eu fiz e como você me ajudou. Como acha que ele vai reagir? Vamos descobrir? Vamos juntos.

Nicaise deu um olhar para Laurent, desesperada e rancorosamente calculista.

– Ah, pare com isso... chega – disse Laurent. – Chega. Você está aprendendo. Não vai ser tão fácil da próxima vez.

– Eu prometo que não vai – disse Nicaise, com veneno, e saiu, Damen percebeu, sem dar a Laurent seu brinco.

◆ ◆ ◆

Alimentada, sentada e divertida, a corte se dispersou, e o Conselho e o regente se sentaram e começaram as negociações. Quando o regente pediu vinho, foi Ancel quem serviu, e, quando terminou, foi convidado a sentar ao lado do regente, o que ele fez, de maneira bem decorativa, com uma expressão bastante satisfeita no rosto.

Damen teve de sorrir. Ele imaginou que não devesse culpar Ancel por sua ambição. E não era uma pequena vitória para um garoto de 18 anos. Havia muitos cortesãos na terra natal de Damen que considerariam isso o ápice da conquista: chegar à cama de um rei. Mais ainda se fosse uma posição de alguma permanência.

Ancel não era o único que tinha conseguido o que queria naquela noite. Laurent entregara tudo o que Damen pedira, amarrado com um laço de fita. Tudo no espaço de um dia. Se ele deixasse todo o resto de lado, tinha de admirá-lo pela grande eficiência organizacional.

Se ele não deixasse todo o resto de lado, lembrava que aquele era Laurent, e que ele mentira e enganara para fazer com que aquilo acontecesse. Ele pensou em Erasmus, arrastado ao longo de uma noite de horrores, e sobre o que significava para um adulto enganar e usar um menino que, por mais que merecesse, tinha apenas 13 anos.

– Está feito – disse Laurent, que viera parar ao lado dele.

Laurent parecia estar bizarramente de bom humor. Ele apoiou um ombro de um jeito um tanto despreocupado na parede. Sua voz não era exatamente calorosa, mas a borda de gelo tampouco estava afiada para cortar.

– Arranjei para que Torveld se encontre com você mais tarde, para discutir o transporte dos escravos. Você sabia que Kastor os enviou para nós sem nenhum tratador de Akielos?

– Achei que você e Torveld teriam outros planos. – Isso simplesmente saiu.

Laurent disse:

– Não.

Damen percebeu que estava forçando os limites do bom humor de Laurent. Então ele disse, não sem dificuldade:

– Não sei por que fez nada disso, mas acho que os outros vão ser bem tratados em Bazal. Obrigado.

– Você tem uma repulsa eterna por nós, não é? – perguntou Laurent.

E então, antes que Damen pudesse falar:

– Não responda a essa pergunta. Algo fez você sorrir mais cedo. O que foi?

O PRÍNCIPE CATIVO

– Não foi nada. Ancel – admitiu Damen. – Ele finalmente encontrou o patronato real que estava procurando.

Laurent seguiu seu olhar. Ele avaliou calmamente a maneira como Ancel se debruçava para servir vinho, a forma como os dedos do regente se erguiam para traçar a linha do rosto de Ancel.

– Não – disse Laurent, sem muito interesse. – Isso é apenas pelas aparências. Acho que nem todas as práticas desta corte iriam receber a aprovação da delegação de Torveld.

– O que quer dizer?

Laurent tirou os olhos do regente e voltou-os novamente para Damen. Seu olhar não demonstrava nem a hostilidade habitual, nem arrogância, nem desprezo, mas em vez disso algo que Damen não sabia decifrar.

– Alertei você sobre Nicaise porque ele não é o escravo de estimação do conselheiro Audin. Você não adivinhou de quem ele é escravo? – indagou Laurent.

E então, quando ele não respondeu:

– Ancel é velho demais para interessar meu tio.

Capítulo nove

Ele foi levado para ver Torveld no início da manhã, depois de uma longa entrevista com dois criados patranos na qual ele revirou todo o conhecimento que tinha em relação ao tratamento de escravizados. A algumas perguntas que lhe fizeram ele não tinha ideia de como responder. Com outras ele ficou mais confortável: eles eram treinados em língua e protocolo patranos, assim como em vaskiano, embora talvez não nos dialetos provincianos. E claro que sabiam tudo o que era necessário sobre Akielos e Isthima. Não sobre Vere, ele se ouviu dizer. Ninguém jamais poderia imaginar que eles estariam envolvidos em uma aliança ou uma troca.

Os aposentos de Torveld eram semelhantes aos de Laurent, embora menores. Torveld saiu do quarto de dormir parecendo bem descansado, usando apenas calça e um roupão por cima. A peça caía direto até o chão dos dois lados de seu corpo, revelando um peito bem definido, com poucos pelos.

Pela arcada, Damen podia ver a confusão de membros leitosos na cama e uma cabeça alourada. Apenas por um instante ele se lembrou de Torveld cortejando Laurent na sacada, mas o cabelo era um pouco mais escuro, e cacheado.

O PRÍNCIPE CATIVO

– Ele está dormindo – disse Torveld.

Ele falou em voz baixa, de modo a não perturbar Erasmus. Ele conduziu Damen na direção de uma mesa à qual os dois sentaram. O robe de Torveld caiu em dobras de seda pesada.

– Nós ainda não... – disse Torveld, e houve silêncio. Damen se acostumara tanto às conversas explícitas veretianas que esperou em silêncio que Torveld falasse o que queria dizer. Ele levou um momento para perceber que aquele silêncio dizia tudo o que era necessário, para um patrano.

Torveld continuou:

– Ele está muito disposto, mas desconfio de que tenha havido maus-tratos, não apenas as marcas. Eu trouxe você aqui porque quero lhe perguntar a extensão disso. Eu me preocupo que, inadvertidamente... – Outro silêncio. – Eu acho que iria me ajudar saber.

Damen pensou: *estamos em Vere, e não há maneira patrana delicada de descrever as coisas que acontecem aqui.*

– Ele estava sendo treinado como escravo pessoal para o príncipe de Akielos – disse Damen. – Provavelmente era virgem antes de chegar a Vere. Mas não mais.

– Entendo.

– Não sei a extensão disso – disse Damen.

– Não precisa dizer mais. É como pensei – disse Torveld. – Bom, agradeço sua franqueza e seu trabalho nesta manhã. Entendo que é costume dar um presente aos escravos de estimação depois que eles realizam um serviço. – Torveld deu a ele um olhar atento. – Você não parece o tipo que gostaria de joias.

181

Damen, sorrindo um pouco, disse:

– Não, obrigado.

– Há mais alguma coisa que eu possa oferecer a você?

Ele pensou naquilo. Havia algo que ele queria, muito. Era perigoso pedir. O grão da madeira da mesa era escuro, e só a borda era entalhada; o resto era uma superfície lisa e simples.

– O senhor esteve em Akielos. Permaneceu lá depois das cerimônias funerárias?

– Sim, isso mesmo.

– O que aconteceu com os membros da casa do príncipe, depois de sua morte?

– Acredito que foram separados. Ouvi dizer que seus criados pessoais cortaram a própria garganta por tristeza. Não sei de mais nada.

– Por tristeza – repetiu Damen, lembrando-se do clangor de espadas e de sua própria surpresa, a surpresa que significara que ele não tinha entendido o que estava acontecendo até ser tarde demais.

– Kastor estava furioso. O guardião dos escravos reais foi executado por deixar que isso acontecesse. E vários membros da guarda.

Sim. Ele alertara Adrastus. Kastor ia querer apagar as provas do que tinha feito. Adrastus, os guardas, provavelmente até a escrava de cabelo louro que cuidara dele nos banhos. Todo mundo que sabia a verdade teria sido sistematicamente morto.

Quase todo mundo. Damen respirou fundo. Ele sabia com cada partícula que controlava de seu corpo que não devia fazer a pergunta, mas ainda assim não conseguiu evitar:

O PRÍNCIPE CATIVO

– E Jokaste? – disse Damen.

Ele disse o nome como a teria chamado, sem um título. Torveld olhou para ele com curiosidade.

– A amante de Kastor? Ela estava com boa saúde. A gravidez está correndo sem incidentes... Você não sabia? Ela carrega o filho de Kastor. Se vai haver casamento ou não é outra questão, mas sem dúvida é do interesse de Kastor assegurar sua sucessão. Ele dá toda indicação de que vai criar o filho como...

– Seu herdeiro – completou Damen.

Esse teria sido o preço dela. Ele se lembrou de cada cacho perfeito de seu cabelo, como seda enrolada. *Feche essas portas.*

Ele ergueu os olhos. Então tomou consciência, pelo modo como Torveld estava olhando para ele, que havia permanecido tempo demais nesse tópico.

– Sabe – disse Torveld devagar –, você se parece um pouco com Kastor. É algo nos olhos. No formato do rosto. Quanto mais olho para você...

Não.

– Mais eu vejo. Alguém, por acaso...

Não.

– Já observou isso antes? Tenho certeza de que Laurent iria...

– *Não* – disse Damen. – Eu...

Ele falou alto demais e com urgência demais. Seu coração batia alto no peito conforme era arrastado de seus pensamentos sobre sua casa de volta para aquilo – a simulação. Ele sabia que a única coisa que havia entre ele e a descoberta naquele momento era a pura audácia do que Kastor fizera. Um homem de mente correta como Torveld jamais teria imaginado uma traição tão descarada e criativa.

– Perdoe-me. Eu quis dizer que... Espero que o senhor não diga ao príncipe que acha que eu pareço com Kastor. Ele não ficaria nada satisfeito com a comparação. – Não era mentira. A mente de Laurent não teria dificuldade de pular do indício para a resposta. Laurent já estava perto demais de adivinhar a verdade. – Ele odeia a família real akielon.

Ele devia dizer algo sobre estar lisonjeado por haver semelhança, mas sabia que não ia conseguir.

Mas, por enquanto, aquilo distraiu Torveld.

– O sentimento de Laurent por Akielos é muito bem conhecido – disse Torveld, com uma expressão preocupada. – Tentei conversar com ele sobre isso. Não me surpreende que ele queira esses escravos fora do palácio. Se eu fosse Laurent, desconfiaria de qualquer presente de Akielos. Com conflitos surgindo entre os kyroi, a última coisa que Kastor pode se dar ao luxo de ter é um vizinho hostil na fronteira norte. O regente está aberto à amizade com Akielos, mas Laurent... Seria do interesse de Kastor manter Laurent fora do trono.

Tentar imaginar Kastor tramando contra Laurent era como tentar imaginar um lobo tramando contra uma serpente.

– Acho que o príncipe sabe se cuidar – disse Damen, secamente.

– Sim. Você pode ter razão. Ele tem uma mente rara. – Torveld se levantou, indicando que a entrevista estava terminada. No mesmo instante, Damen percebeu que havia sinais de movimento na cama.

O PRÍNCIPE CATIVO

– Estou ansioso por uma relação renovada com Vere, depois de sua ascensão.

Porque ele enfeitiçou você, pensou Damen. *Porque você está enlouquecido e não tem ideia da natureza dele.*

– Você pode dizer a ele que falei isso, se quiser. Ah, e diga que estou ansioso para derrotá-lo na caçada, hoje – disse Torveld com um sorriso enquanto Damen saía.

◆ ◆ ◆

Damen, para a alegria de seu sentido de autopreservação, não teve chance de dizer a Laurent nada daquilo, mas em vez disso foi empurrado para uma nova troca de roupa. Ele seria levado para acompanhar o príncipe. Não teve de perguntar "acompanhá-lo aonde?" – era o último dia de Torveld, e Torveld era bem conhecido por seu gosto pela caça.

A melhor caça ficava em Chastillon, mas era longe demais para ir em um dia, e havia alguns locais razoáveis nas terras levemente florestadas em torno de Arles. Por isso, em más condições devido ao vinho da noite anterior, metade da corte se reuniu no meio da manhã e saiu.

Damen foi transportado, ridiculamente, em uma liteira, assim como Erasmus e alguns dos escravizados de estimação mais delicados. Seu papel não era participar, mas cuidar dos mestres depois que a caçada terminasse. Damen e Erasmus foram levados para a tenda real. Até a partida da delegação patrana, Damen não conseguiria tentar escapar. Ele não podia nem usar a saída como chance para ver a cidade de Arles e seus arredores. A liteira era coberta. O que ele tinha era uma vista muito boa de uma série de figuras copulando, que era a cena bordada no interior da cobertura de seda.

A nobreza estava caçando javalis, que os veretianos chamavam de *sanglier*, uma variedade maior, do norte, com machos de presas mais longas. Uma torrente de criados, acordados desde antes do amanhecer – ou talvez até mesmo depois de passar a noite trabalhando – levara toda a opulência do palácio para fora, erigindo pavilhões e tendas ricamente coloridos e cobertos de estandartes e bandeiras. Havia grande quantidade de comidas e bebidas servidas por pajens atraentes. Os cavalos estavam decorados com fitas, e suas selas eram cravejadas com pedras preciosas. Aquilo era uma caçada com todo couro luxuosamente lustrado, toda almofada afofada e toda necessidade atendida. Mas, apesar de todo o luxo, ainda era um esporte perigoso. Um javali era mais inteligente que um veado ou mesmo um coelho, que corria até escapar ou ser derrubado. Um javali, atemorizante, furioso e agressivo, às vezes se virava e lutava.

Eles chegaram, descansaram e almoçaram. O grupo montou. Os batedores se espalharam. Para a surpresa de Damen, havia um ou dois escravizados de estimação em meio aos cavaleiros reunidos; ele viu Talik em um cavalo junto de Vannes, e montado muito bem em um belo ruão avermelhado estava Ancel, acompanhando seu mestre, Berenger.

No interior da tenda, não havia nenhum sinal de Nicaise. O regente estava cavalgando, mas o garoto de estimação tinha sido deixado para trás.

O PRÍNCIPE CATIVO

As palavras de Laurent na noite anterior tinham sido um choque. Era difícil reconciliar o que ele agora sabia com as maneiras e as atitudes do homem. O regente não dava sinal de seus... gostos. Damen quase podia ter pensado que Laurent estava mentido. Mas ele podia ver nas atitudes de Nicaise todas as formas como aquilo era verdade. Quem além do escravo de estimação do regente se comportaria de maneira tão audaciosa como Nicaise se comportava na companhia de príncipes?

Ao considerar as lealdades de Nicaise, era estranho que Laurent parecesse interessado nele – parecesse mesmo estranhamente gostar dele –, mas quem sabia o que se passava naquela mente labiríntica?

Não havia nada a fazer além de observar enquanto os cavaleiros montavam e esperavam pelo primeiro sinal de caça. Damen caminhou até a boca da tenda e olhou para fora.

O grupo de caça, iluminado pelo sol, cobria a colina com joias reluzentes e selas e arreios cintilantes. Os dois príncipes estavam montados lado a lado, perto da tenda. Torveld parecia poderoso e competente. Laurent, vestido de couro preto para caça, era uma figura ainda mais austera que o normal. Ele estava montando uma égua baia. Era uma bela montaria, com proporções perfeitamente equilibradas e pernas longas para a caça, mas era rebelde e difícil, já coberta por uma fina camada de suor. Ela dava a Laurent, que a controlava sob rédea leve, uma chance de exibir sua habilidade, que era excelente. Mas era uma demonstração sem substância. A caça, como a arte da guerra, exigia força, resistência e habilidade com as armas. Mas, mais importante que os três, exigia um cavalo calmo.

Cães circulavam entre as pernas dos cavalos. Eles eram treinados para ficarem calmos perto de animais grandes, para ignorar coelhos, raposas e cervos, e para se concentrarem em nada além de um *sanglier*.

A égua inquieta começou a se agitar outra vez, e Laurent debruçou-se para a frente na sela e murmurou algo enquanto acariciava seu pescoço para acalmá-la, em um gesto gentil nada característico. Então ele olhou para Damen.

Era um desperdício da natureza dar aquela aparência a uma pessoa de personalidade tão desagradável. A pele clara e os olhos azuis de Laurent eram uma combinação rara em Patras, ainda mais rara em Akielos, e uma fraqueza em especial de Damen. O cabelo louro piorava as coisas.

– Não pode pagar por um cavalo bom? – disse Damen.

– Tente acompanhar – disse Laurent.

Ele disse isso para Torveld, depois de um olhar gélido para Damen. Um toque de seus calcanhares e sua montaria se moveu como se fosse parte dele. Torveld, que estava sorrindo, o seguiu.

Os cavaleiros esporearam suas montarias, e todo o grupo partiu na direção do som da trompa. Cascos trovejaram atrás do latido dos cães. O terreno não era denso, com árvores espalhadas aqui e ali. Um grupo grande podia galopar. Havia uma visão livre dos cães e dos cavaleiros que iam à frente, se aproximando de uma área mais densamente florestada. O javali estava escondido em algum lugar. Não demorou muito para que o grupo sumisse de vista, por entre as árvores, além do cume de um morro.

O PRÍNCIPE CATIVO

❖ ❖ ❖

No interior da tenda real, criados estavam limpando o resto da refeição, que eles comeram recostados sobre almofadas espalhadas, com um cachorro entrando de vez em quando só para ser expulso afavelmente de cima dos tecidos.

Erasmus era como um ornamento exótico, ajoelhado obedientemente em um colchão da cor de maçãs amarelas. Ele tinha feito um trabalho discreto ao servir Torveld no almoço e mais tarde arrumando seus trajes de couro de montaria. Ele estava usando uma túnica curta em estilo patrano que deixava expostos braços e pernas, mas ainda assim era comprida o suficiente para cobrir suas cicatrizes. Quando entrou de novo na tenda, Damen não olhou para mais nada.

Erasmus baixou os olhos e tentou não sorrir, e em vez disso corou, lenta e completamente.

– Olá – disse Damen.

– Sei que você arranjou isso, de algum modo – disse Erasmus.

Ele era incapaz de esconder o que sentia e parecia simplesmente irradiar uma felicidade constrangida.

– Você manteve sua promessa. Você e seu mestre. Eu lhe disse que ele era bondoso – disse Erasmus.

– Você disse – concordou Damen.

Ele ficou satisfeito ao ver Erasmus feliz. Damen não ia dissuadi-lo de nada que ele acreditasse em relação a Laurent.

– Ele é uma pessoa ainda melhor. Sabia que veio falar comigo? – perguntou Erasmus.

– Ele fez isso? – Era algo que Damen não podia imaginar.

– Ele perguntou... sobre o que tinha acontecido nos jardins. Então me alertou sobre ontem à noite.

– Ele alertou você? – disse Damen.

– Ele disse que Nicaise ia me obrigar a me apresentar diante da corte, e que seria horrível, mas, se eu fosse corajoso, algo bom poderia resultar no final.

Erasmus olhou para Damen com curiosidade.

– Por que você parece surpreso?

– Não sei. Eu não devia estar. Ele gosta de planejar as coisas com antecedência – disse Damen.

– Ele não poderia saber de uma pessoa como eu se você não tivesse lhe pedido que me ajudasse – disse Erasmus. – Ele é um príncipe, sua vida é muito importante, por isso muitas pessoas devem querer que ele faça coisas por elas. Estou feliz por ter tido esta chance de agradecer. Se houver um meio de pagar você, vou descobrir. Juro que vou.

– Não há necessidade. Sua felicidade é pagamento suficiente.

– E você? – disse Erasmus. – Não vai ficar solitário, completamente sozinho?

– Eu tenho um mestre bondoso – disse Damen.

Ele fez um bom trabalho botando essas palavras para fora, levando-se tudo em consideração. Erasmus mordeu o lábio e todos os seus cachos brilhantes caíram sobre sua testa.

– Você está... apaixonado por ele?

– Não exatamente – disse Damen.

Houve um momento de silêncio. Foi Erasmus quem o rompeu.

O PRÍNCIPE CATIVO

– Sempre... sempre me ensinaram que o dever de um escravo era sagrado, que nós honrávamos nossos mestres através da submissão, e eles nos honravam de volta. E eu acreditava nisso. Mas quando você disse que foi mandado para cá como punição, entendo que, para os homens, aqui, não há honra na obediência, e é vergonhoso ser um escravo. Talvez eu já tivesse começado a entender isso, mesmo antes de você falar comigo. Tentei dizer a mim mesmo que era uma submissão ainda maior, se transformar em nada, não ter valor, mas... Eu não conseguia. Acho que é de minha natureza me submeter, como não é da sua, mas eu preciso de alguém... a quem pertencer.

– Você tem alguém – disse Damen. – Escravos são valorizados em Patras, e Torveld está cativado por você.

– Gosto dele – disse Erasmus timidamente, corando. – Gosto de seus olhos. Acho que ele é bonito. – Então ele tornou a corar com a própria ousadia.

– Mais bonito que o príncipe de Akielos? – provocou Damen.

– Bom, eu nunca o vi, mas não acho que ele pudesse ser mais bonito que meu mestre – disse Erasmus.

– Torveld não vai lhe contar isso, mas ele é um grande homem – disse Damen com um sorriso. – Mesmo entre príncipes. Ele passou a maior parte da vida no norte, lutando na fronteira, contra Vask. Foi ele que finalmente negociou a paz entre Vask e Patras. É o servo mais leal do rei Torgeir, além de seu irmão.

– Outro reino... Em Akielos nenhum de nós nunca achou que um dia sequer sairíamos do palácio.

– Sinto muito que você tenha de ser desalojado novamente. Mas não vai ser como da última vez. Você pode esperar com ansiedade por essa viagem.

– Sim. Isto é... Vou ficar com um pouco de medo, mas serei muito obediente – disse Erasmus, e tornou a corar.

◆ ◆ ◆

Os primeiros a voltar foram os caçadores a pé e os tratadores dos cães do primeiro posto, que estavam trazendo de volta um grupo de cães exaustos, depois de liberar um segundo grupo descansado quando os cavaleiros passaram. A eles também cabia o trabalho de abater qualquer cão que estivesse ferido além de qualquer possibilidade de recuperação pelo javali de presas afiadas.

Havia uma atmosfera estranha entre eles, não apenas a fadiga pesada dos cães de língua para fora. Era algo no rosto dos homens. Damen sentiu uma pontada de desconforto. A caça ao javali era um esporte perigoso. Na entrada da tenda, ele chamou um deles.

– Aconteceu alguma coisa?

O tratador de cães disse:

– Vá devagar. Seu mestre está com um humor péssimo.

Bom, com isso a ordem estava restaurada.

– Deixe-me adivinhar: outra pessoa derrubou o javali.

– Não, ele derrubou – disse o tratador com um tom amargo.

– Mas arruinou a égua para fazer isso. Ela não teve nem chance. Mesmo antes de levá-la para a luta que esmagou seu tornozelo

O PRÍNCIPE CATIVO

traseiro, ela estava sangrando do flanco aos ombros pelas esporas. – Ele apontou o queixo para as costas de Damen. – Você deve saber alguma coisa sobre isso – disse ele.

Damen o encarou e, de repente, se sentiu nauseado.

– Ela era corajosa – disse ele. – O outro, o príncipe Auguste... ele era ótimo com cavalos e ajudou a domá-la quando era filhote.

Isso era o mais perto que um homem de sua posição passaria de criticar um príncipe.

Um dos outros homens, olhando para eles, aproximou-se no momento seguinte.

– Não ligue para Jean. Ele está de mau humor. Foi ele quem teve de enfiar uma espada na garganta da égua e abatê-la. O príncipe o repreendeu por não fazer isso rápido o suficiente.

Quando os cavaleiros voltaram, Laurent estava montando um castrado cinza musculoso, o que significava que, em algum lugar no grupo de caça, um cortesão estava montado na garupa.

O regente entrou primeiro na tenda, tirou as luvas de montaria e deixou sua arma com um criado.

Do lado de fora, houve latidos repentinos. O javali tinha chegado e, provavelmente, estava sendo estripado; a pele de sua barriga, cortada e aberta; e todos os órgãos internos, removidos, e as sobras dadas aos cães.

– Sobrinho – disse o regente.

Laurent entrara com passos macios e graciosos na tenda. Havia uma inexpressividade asséptica nos olhos azuis frios, e estava claro que *humor péssimo* era um eufemismo.

O regente disse:

– Seu irmão nunca teve nenhuma dificuldade em perseguir uma presa sem matar seu cavalo. Mas nós não vamos falar sobre isso.

– Não vamos? – disse Laurent.

– Nicaise me disse que você influenciou Torveld para barganhar pelos escravos. Por que fazer isso em segredo? – questionou o regente. Seu olhar passou lento e pensativo por Laurent. – Imagino que a verdadeira pergunta seja o que o motivou a fazer isso tudo.

– Achei uma grande injustiça sua – Laurent respondeu lentamente – queimar a pele dos seus escravos quando não me deixava chicotear o meu nem um pouco.

Damen sentiu todo o ar deixar seu corpo.

A expressão do regente mudou.

– Vejo que não é possível conversar com você. Não vou permitir que permaneça nesse seu estado de espírito atual. A petulância é feia em uma criança e pior em um homem. Se você quebra seus brinquedos, não é culpa de mais ninguém, só sua.

O regente saiu através das abas dobradas da tenda, que eram mantidas abertas por fitas de seda vermelha. Do lado de fora vinham vozes, o barulho metálico de selas e arreios e todo o burburinho da confusão de um grupo de caça, e mais perto havia o som das lonas da tenda tremulando ao vento. Os olhos azuis de Laurent estavam sobre Damen.

– Alguma coisa a dizer? – perguntou Laurent.

– Soube que matou seu cavalo.

– É só um cavalo – disse Laurent. – Vou fazer meu tio me comprar um novo.

O PRÍNCIPE CATIVO

Essas palavras pareceram diverti-lo selvagemente; havia um travo afiado e particular em sua voz. Damen pensou: amanhã de manhã, Torveld vai embora, e estarei outra vez livre para tentar deixar este palácio horrendo, traiçoeiro e podre de qualquer jeito que puder.

◆ ◆ ◆

A chance veio duas noites depois, embora não de um jeito que ele tivesse antecipado.

Ele foi acordado tarde da noite, com tochas acesas e as portas de seu quarto escancaradas. Ele esperava que fosse Laurent – quando se tratava dessas visitas noturnas e desses despertares abruptos, era sempre Laurent –, mas viu apenas dois homens de libré, a libré do príncipe. Ele não os reconheceu.

– Mandaram buscá-lo – disse um deles destrancando sua corrente do chão e dando um puxão nela.

– Para ir aonde?

– O príncipe – disse o outro – quer você em sua cama.

– O quê? – perguntou Damen. Ele parou de repente, esticando a corrente.

Ele sentiu um puxão forte por trás.

– Ande. Não quero deixá-lo esperando.

– Mas… – Ele firmou os pés depois do puxão.

– Ande.

Ele deu um passo à frente, ainda resistindo. Mais um. Ia ser uma viagem lenta.

O homem atrás dele praguejou.

– Metade da guarda é louca para foder com ele. Era de esperar que você ficasse mais feliz com a ideia.

– O príncipe não quer que eu *foda com ele* – disse Damen.

– Pode ir *andando* – disse o homem atrás dele. Damen sentiu a ponta de uma faca espetar suas costas e se deixou ser levado do quarto.

Capítulo dez

Damen sobrevivera a chamados de Laurent antes. Ele não tinha razão para a tensão em seus ombros e o nó quente de ansiedade no estômago.

Sua jornada foi feita em privacidade total, dando a falsa impressão de um encontro secreto. Mas qualquer que fosse a aparência, qualquer que fosse a sensação – o que quer que lhe tivessem dito –, algo estava errado. Se pensasse demais naquilo, a histeria ameaçava: Laurent não era o tipo que contrabandearia homens para seus aposentos para encontros amorosos à meia-noite.

Isso não era o que parecia.

Não fazia sentido, mas era impossível questionar as ações de Laurent. Os olhos de Damen examinaram a passagem e encontraram outra inconsistência. Onde estavam os guardas que mantinham posição por todo aquele corredor na última vez que Damen passara por ali? Será que eles se retiravam à noite? Ou tinham sido removidos por alguma razão?

– Ele usou as palavras "sua cama"? O que mais ele disse? – perguntou Damen, sem receber nenhuma resposta.

A faca às suas costas o espetou para que ele andasse. Não havia nada a fazer além de continuar pelo corredor. A cada passo que dava, a tensão aumentava, o desconforto crescia. As janelas com grades ao longo da passagem projetavam quadrados de luar que passavam pelos rostos de sua escolta. Não havia som além de seus passos.

Uma fina linha de luz brilhava por baixo das portas do quarto de Laurent.

Apenas um guarda estava postado à porta, um homem de cabelo escuro usando a libré do príncipe e, na cintura, uma espada. Ele saudou os dois colegas com um aceno de cabeça e disse brevemente:

– Ele está aí dentro.

Eles pararam à porta por tempo suficiente para destrancar a corrente de Damen e libertá-lo completamente. A correia caiu em uma espiral pesada e foi simplesmente deixada ali no chão. Talvez ele os conhecesse.

As portas foram empurradas e abertas.

Laurent estava na poltrona reclinável, com os pés por baixo do corpo em uma postura relaxada e infantil. Um livro com páginas cheias de arabescos estava aberto à sua frente. Havia um cálice na mesinha ao lado dele. Em algum momento durante a noite, um criado devia ter passado a meia hora necessária para desamarrar seus trajes externos austeros, pois Laurent estava usando apenas calça e uma camisa branca, de um material tão fino que não exigia bordados para declarar seu custo. O quarto estava iluminado por lampiões. O corpo de Laurent era uma série de linhas graciosas sob as dobras macias da camisa. Os olhos de Damen se ergueram até a coluna branca de seu pescoço, e acima dele para o cabelo louro, repartido em torno da concha de uma orelha sem joias. A imagem era damasquinada, como metal batido. Ele estava lendo.

Ele ergueu os olhos quando as portas se abriram.

E piscou, como se fosse difícil mudar o foco de seus olhos azuis. Damen tornou a olhar para o cálice e lembrou que já tinha visto Laurent com os sentidos nublados pelo álcool.

Isso poderia ter prolongado a ilusão de um encontro amoroso alguns segundos mais, porque Laurent bêbado era sem dúvida capaz de todo tipo de exigência louca e comportamento imprevisível. Só que ficou perfeitamente claro desde o momento que ergueu os olhos que Laurent não estava esperando companhia. E que também não reconhecia os guardas.

Laurent fechou o livro com cuidado.

E se levantou.

– Não conseguia dormir? – perguntou Laurent.

Ao falar, ele parou diante da arcada do peristilo. Damen não sabia ao certo se uma queda livre de dois andares nos jardins escuros podia contar como rota de fuga. Mas, sem dúvida, fora isso – com os três degraus baixos que levavam até onde ele estava, e a mesinha ricamente entalhada e objetos decorativos proporcionando uma série de obstáculos –, era, taticamente, a melhor posição no aposento.

Laurent sabia o que estava acontecendo. Damen, que tinha visto o corredor comprido vazio, escuro e silencioso, e desprovido de homens, também sabia. O guarda à porta entrara atrás deles; havia três homens, todos armados.

– Não acho que o príncipe está num clima amoroso – disse Damen de maneira neutra.

– Eu demoro um pouco para esquentar – disse Laurent.

E então, aconteceu. Como se respondendo à deixa, houve o som de uma espada sendo desembainhada à sua esquerda.

Mais tarde, ele iria se perguntar o que o fez reagir como reagiu. Ele não tinha amor por Laurent. Com tempo para pensar, sem dúvida teria dito, com voz endurecida, que a política interna de Vere não era de sua conta, e que qualquer ato de violência que Laurent atraíra para si mesmo era totalmente merecido.

Talvez fosse uma empatia bizarra, porque ele vivera algo semelhante a isso – a traição, a violência em um lugar onde achava estar seguro. Talvez fosse um modo de reviver esses momentos, de reparar seu fracasso porque ele não reagira tão rapidamente, naquele momento, como devia ter reagido.

Devia ser isso. Devia ser o eco daquela noite, todo o caos e a emoção daquilo que ele trancara a portas fechadas.

Os três homens dividiram sua atenção: dois deles se moveram na direção de Laurent, enquanto o terceiro permaneceu com uma faca guardando Damen. Ele obviamente não esperava problemas. Sua pegada na faca era relaxada e despreocupada.

Depois de dias e semanas passadas à espera de uma oportunidade, era bom ter uma e aproveitá-la. Sentir o impacto pesado de carne sobre carne no golpe que entorpeceu o braço do homem e o fez soltar a faca.

O homem estava usando libré, não armadura, um erro estúpido. Todo seu corpo se curvou em torno do punho de Damen

O PRÍNCIPE CATIVO

quando ele o mergulhou em seu abdômen, e o homem fez um som que era meio uma tentativa de respirar, meio uma reação à dor.

O segundo dos três homens, xingando, se virou – supostamente decidindo que um homem era suficiente para despachar o príncipe, e que sua atenção seria mais bem empregada subjugando o bárbaro inesperadamente problemático.

Infelizmente para ele, achou que apenas ter uma espada seria suficiente. Ele investiu rápido em vez de se aproximar com cautela. A espada brandida com duas mãos, com seu cabo grande, podia se enterrar no tronco de um homem e praticamente cortá-lo ao meio, mas Damen já estava dentro da guarda dele, a distância para agarrá-lo.

Houve um estrondo na extremidade oposta do quarto, mas Damen ficou apenas vagamente consciente disso, toda sua atenção na tarefa de imobilizar o segundo agressor, sem desperdiçar pensamentos com o terceiro homem e Laurent.

O espadachim em suas mãos conseguiu exclamar:

– *Ele é a puta do príncipe. Mate-o.* – O que foi todo alerta de que Damen precisava para se mover. Ele jogou o peso de seu corpo contra o do espadachim, invertendo suas posições.

E o golpe de faca destinado a ele entrou no esterno sem armadura do espadachim.

O homem com a faca se levantara e recuperara a arma; ele era ágil, com uma cicatriz no rosto, por baixo da barba. Um sobrevivente. Não alguém que Damen queria se movendo rapidamente ao seu redor com uma faca. Damen não deixou que ele retirasse a faca de sua bainha horrenda, mas investiu para a frente, de modo

201

que o homem caiu para trás, abrindo os dedos. Então ele simplesmente o ergueu pelo quadril e o ombro e jogou seu corpo com força contra a parede.

Foi o suficiente para deixar o homem tonto, seus traços inertes, incapaz de demonstrar resistência inicial quando Damen o imobilizou com uma chave.

Feito isso, Damen olhou para o lado, meio esperando ver Laurent lutando ou derrotado. Ele se surpreendeu ao ver, em vez disso, que Laurent estava vivo e intacto, depois de ter despachado seu oponente, se endireitando de uma posição debruçada sobre a forma imóvel do terceiro homem, liberando seus dedos mortos de uma faca.

Ele supunha que Laurent possuísse, no mínimo, a inteligência para utilizar o ambiente.

Os olhos de Damen avistaram a faca.

Seu olhar voltou-se para o espadachim morto. Ali, também uma faca. Uma lâmina de borda serrilhada com o cabo ornamentado característico de Sicyon, uma das províncias do norte de Akielos.

A faca que Laurent segurava tinha o mesmo desenho. Estava ensanguentada até o cabo, ele viu, enquanto Laurent descia os degraus baixos. Ela parecia incongruente em sua mão, já que sua fina camisa branca tinha sobrevivido à luta em condição imaculada, e a luz dos lampiões era tão lisonjeira para ele quanto fora antes.

Damen reconheceu a expressão fria e contida. Ele não invejava o homem que segurava pelo interrogatório que estava por vir.

– O que quer que eu faça com ele?

O PRÍNCIPE CATIVO

– Segure-o firme – disse Laurent.

Ele se adiantou. Damen fez o que lhe foi mandado. Ele sentiu o homem fazer um esforço renovado para se liberar. Damen apenas o apertou com mais força, abortando o movimento de luta.

Laurent levantou a faca serrilhada e, calmo como um açougueiro, cortou a garganta barbada do homem.

Damen ouviu o som sufocado e sentiu os primeiros espasmos do corpo em suas mãos. Ele o soltou, em parte pela surpresa, e as mãos do homem subiram até a garganta em um gesto instintivo desesperado, mas era tarde demais. O corte fino desenhado em seu pescoço se alargou. Ele caiu.

Damen nem pensou antes de reagir: quando Laurent olhou de soslaio para ele e mudou a pegada na faca, ele se moveu instintivamente para neutralizar a ameaça.

Corpo colidiu com força contra corpo. Os dedos de Damen se fecharam sobre os ossos finos do pulso de Laurent, mas em vez de superá-lo imediatamente, como esperava, ele se surpreendeu por encontrar um momento de resistência muscular. Ele aplicou mais pressão e sentiu a resistência no corpo de Laurent forçada ao limite, embora ainda estivesse longe da sua.

– Solte meu braço – ordenou Laurent com voz controlada.

– Largue a faca – disse Damen.

– Se você não soltar meu braço – disse Laurent –, as coisas não vão ser fáceis para você.

Damen forçou só um pouco mais, e sentiu a resistência estremecer e ceder; a faca caiu ruidosamente no chão. Assim que isso aconteceu, ele soltou Laurent. No mesmo movimento, Damen recuou e saiu de seu alcance. Em vez de segui-lo, Laurent também deu dois passos para trás, aumentando a distância entre ele e Damen.

Eles se encararam acima dos destroços do aposento.

A faca jazia entre eles. O homem com a garganta cortada estava morto ou morrendo, seu corpo imóvel e a cabeça virada de lado. O sangue penetrara na libré que ele usava, apagando a estrela dourada sobre o azul.

A luta de Laurent não tinha sido tão contida quanto as de Damen; a mesa estava tombada, pedaços estilhaçados de uma cerâmica elegante estavam espalhados pelo chão, e o cálice rolava sobre as lajotas do piso. Uma tapeçaria na parede tinha sido parcialmente rasgada. E havia muito sangue. A primeira morte provocada por Laurent na noite tinha sido ainda mais suja que a segunda.

A respiração de Laurent estava entrecortada devido ao esforço. Assim como a de Damen. No momento tenso e cauteloso, Laurent disse, com firmeza:

– Você parece oscilar entre assistência e agressão. Qual é a sua?

– Não estou surpreso que você tinha atraído três homens para tentar matá-lo. Só estou surpreso que não houvesse mais – disse Damen sem rodeios.

– Havia mais – disse Laurent.

Entendendo o que ele quis dizer, Damen corou.

– Eu não me ofereci. Fui trazido aqui. Não sei por quê.

– Para cooperar – disse Laurent.

– Cooperar? – Damen repetiu com desgosto completo. – Você estava desarmado. – Damen se lembrou do jeito relaxado com que

O PRÍNCIPE CATIVO

o homem segurara a faca contra ele; eles tinham de fato esperado que ele cooperasse, ou, pelo menos, se afastasse e assistisse. Ele franziu o cenho para o mais próximo dos rostos imóveis. Não gostava da ideia de alguém acreditar que ele fosse capaz de matar um homem desarmado, quatro contra um. Mesmo que esse homem fosse Laurent.

Laurent estava encarando-o.

– Como o homem que você acabou de matar – disse Damen, olhando para ele.

– Na minha parte da luta, os homens não estavam ajudando e se matando entre eles – disse Laurent.

Damen abriu a boca. Antes que pudesse falar, houve um som no corredor. Os dois instintivamente ficaram de frente para as portas de bronze. O som se transformou no clangor de armaduras e armas leves, e soldados na libré do regente começaram a entrar no quarto – dois, cinco, sete. As chances começaram a ficar desencorajadoras.

– Alteza, o senhor está ferido?

– Não – disse Laurent.

O soldado no comando gesticulou para que seus homens protegessem o quarto, em seguida verificassem os três corpos sem vida.

– Um criado encontrou dois de seus homens mortos no perímetro de seus apartamentos. Ele correu imediatamente para a Guarda do Regente. Seus próprios homens ainda têm de ser informados.

– Eu imaginei – disse Laurent.

Eles foram mais duros com Damen. Trataram-no com violência e o seguraram com força, como ele se lembrava dos primeiros dias de sua captura. Ele se rendeu, pois o que mais podia fazer? Ele sentiu as mãos serem puxadas para trás. Uma mão carnuda segurou sua nuca.

– Levem-no – disse o soldado

Laurent falou com muita calma:

– Posso perguntar por que estão prendendo meu escravo?

O soldado no comando deu um olhar confuso para ele.

– Sua alteza... Houve um ataque...

– Não por ele.

– As armas são akielons – disse um dos homens.

– Alteza, se houve um ataque akielon contra o senhor, pode apostar que esse aí estava envolvido.

Estava tudo muito perfeito. Damen percebeu que era exatamente por isso que os três agressores o haviam levado até ali: para ser incriminado. Claro, eles teriam esperado sobreviver ao encontro, mas suas intenções continuavam valendo. E Laurent, que passava todo momento em que estava acordado procurando meios de humilhar, ferir ou matar Damen, acabara de receber a desculpa de que precisava entregue a ele de bandeja.

Ele podia ver, podia sentir, que Laurent sabia disso. Ele também podia sentir o quanto Laurent queria isso, queria vê-lo levado, queria derrotar ao mesmo tempo Damen e o tio. Ele se arrependeu amargamente do impulso que o fizera salvar a vida de Laurent.

– Você está mal-informado – disse Laurent. Ele falava como se estivesse com um gosto desagradável na boca. – Não houve ataque contra mim. Esses três homens atacaram o escravo, alegando algum tipo de disputa bárbara.

O PRÍNCIPE CATIVO

Damen piscou.

– Eles atacaram... o escravo? – perguntou o soldado, que estava, aparentemente, tendo tanta dificuldade para digerir essa informação quanto Damen.

– Solte-o, soldado – disse Laurent.

Mas as mãos sobre ele não o soltaram. Os homens do regente não recebiam ordens de Laurent. O soldado no comando chegou a sacudir a cabeça de leve para o homem que segurava Damen, negando a ordem de Laurent.

– Perdoe-me, alteza, mas não podemos garantir sua segurança. Eu seria negligente se não...

– Você *foi* negligente – disse Laurent.

Essa afirmação, pronunciada com calma, provocou um silêncio que o soldado no comando suportou, estremecendo só um pouco. Era provavelmente por isso que ele estava no comando. A pegada sobre Damen relaxou perceptivelmente.

– Você chegou tarde e tratou mal minha propriedade – Laurent disse. – Vá em frente, agrave seus erros prendendo o presente de boa vontade do rei de Akielos. Contra as minhas ordens.

As mãos sobre Damen se ergueram. Laurent não esperou pela admissão do soldado no comando.

– Exijo um momento de privacidade. Você pode usar o tempo até o amanhecer para limpar meus apartamentos e informar meus próprios homens do ataque. Vou mandar buscar um deles quando estiver pronto.

– Sim, alteza – disse o soldado no comando. – Como desejar. Vamos deixá-lo em seus aposentos.

Quando os soldados fizeram os primeiros movimentos para sair, Laurent perguntou:

– Será que vou ter eu mesmo que arrastar esses três desgraçados para fora?

O soldado no comando enrubesceu.

– Nós vamos removê-los. É claro. O senhor necessita de mais alguma coisa?

– Apressem-se – disse Laurent.

Os homens obedeceram. Não demorou muito para a mesa estar arrumada, o cálice devolvido a seu lugar. Os pedaços da cerâmica fina foram varridos em uma pilha arrumada. Os corpos foram removidos e o sangue foi esfregado, na maioria dos casos sem eficácia.

Damen nunca vira meia dúzia de soldados reduzidos a criados obedientes realizando tarefas domésticas pela pura força da arrogância pessoal de um homem. Era quase instrutivo.

Lá pela metade dos serviços, Laurent recuou para encostar os ombros contra a parede.

Finalmente, os homens foram embora.

O quarto tinha sido superficialmente arrumado, mas não tinha sido devolvido à sua antiga beleza tranquila. Ele tinha o ar de um santuário perturbado, mas não era só a atmosfera que tinha sido afetada; havia manchas tangíveis no cenário também. Os homens eram soldados, não criados domésticos. Eles tinham deixado passar mais de um ponto.

Damen podia sentir o ritmo de seu pulso, mas não conseguia compreender os próprios sentimentos, muito menos o que tinha acontecido. A violência, as mortes e as mentiras bizarras haviam sido repentinas demais. Seus olhos percorreram o quarto, avaliando os danos.

Seu olhar esbarrou em Laurent, que o estava observando de volta de um jeito um tanto cauteloso.

Pedir para ser deixado sozinho pelo resto da noite na verdade não fazia muito sentido.

Nada que acontecera naquela noite fazia nenhum sentido, mas havia uma coisa de que Damen aos poucos se dera conta enquanto os soldados desempenhavam seu trabalho. A postura de Laurent estava, talvez, um pouco mais exagerada que seu jeito indiferente usual. Damen inclinou a cabeça e deu um olhar longo e observador para Laurent, que foi até suas botas, em seguida tornou a subir.

– Você está ferido.

– Não.

Damen não moveu o olhar. Qualquer homem, exceto Laurent, teria corado, afastado os olhos ou dado algum sinal de que estava mentindo. Damen meio que esperava isso, mesmo de Laurent.

Laurent retribuiu o olhar, então disse:

– Talvez, você quer dizer, excluindo sua tentativa de quebrar meu braço...

– Quero dizer, excluindo minha tentativa de quebrar seu braço – disse Damen.

Laurent não estava, como Damen achara a princípio, bêbado. Mas, olhando de perto, ele estava controlando a respiração, e havia uma expressão suave e levemente febril em seus olhos.

Damen deu um passo à frente. Ele parou quando esbarrou em um olhar que parecia uma parede.

– Eu preferiria que você ficasse mais longe – disse Laurent, cada palavra finamente cinzelada, como se feita de mármore.

Damen voltou o olhar para o cálice que tinha sido derrubado durante a luta, derramando seu conteúdo; os homens do regente, sem pensar, o haviam posto no lugar. Quando tornou a olhar para Laurent, soube pela sua expressão que estava certo.

– Não ferido, envenenado – disse Damen.

– Pode conter seu prazer. Não vou morrer disso – disse Laurent.

– Como sabe?

Mas Laurent, dando-lhe um olhar assassino, recusou-se a explicar.

Ele disse a si mesmo, sentindo-se estranhamente desconectado de tudo, que aquilo era apenas justiça: Damen se lembrava perfeitamente da experiência de ser dopado com uma droga e, em seguida, lançado em uma luta. Ele se perguntou se a droga era *chalis*. Ela podia ser bebida, além de inalada? Isso explicava por que os três homens estavam tão despreocupados e certos de seu próprio sucesso ao enfrentar Laurent.

Isso também jogava a culpa mais firmemente a seus próprios pés, percebeu Damen. Era sordidamente verossímil que ele se vingasse de Laurent com a mesma tática que Laurent empregara com ele.

Aquele lugar o enojava. Em qualquer outro, simplesmente se matava o inimigo com uma espada. Ou o envenenava, se tivesse os instintos desonrados de um assassino. Ali, havia diversas

O PRÍNCIPE CATIVO

camadas de traição, sombrias, sofisticadas e desagradáveis. Ele teria presumido que aquela noite fosse produto da própria mente de Laurent, se Laurent não fosse tão nitidamente a vítima.

O que estava acontecendo?

Damen foi até o cálice e o ergueu. Um resto raso de líquido permanecia na taça. Era água, surpreendentemente, não vinho. Foi por isso que a fina marca rosada no interior da taça era visível. Era a marca característica de uma droga que Damen conhecia bem.

– É uma droga akielon – disse Damen. – É dada a escravos de prazer durante o treinamento. Faz com que eles...

– Eu sei qual o efeito da droga – disse Laurent em uma voz que parecia vidro afiado.

Damen olhou para Laurent sob nova luz. A droga, em seu próprio país, era infame. Ele mesmo a havia provado, uma vez, como um garoto curioso de 16 anos. Ele tomara apenas uma fração de uma dose normal, e isso lhe provocara um embaraço de virilidade por várias horas, exaurindo três parceiros animados e derrubados. Ele não a usara desde então. Uma dose mais forte levava da virilidade ao abandono. Para deixar resíduo no cálice, a quantidade tinha sido generosa, mesmo que Laurent houvesse bebido apenas um gole.

Laurent não estava nada abandonado. Ele não estava falando com a facilidade habitual, e sua respiração estava entrecortada, mas esses eram os únicos sinais.

Damen percebeu, de repente, que o que estava testemunhando era um exercício de puro autocontrole por uma vontade de ferro.

– Isso passa – disse Damen. E acrescentou, porque ele não estava acima de saborear a verdade como uma forma menor de sadismo: – Depois de algumas horas.

Ele podia ver na expressão de Laurent que ele preferiria cortar o próprio braço a deixar que alguém soubesse de sua condição; e mais: que ele era a última pessoa que Laurent desejava que soubesse, muito menos que fosse deixada a sós com ele. Damen também não estava acima de saborear esse fato.

– Acha que vou tirar vantagem da situação? – perguntou.

Pois, se uma coisa emergiu claramente de qualquer que fosse a trama veretiana intricada que se desenrolara naquela noite, foi o fato de que ele estava livre de correntes, livre de obrigações e sem guarda pela primeira vez desde sua chegada naquele país.

– Eu vou. Foi bom de sua parte esvaziar seus aposentos – disse Damen. – Eu achei que nunca teria a chance de sair daqui.

Ele se virou. Às suas costas, Laurent praguejou. Damen estava a meio caminho da porta quando a voz de Laurent fez com que ele se virasse: ·

– Espere – disse Laurent, como se se esforçasse para pronunciar a palavra e odiasse dizê-la. – É perigoso demais. Fugir agora seria visto como uma admissão de culpa. A Guarda do Regente não iria hesitar em matá-lo. Não posso... protegê-lo como estou agora.

– Proteger-me – disse Damen, com incredulidade nítida na voz.

– Tenho consciência de que você salvou minha vida.

Damen apenas olhou para ele.

Laurent disse:

O PRÍNCIPE CATIVO

– Não gosto de me sentir em dívida com você. Confie nisso, se não confia em mim.

– Confiar em você? – disse Damen. – Você arrancou a pele das minhas costas. Eu não o vi fazer nada além de enganar e mentir para cada pessoa que encontrou. Você usa qualquer coisa e qualquer um para atingir seus objetivos. É a última pessoa em quem eu jamais confiaria.

A cabeça de Laurent pendeu para trás, contra a parede. Suas pálpebras tinham caído e estavam meio fechadas, de modo que ele olhava para Damen através de duas frestas de cílios dourados. Damen meio que esperava uma negação ou uma discussão. Mas a única resposta de Laurent foi um riso rouco, que estranhamente mostrou mais do que qualquer outra coisa o quanto ele estava no limite.

– Vá, então.

Damen tornou a olhar para a porta.

Com os homens do regente em alerta extremo, havia perigo real, mas escapar sempre significaria arriscar tudo. Se ele hesitasse agora e esperasse por outra chance… Se conseguisse um jeito para se livrar dos grilhões perpétuos, se matasse seus guardas ou passasse por eles de algum outro jeito…

Nesse momento, os aposentos de Laurent estavam vazios. Ele tinha uma vantagem. Sabia um caminho para sair do palácio. Uma chance como aquela podia não tornar a aparecer em semanas, em meses, se é que apareceria.

Laurent seria deixado sozinho e vulnerável após um atentado contra sua vida.

Mas o perigo imediato tinha passado, e Laurent sobrevivera a ele. Outros, não. Damen matara, esta noite, e testemunhara mortes. Ele se decidiu. Qualquer dívida que houvesse entre eles tinha sido paga. Ele pensou: eu não devo nada a ele.

A porta se abriu sob sua mão, e o corredor estava vazio.

Ele partiu.

Capítulo onze

Damen só conhecia uma saída, pelo pátio da arena de treinos no primeiro andar.

Ele se forçou a caminhar com calma e propósito, como um criado realizando uma tarefa por seu mestre. Sua mente estava cheia de gargantas cortadas, lutas corpo a corpo e facas. Afastou todas elas e pensou, em vez disso, sobre seu caminho pelo palácio. A passagem, no início, estava vazia.

Passar por seu próprio quarto foi estranho. Desde que o colocaram ali, ele ficara surpreso com a proximidade de seus aposentos com os de Laurent, abrigado no interior dos próprios apartamentos do príncipe. As portas estavam levemente entreabertas, como tinham sido deixadas pelos três homens que, agora, jaziam mortos. O lugar parecia vazio e errado. Por algum instinto, talvez um instinto de esconder os sinais que revelassem sua fuga, Damen parou para fechar as portas. Quando se virou, havia alguém a observá-lo.

Nicaise estava parado no meio da passagem, como se tivesse estacado repentinamente a caminho do quarto de dormir de Laurent.

Em algum lugar distante, a vontade de rir acompanhou uma onda de pânico tensa e ridícula. Se Nicaise chegasse até lá, se ele soasse o alarme...

Damen tinha se preparado para lutar contra homens, não meninos com roupões vaporosos de seda jogados por cima de camisolas.

– O que você está fazendo aqui? – perguntou Damen, já que um deles ia dizer isso.

– Eu estava dormindo, então alguém nos acordou. Eles disseram ao regente que houve um ataque – disse Nicaise.

Nos acordou, pensou Damen, enojado.

Nicaise deu um passo à frente. O estômago de Damen deu um nó e ele se dirigiu para o centro do corredor, bloqueando o caminho do garoto. Ele se sentiu absurdo.

– Ele ordenou que todo mundo saia de seus aposentos – disse Damen. – Eu não tentaria vê-lo.

– Por que não? – questionou Nicaise. Ele olhou além de Damen, na direção do quarto de Laurent. – O que aconteceu? Ele está bem?

Damen pensou no argumento mais dissuasivo que podia inventar.

– Ele está de mau humor – respondeu, brevemente. Pelo menos, era preciso.

– Ah – disse Nicaise. Em seguida: – Não me importo. Eu só queria... – Mas então ele mergulhou em um silêncio estranho, e ficou apenas encarando Damen, sem tentar passar por ele. O que ele estava fazendo ali? Todo o tempo que Damen passava com

O PRÍNCIPE CATIVO

Nicaise era um momento em que Laurent podia emergir de seus aposentos ou a guarda podia voltar. Ele sentiu os segundos de sua vida passando.

Nicaise empinou o nariz e anunciou:

– Não me importo. Eu vou voltar para cama. – Só que ele ficou ali, parado, todo cachos castanhos e olhos azuis, a luz das tochas eventuais sobre o todo plano perfeito de seu rosto.

– Então? Vá em frente – disse Damen.

Mais silêncio. Havia obviamente algo na mente de Nicaise, e ele não iria sair sem dizê-lo. Por fim:

– Não diga a ele que eu vim.

– Não direi – disse Damen, sendo absolutamente honesto. Depois que saísse do palácio, ele não pretendia nunca mais ver Laurent.

Mais silêncio. A testa lisa de Nicaise se franziu. Finalmente, ele se virou e desapareceu de volta pela passagem.

◆ ◆ ◆

Então…

– Você – veio o comando. – Pare.

Ele parou. Laurent tinha ordenado que seus aposentos fossem deixados vazios, mas Damen, agora, chegara ao perímetro, e encarou a Guarda do Regente.

Ele disse, com toda a calma possível:

– O príncipe me mandou buscar dois homens de sua própria guarda. Imagino que eles tenham sido alertados.

Muita coisa podia dar errado. Mesmo que eles não o detivessem, podiam mandar uma escolta para acompanhá-lo. Bastava apenas uma leve desconfiança.

O guarda disse:

– Nossas ordens são que ninguém entra e ninguém sai.

– Pode dizer isso ao príncipe – disse Damen. – Depois de informá-lo que deixou passar o escravo de estimação do regente.

Isso resultou em uma leve reação. Invocar o mau humor de Laurent era como uma chave mágica que abria as portas mais proibidas.

– Vá em frente – disse o guarda.

Damen assentiu com a cabeça e saiu andando em ritmo normal, sentindo os olhos dos guardas em suas costas. Ele não pôde relaxar, mesmo quando saiu de vista. Estava continuamente consciente da atividade do palácio ao seu redor enquanto caminhava. Passou por dois criados, que o ignoraram. Rezou para que a área de treinamento estivesse como ele se lembrava: isolada, sem guardas e vazia.

◆ ◆ ◆

Ela estava. Ele sentiu uma onda de alívio ao ver o local, com seus equipamentos antigos e serragem espalhada pelo chão. No centro ficava a cruz, um volume escuro e sólido. Damen sentiu aversão ao se aproximar dela, e seu instinto foi dar a volta pela periferia do salão em vez de atravessá-lo abertamente.

Sem gostar nada dessa reação, ele deliberadamente levou alguns momentos preciosos para caminhar até a cruz e botar a mão sobre sua viga central sólida. Sentiu a madeira imóvel sob a mão.

O PRÍNCIPE CATIVO

De algum modo, esperara ver a cobertura acolchoada, escurecida por suor ou sangue – algum sinal do que acontecera –, mas não havia nada. Ergueu os olhos para onde Laurent ficara e assistira.

Não havia razão para terem botado aquela droga em especial na bebida de Laurent se a intenção fosse apenas incapacitá-lo. O estupro, portanto, deveria ter precedido o assassinato. Damen não tinha ideia se deveria ser um participante ou mero observador. As duas ideias o enojavam. Seu próprio destino, como o suposto perpetrador, provavelmente seria mais prolongado que o de Laurent, uma execução demorada e extensa, diante de multidões.

Drogas e um trio de agressores. Um bode expiatório, levado para o sacrifício. Um criado correndo para informar à Guarda do Regente no momento exato. Era um plano elaborado, que dera errado por uma falha em prever como o próprio Damen iria reagir. E por subestimar a vontade adamantina de Laurent para resistir à droga.

E por ser elaborado demais, mas essa era uma falha normal na mente veretiana.

Damen disse a si mesmo que a situação atual de Laurent não era tão terrível. Em uma corte como aquela, Laurent podia simplesmente chamar um escravo de estimação para aliviá-lo de suas dificuldades. Era teimosia se ele não o fizesse.

Ele não tinha tempo para isso.

Ele deixou a cruz. Nas laterais da área de treinamento, perto de um dos bancos, havia algumas partes de armaduras diferentes e algumas roupas velhas descartadas. Ele ficou satisfeito por elas estarem ali como ele se lembrava, porque fora do palácio ele não passaria despercebido nos trajes delicados de escravo. Graças à instrução atenta nos banhos, ele estava familiarizado com as idiossincrasias tolas das roupas veretianas e pôde se vestir rapidamente. A calça era muito velha e o tecido castanho-amarelado estava puído em alguns lugares, mas cabia. O que a prendia eram duas tiras longas de couro amaciado. Ele olhou para baixo enquanto as amarrava e apertava apressadamente; elas serviam para fechar a abertura em V e criar um trançado de ornamentação na frente.

A camisa não coube. Mas como estava em estado ainda pior de conservação que a calça, com a costura de uma das mangas se abrindo ao longo da junção entre a manga e o ombro, foi fácil arrancar fora as mangas, então rasgar a gola até que coubesse. Fora isso, era solta o suficiente; iria cobrir as cicatrizes reveladoras em suas costas. Ele descartou as roupas de escravo e as escondeu fora de vista, atrás do banco. As partes de armadura eram uniformemente inúteis, consistindo em um elmo, um peitoral enferrujado, uma única guarda de ombro e alguns cintos e fivelas. Um avambraço de couro teria ajudado a esconder suas algemas de ouro. Era uma pena não haver nenhum. Era uma pena não haver nenhuma arma.

Ele não podia se dar ao luxo de procurar outros armamentos; tempo demais já havia se passado. Ele seguiu para o terraço.

◆ ◆ ◆

O palácio não facilitava as coisas para ele.

Não havia rota amigável por cima que levasse a uma descida indolor até o primeiro andar. O pátio era cercado por edifícios mais altos, que tinham de ser escalados.

O PRÍNCIPE CATIVO

Ainda assim, ele tinha sorte por aquele não ser o palácio em Ios, nem qualquer fortaleza akielon. Ios era uma fortificação construída nos penhascos projetada para repelir intrusos. Não havia caminho sem guardas para baixo, exceto uma queda brusca e vertical de pedra branca lisa.

O palácio veretiano, repleto de ornamentos, não dava grande importância à defesa. Os baluartes eram espiras curvas e decorativas desnecessárias. As cúpulas escorregadias das quais desviou seriam um pesadelo em um ataque, escondendo uma parte do telhado da outra. Damen chegou a usar um balestreiro como apoio, mas não parecia ter nenhuma função além de ser ornamental. Aquele era um local de residência, não um forte ou um castelo construído para resistir a um exército. Vere lutara sua cota de guerras, com fronteiras desenhadas e redesenhadas, mas por duzentos anos não houvera um exército estrangeiro na capital. A velha fortaleza defensiva em Chastillon fora substituída, e a corte se mudara para o norte, para este novo ninho de prazeres.

Ao primeiro som de vozes, ele se apertou contra um baluarte e pensou, *Apenas dois*, a julgar pelo som dos pés e pelas vozes. Só dois significava que ele podia ainda ter sucesso, se pudesse fazer aquilo em silêncio, se eles não soassem um alarme. Seu pulso se acelerou. As vozes deles pareciam despreocupadas, como se estivessem ali por alguma razão rotineira, em vez de parte de um grupo de busca caçando um prisioneiro fugitivo. Damen esperou, tenso, e as vozes se distanciaram.

A lua estava alta. À direita, o rio Seraine, que o orientou: oeste. A cidade era uma série de formas escuras com bordas iluminadas pelo luar; telhados e cumeeiras íngremes, sacadas e calhas se encontravam uns com os outros em um bagunça caótica nas sombras. Atrás dele, havia uma escuridão extensa que deviam ser as grandes florestas do norte. E para o sul... Para o sul, além das formas escuras da cidade, além dos morros de florestas esparsas das províncias ricas de Vere, ficava a fronteira, cheia de verdadeiros castelos: Ravanel, Fortaine, Marlas... E depois da fronteira, Delpha e seu lar.

Lar.

Lar, embora o Akielos que ele deixara para trás não fosse o Akielos para o qual iria voltar. O reino de seu pai tinha terminado, e era Kastor quem, naquele momento, dormia nos aposentos reais – com Jokaste ao seu lado, se ela ainda não tivesse começado seu resguardo anterior ao parto. Jokaste, a cintura se alargando com o filho de Kastor.

Ele respirou fundo para se firmar. Ainda estava com sorte. Não veio som de alarme do palácio, nenhum grupo de busca no telhado nem nas ruas. Sua fuga não tinha sido notada. E havia um jeito de descer, se ele estivesse preparado para escalar.

Seria bom testar suas condições físicas, se lançar em um desafio árduo. Quando chegou a Vere, ele estava em excelente condição, e permanecer em forma e pronto foi algo em que ele tinha trabalhado durante as longas horas de confinamento em que havia pouca coisa mais a fazer. Mas várias semanas de recuperação lenta das chicotadas cobraram um preço. Lutar contra dois homens de força medíocre era uma coisa, escalar uma parede era algo completamente diferente, um feito de vigor que exigia força contínua dos braços e dos músculos das costas.

O PRÍNCIPE CATIVO

Suas costas – sua fraqueza –, recentemente curadas e não testadas. Ele não sabia ao certo quanto esforço contínuo podia suportar antes que perdesse a força muscular. Só havia um jeito de descobrir.

A noite iria fornecer uma cobertura para a descida, mas depois disso, não era uma boa hora para se mover pelas ruas de uma cidade. Talvez houvesse um toque de recolher, ou talvez fosse simples costume, mas as ruas de Arles pareciam vazias e silenciosas. Um homem andando no nível das ruas chamaria atenção. Em contraste, a luz cinza do amanhecer, com o movimento e a agitação que a acompanhavam, seria a hora perfeita para ele encontrar um meio de sair da cidade. Talvez pudesse até se mover mais cedo. Cerca de uma hora antes de amanhecer era um horário ativo em qualquer cidade.

Mas primeiro ele tinha de descer. Depois disso, um canto escuro da cidade – um beco ou, se as costas permitissem, um telhado – seria um lugar ideal para esperar até que a movimentação da manhã começasse. Ele agradeceu pelo fato de os homens nos telhados do palácio terem ido embora, e por as patrulhas ainda não terem saído.

◆ ◆ ◆

As patrulhas saíram.

A Guarda do Regente saiu do palácio montada e carregando tochas, apenas minutos depois que os pés de Damen tocaram o chão pela primeira vez. Duas dúzias de homens a cavalo, divididos em dois grupos: a quantidade exata para acordar uma cidade.

Cascos batiam nas pedras do calçamento, lampiões se acendiam, janelas se abriam ruidosamente. Gritos de reclamação podiam ser ouvidos. Rostos surgiam em janelas até que, resmungando sonolentos, tornavam a desaparecer.

Damen se perguntou quem tinha finalmente soado o alarme. Será que Nicaise tinha somado dois mais dois? Será que Laurent emergira de seu estupor drogado e decidira que queria o escravo de estimação de volta? Será que tinha sido a Guarda do Regente?

Não importava. As patrulhas tinham saído, mas eram barulhentas e fáceis de evitar. Não demorou muito até que ele estivesse bem escondido em um telhado, oculto atrás de telhas íngremes e uma chaminé.

Ele olhou para o céu e calculou que iria demorar, talvez, mais uma hora.

◆ ◆ ◆

A hora se passou. Uma patrulha estava fora do alcance visual e auditivo, a outra estava a algumas ruas de distância, mas se retirando.

O amanhecer começou a ameaçar seus contornos. O céu não estava mais perfeitamente escuro. Damen não conseguiu ficar onde estava, agachado como uma gárgula, esperando enquanto a luz lentamente o expunha como uma cortina se erguendo sobre um quadro inesperado. Em torno dele, a cidade estava despertando. Era hora de descer.

O beco estava mais escuro que o telhado. Ele podia identificar várias portas de formas diferentes, a madeira velha e as cornijas

O PRÍNCIPE CATIVO

de pedra se desfazendo. Fora isso, por um dos lados, onde havia uma pilha de dejetos, não havia saída. Ele preferiu ir embora dali.

Uma das portas se abriu. Ele sentiu um cheiro de perfume e cerveja choca. Havia uma mulher na porta. Ela tinha cabelo castanho encaracolado, um rosto bonito, pelo que ele podia ver no escuro, e um peito amplo, parcialmente exposto.

Damen piscou. Por trás dela, a forma sombreada de um homem, e, atrás dele, a luz quente de lampiões cobertos de vermelho, uma atmosfera particular e sons abafados inconfundíveis.

Bordel. Nenhuma pista disso no exterior, nem mesmo luz vinda das janelas com postigos, mas se esse ato era um tabu social entre homens e mulheres solteiros, era compreensível que um bordel fosse discreto, escondido de vista.

O homem não pareceu ter vergonha alguma do que estava fazendo, saindo com a linguagem corporal lânguida de uma pessoa recentemente saciada, erguendo as calças. Quando viu Damen, parou e deu a ele um olhar de territorialidade impessoal. E então ele realmente parou, e sua expressão mudou.

E a sorte de Damen, que até então tinha aguentado firme, o abandonou rapidamente.

Govart disse:

– Deixe-me adivinhar, eu fodi um dos seus, por isso você veio aqui foder uma das minhas.

O som distante de cascos nas pedras do calçamento foi seguido pelo som de vozes vindas da mesma direção, os gritos que acordaram a cidade uma hora desagradável antes do horário.

– Ou – perguntou Govart, na voz lenta de quem chega

finalmente a uma conclusão – *você* é a razão de os guardas terem saído?

Damen evitou o primeiro golpe, e o segundo. Ele manteve a distância entre seus corpos, lembrando-se dos abraços de urso de Govart. A noite estava se transformando em uma pista de obstáculos de desafios extravagantes. Impedir um assassinato. Escalar uma parede. Lutar contra Govart. O que mais?

A mulher, com sua caixa torácica seminua e impressionante, abriu a boca e gritou.

Depois disso, as coisas aconteceram muito depressa.

A três ruas de distância, berros e o barulho de cascos quando a patrulha mais próxima deu meia-volta e seguiu na direção do grito com toda a disposição. A única chance de Damen era que eles passassem direto pela abertura estreita do beco. A mulher também percebeu isso, e tornou a gritar, em seguida se escondeu no bordel. A porta bateu e foi trancada.

O beco era estreito e não podia abrigar três cavalos lado a lado, mas dois eram suficientes. Além de cavalos e tochas, a patrulha tinha bestas. Ele não podia resistir, a menos que quisesse cometer suicídio.

A seu lado, Govart parecia orgulhoso. Talvez não tivesse percebido que se a guarda disparasse em Damen, ele também seria atingido.

Em algum lugar atrás dos dois cavalos, um homem desmontou e se adiantou. Era o mesmo guarda que estava no comando da Guarda do Regente nos aposentos de Laurent. Mais orgulho. Pela expressão em seu rosto, provar que estava certo em relação a Damen o deixou extremamente gratificado.

– De joelhos – disse o soldado no comando.

O PRÍNCIPE CATIVO

Eles iam matá-lo ali? Se fossem, ele iria lutar; embora, contra tantos homens com bestas, ele soubesse como a luta iria terminar. Atrás do soldado no comando, a entrada do beco estava espetada como um pinheiro com setas de bestas. Se planejavam isso ou não, sem dúvida iriam matá-lo ali se tivessem uma única desculpa razoável.

Damen, lentamente, ficou de joelhos.

Estava amanhecendo. O ar tinha aquela qualidade imóvel e translúcida que vinha com o nascer do sol, mesmo em uma cidade. Ele olhou ao redor; não era um beco muito agradável. Os cavalos não gostavam do lugar, mais exigentes que os humanos que viviam ali. Ele soltou um suspiro.

– Eu o prendo por alta traição – disse o soldado. – Por sua parte na trama para assassinar o príncipe herdeiro. Sua vida agora pertence à coroa. Foi decisão do Conselho.

Ele tinha tentado a sorte e a situação o levara até ali. Ele não sentiu medo, e sim a sensação de aperto entre as costelas de ter liberdade agitada à sua frente, em seguida arrancada de seu alcance. O que causava mais raiva era que Laurent estivera certo.

– Amarre as mãos dele – disse o soldado no comando, jogando um pedaço de corda fina para Govart. Em seguida, ele se moveu para o lado, com a espada no pescoço de Damen, dando aos homens ao redor uma mira direta para um tiro limpo de besta.

– Mexa-se e morra – disse o soldado. O que era um resumo apropriado.

Govart pegou a corda. Se Damen ia resistir, tinha de fazer isso agora, antes que suas mãos fossem amarradas. Ele sabia disso, mesmo enquanto sua mente, treinada para lutar, via a linha livre até as bestas e os doze homens a cavalo e não conjurava nenhuma tática que pudesse causar mais que uma comoção e uma baixa. Talvez algumas baixas.

– A punição para traição é a morte – disse o soldado.

Momentos antes de levantar a espada, antes de se mover, antes que um último ato desesperado se desenrolasse no beco imundo, houve outro ruído de cascos, e Damen teve de segurar uma risada de descrença, lembrando-se da segunda metade da patrulha. Chegando agora, como um floreio desnecessário. Na verdade, nem Kastor tinha mandado tantos homens contra ele.

– Esperem! – chamou uma voz.

E, à luz do amanhecer, ele viu que os homens que freavam os cavalos não estavam usando as capas vermelhas da Guarda do Regente, mas estavam vestidos de azul e dourado.

– São os cachorrinhos da vadia – disse o soldado no comando, com desprezo total.

Três guardas do príncipe tinham forçado seus cavalos através do bloqueio improvisado até o interior do beco abarrotado. Damen chegou a reconhecer dois deles: Jord na frente sobre um baio castrado, e atrás dele a figura maior de Orlant.

– Vocês têm uma coisa que é nossa – disse Jord.

– O traidor? – perguntou o soldado no comando. – Vocês não têm direitos aqui. Saiam agora, e vou deixar que voltem pacificamente.

– Nós não somos o tipo pacífico – disse Jord. Sua espada estava desembainhada. – Não vamos sem o escravo.

– Vocês desafiariam ordens do Conselho? – perguntou o soldado no comando.

O PRÍNCIPE CATIVO

A pé, o homem foi deixado na posição nada invejável de enfrentar três cavaleiros. Era um beco pequeno, e Jord tinha sacado a espada. Atrás dele, os vermelhos e azuis estavam em número quase igual. Mas o soldado no comando não pareceu intimidado.

Ele disse:

– Sacar uma arma contra a Guarda do Regente é um ato de traição.

Em resposta, com desprezo despreocupado, Orlant sacou sua espada. Instantaneamente, metal brilhou nas fileiras atrás dele. Bestas se eriçaram dos dois lados. Ninguém respirava.

Jord disse:

– O príncipe está diante do Conselho. Suas ordens foram dadas há uma hora. Mate o escravo e será o próximo a perder a cabeça.

– Isso é mentira – disse o soldado no comando.

Jord retirou algo das dobras de seu uniforme e o agitou. Era um medalhão de conselheiro. Ele balançava em sua corrente à luz de tochas, brilhando dourado como uma estrela.

Em meio ao silêncio, Jord disse:

– Quer apostar?

◆ ◆ ◆

– Você deve ser uma foda sensacional – disse Orlant pouco antes de empurrar Damen para o interior da sala de audiências, onde Laurent estava sozinho, diante do regente e do Conselho.

Era a mesma cena da última vez, com o regente no trono e o

Conselho vestido formalmente e disposto de forma formidável ao lado dele, exceto que não havia cortesãos enchendo a sala. Era apenas Laurent, sozinho, encarando-os. Damen imediatamente procurou qual conselheiro estava sem seu medalhão. Era Herode.

Outro empurrão. Os joelhos de Damen atingiram o carpete, que era vermelho como as capas da Guarda do Regente. Ele estava bem perto de uma parte da tapeçaria onde um javali era perfurado por uma lança sob uma árvore carregada de romãs.

Ele ergueu os olhos.

– Meu sobrinho o defendeu de maneira muito persuasiva – disse o regente. Em seguida, ecoou estranhamente as palavras de Orlant: – Você deve ter um charme oculto. Talvez seja seu físico que ele ache tão atraente. Ou você tem outros talentos?

A voz fria e calma de Laurent interveio:

– O senhor sugere que eu levo o escravo para minha cama? Que sugestão revoltante. Ele é um soldado bruto do exército de Kastor.

Laurent assumira, mais uma vez, seu autocontrole insuportável, e estava vestido para uma audiência formal. Já não estava, como Damen o vira pela última vez, lânguido e de olhos sonolentos, com a cabeça inclinada para trás contra a parede. O punhado de horas decorridas desde a fuga de Damen era tempo suficiente para que os efeitos da droga tivessem passado. Provavelmente. Embora, é claro, não houvesse como saber há quanto tempo Laurent estava naquela sala, discutindo com o Conselho.

– Apenas um soldado? E ainda assim você descreveu a circunstância bizarra na qual três homens invadiram seus aposentos para atacá-lo – disse o regente.

O PRÍNCIPE CATIVO

Ele olhou brevemente para Damen.

– Se ele não se deita com você, o que estava fazendo em seu espaço privativo tão tarde da noite?

A temperatura, já fria, caiu pronunciadamente.

– Eu não me deito no suor nauseante de homens de Akielos – disse Laurent.

– Laurent, se houve um ataque akielon contra você que está escondendo por alguma razão, nós devemos e vamos descobrir. A questão é séria.

– Assim como minha resposta. Não sei como esse interrogatório chegou à minha cama. Posso perguntar para onde devo esperar que ele se mova em seguida?

As dobras pesadas de um roupão de Estado envolveram o trono no qual sentava o regente. Com a curva de um dedo, ele acariciou o maxilar barbado. Ele tornou a olhar para Damen, antes de voltar a atenção para o sobrinho.

– Você não seria o primeiro rapaz a se ver à mercê da empolgação de uma nova paixão. A inexperiência frequentemente confunde cama com amor. O escravo podia tê-lo convencido a mentir para nós, depois de tirar vantagem de sua inocência.

– Tirar vantagem de minha inocência – repetiu Laurent.

– Todos vimos você favorecê-lo. Sentado ao seu lado à mesa. Alimentado por sua própria mão. Na verdade, você dificilmente é visto sem ele, nos últimos dias.

– Ontem eu o brutalizei, hoje estou desmaiando em seus braços. Preferiria que as acusações contra mim fossem consistentes. Escolha uma.

231

– Não preciso escolher uma, sobrinho. Você tem uma grande variedade de vícios, e a inconsistência é o maior deles.

– Sim, aparentemente fodi meu inimigo, conspirei contra meus interesses futuros e planejei meu próprio assassinato. Mal posso esperar para ver que feitos vou realizar em seguida.

Só olhando para os conselheiros era possível ver que aquela entrevista estava durando muito tempo. Homens mais velhos, arrancados de suas camas, todos mostravam sinais de cansaço.

– Ainda assim, o escravo fugiu – disse o regente.

– Vamos voltar a isso? – disse Laurent. – Não houve agressão contra mim. Se eu tivesse sido atacado por quatro homens armados, acha mesmo que eu teria sobrevivido, matando três? O escravo fugiu por uma razão não mais sinistra que ser difícil e rebelde. Acredito que mencionei antes sua natureza intratável para todos vocês. O senhor também escolheu não acreditar em mim na ocasião.

– Não é questão de acreditar. Essa defesa do escravo me incomoda. Não é do seu feitio. Fala de uma conexão incomum. Se ele levou você a simpatizar com forças externas a seu próprio país...

– Simpatizar com *Akielos*?

A repulsa fria com a qual Laurent pronunciou as palavras foi mais persuasiva do que qualquer explosão de indignação. Um ou dois conselheiros se remexeram no lugar.

Herode disse, constrangido:

– Acho que dificilmente ele poderia ser acusado disso, não quando seu pai e seu irmão...

– Ninguém – disse Laurent – tem mais razão para se opor a Akielos que eu. Se o escravo presenteado por Kastor tivesse me

O PRÍNCIPE CATIVO

atacado, seria motivo para guerra. Eu ficaria muito feliz. Eu estou aqui por uma única razão: a verdade. Vocês ouviram. Não vou discutir mais. O escravo é inocente ou culpado. Decidam.

– Antes de decidirmos – disse o regente –, você vai responder a isso: se sua oposição em relação a Akielos é autêntica, como você afirma, se não há algum conluio, por que se recusa continuamente a servir na fronteira, em Delfeur? Acho que, se fosse tão leal quanto diz, você pegaria sua espada, reuniria o que resta de sua honra e cumpriria com seu dever.

– Eu... – começou Laurent.

O regente se encostou no trono, abaixou as mãos espalmadas sobre a madeira escura entalhada dos braços curvados e esperou.

– Eu... não vejo razão para isso...

Foi Audin quem disse:

– É uma contradição.

– Mas facilmente resolvível – disse Guion. Atrás dele, houve um ou dois murmúrios de concordância. O conselheiro Herode assentiu com a cabeça devagar.

Laurent passou o olhar por cada membro do Conselho.

Qualquer um avaliando a situação naquele momento teria visto como ela era precária. Os conselheiros estavam desconfiados de seu argumento e prontos a aceitar qualquer solução que o regente estivesse oferecendo, por mais artificial que pudesse parecer.

Laurent só tinha duas opções: receber a censura deles por continuar com uma discussão complicada envolta em acusações e fracasso, ou concordar com o serviço na fronteira e obter o que queria.

Mais que isso, era tarde, e sendo a natureza humana como era, se Laurent não concordasse com a oferta do tio, os conselheiros podiam se voltar contra ele apenas por estender aquilo ainda mais. E a lealdade de Laurent agora também estava em questão.

Laurent disse:

– Tem razão, tio. Evitar minhas responsabilidades os levou compreensivelmente a duvidar de minha palavra. Vou cavalgar para Delfeur e cumprir com meu dever na fronteira. Não gosto da ideia de haver questões sobre minha lealdade.

O regente estendeu as mãos em um gesto satisfeito.

– Essa resposta deve satisfazer a todos – disse o regente.

Ele recebeu a concordância do Conselho, cinco afirmações verbais, uma após a outra, depois olhou para Damen e disse:

– Acredito que podemos absolver o escravo, sem mais questões sobre lealdade.

– Eu me submeto humildemente a seu julgamento, tio – disse Laurent. – E ao julgamento do Conselho.

– Liberem o escravo – ordenou o regente.

Damen sentiu mãos em seus pulsos desamarrando a corda. Era Orlant, que estivera parado atrás dele o tempo inteiro. Os movimentos foram curtos.

– Pronto. Está feito. Venha – disse o regente para Laurent, estendendo a mão direita. No dedo mindinho ele usava o anel de seu cargo, de ouro, encimado por uma pedra vermelha: rubi ou granada.

Laurent se aproximou e se ajoelhou diante dele graciosamente, com uma única rótula tocando o chão.

O PRÍNCIPE CATIVO

– Beije-o – disse o regente, e Laurent baixou a cabeça em obediência para beijar o anel de sinete do tio.

Sua linguagem corporal estava calma e respeitosa; seus cabelos dourados caídos escondiam sua expressão. Seus lábios tocaram o núcleo duro da gema sem pressa, em seguida se afastaram dele. Ele não se levantou. O regente olhou para ele.

Depois de um momento, Damen viu a mão do regente se erguer outra vez para descansar sobre o cabelo de Laurent e acariciá-lo com afeição lenta e familiar. Laurent permaneceu absolutamente imóvel, de cabeça baixa, conforme fios finos de ouro eram afastados de seu rosto pelos dedos com anéis pesados do regente.

– Laurent, por que você precisa sempre me desafiar? Odeio quando nos desentendemos, e ainda assim você me força a repreendê-lo. Você parece determinado a destruir tudo em seu caminho. Abençoado com presentes, você os dissipa. Ao receber oportunidades, você as desperdiça. Odeio vê-lo crescer assim – disse o regente –, quando você era um menino tão adorável.

Capítulo doze

O MOMENTO RARO DE afeição do tio com o sobrinho encerrou a reunião, e o regente e o Conselho deixaram a sala. Laurent permaneceu e se levantou de onde estava ajoelhado, observando o tio e os conselheiros se retirarem. Orlant, que havia feito uma reverência e saído depois de libertar Damen, também tinha ido embora. Eles estavam sozinhos.

Damen se levantou sem pensar. Ele lembrou, que devia esperar algum tipo de ordem de Laurent, mas já era tarde demais. Ele estava de pé, e as palavras saíram de sua boca:

– Você mentiu para seu tio para me proteger – disse ele.

Havia quase dois metros de tapeçaria entre eles. Ele não teve a intenção de dizer o que o tom de sua voz indicou. Ou talvez tivesse. Os olhos de Laurent se estreitaram.

– Ofendi mais uma vez seus princípios elevados? Talvez você possa sugerir uma trégua mais sadia. Eu acho que me lembro de lhe dizer para não sumir.

Damen podia ouvir, ao longe, o choque na própria voz.

– Não entendo por que fez isso para me ajudar, quando dizer a verdade teria lhe servido muito melhor.

O PRÍNCIPE CATIVO

– Se não se importa, acho que já ouvi coisas demais sendo ditas sobre meu caráter esta noite. Ou eu vou ter de me digladiar com você também? Eu posso.

– Não, eu não quis dizer... – O que ele queria dizer? Ele sabia o que devia exprimir: gratidão do escravo resgatado. Não era como se sentia. Ele estivera muito perto. A única razão por que fora descoberto era Govart, que não seria seu inimigo se não fosse por Laurent. *Obrigado* significava obrigado por ser arrastado de volta e algemado e amarrado no interior daquela jaula de palácio. De novo.

Ainda assim, de maneira inequívoca, Laurent salvara sua vida. Laurent e o tio eram quase páreo um para o outro quando se tratava de brutalidade verbal. Ele se perguntou exatamente por quanto tempo Laurent resistira antes de ser levado até lá.

Não posso protegê-lo como estou agora, dissera Laurent. Damen não havia pensado no que proteção podia significar, mas jamais teria imaginado que Laurent entraria no ringue para defendê-lo – e permaneceria ali.

– Quero dizer... Estou agrade...

Laurent o interrompeu.

– Não há nada mais entre nós, sem dúvida não *gratidão*. Não espere bondades futuras de minha parte. Nosso débito está pago.

Mas o leve franzir de cenho com o qual Laurent olhou para Damen não era totalmente de hostilidade; e acompanhava um olhar longo e curioso. Depois de um momento:

– Eu estava falando sério quando disse que não gostava de me sentir em dívida com você. – E depois: – Você tinha muito menos razão para me ajudar do que eu tinha para ajudá-lo.

– Isso sem dúvida é verdade.

– Você não tem papas na língua, tem? – perguntou Laurent, ainda de cenho franzido. – Um homem mais esperto teria. Um homem esperto teria ficado no lugar e ganhado vantagens fomentando o senso de obrigação e culpa em seu mestre.

– Eu não sabia que você tinha um senso de culpa – disse Damen sem rodeios.

Um apóstrofo surgiu em um dos cantos dos lábios de Laurent. Ele se afastou alguns passos de Damen, tocando o braço trabalhado do trono com a ponta dos dedos. Então, em uma postura solta e relaxada, sentou-se nele.

– Bom, anime-se. Eu vou para Delfeur e vamos nos livrar um do outro.

– Por que a ideia de servir na fronteira o incomoda tanto?

– Eu sou um covarde, lembra?

Damen pensou nisso.

– É? Não me lembro de jamais o ver fugir de uma luta. Geralmente é o contrário.

O apóstrofo se aprofundou.

– Verdade.

– Então...

Laurent disse:

– Isso não é da sua conta.

Outra pausa. Em sua posição relaxada no trono, Laurent parecia não ter ossos, e Damen se perguntou, enquanto o príncipe continuava a olhar para ele, se a droga ainda permanecia em suas veias. Quando Laurent falou, o tom era casual.

O PRÍNCIPE CATIVO

– Até onde você chegou?

– Não muito. Um bordel em algum lugar no bairro sul.

– Fazia assim tanto tempo desde Ancel?

O olhar assumira uma característica preguiçosa. Damen corou.

– Eu não estava lá por prazer. Tinha mais uma ou outra coisa em mente.

– Uma pena – disse Laurent com um tom indulgente. – Você devia ter aproveitado e tido prazer quando teve a chance. Eu vou trancá-lo com tanta firmeza que você não vai conseguir respirar, muito menos me causar outra inconveniência como essa outra vez.

– É claro – disse Damen em uma voz diferente.

– Eu disse que você não devia me agradecer – disse Laurent.

◆ ◆ ◆

E assim eles o levaram de volta para seu pequeno quarto familiar e excessivamente decorado.

Tinha sido uma noite longa e insone, e ele tinha um estrado e almofadas onde descansar, mas havia uma sensação em seu peito que o impedia de dormir. Ao olhar ao redor do quarto, a sensação se intensificou. Havia duas janelas em arco na parede à sua esquerda, com peitoris baixos e largos, ambas cobertas com grades trabalhadas. Elas davam para os mesmos jardins do peristilo de Laurent, o que ele sabia pela posição de seu quarto em relação aos apartamentos de Laurent, não por observação pessoal. Sua corrente não esticava o suficiente para lhe permitir espiar a vista. Ele podia imaginar a água em movimento e as plantas frescas que caracterizavam os pátios internos veretianos. Mas não conseguia vê-los.

O que ele podia ver, ele já conhecia. Ele conhecia cada centímetro daquele quarto, cada curva do teto, a curva de cada folha da grade da janela. Ele conhecia a parede em frente. Conhecia o elo de ferro inamovível no chão, o puxão da corrente e seu peso. Conhecia a décima segunda lajota que marcava o limite de seus movimentos quando a corrente se esticava. Todos os dias tinham sido exatamente iguais desde sua chegada, com mudanças apenas na cor das almofadas sobre o estrado, que eram levadas e trazidas como se de um suprimento infinito.

Por volta do meio da manhã, um criado entrou, trazendo a refeição matinal. Ele deixou Damen com ela e saiu apressado. As portas se fecharam.

Ele estava sozinho. O prato delicado continha queijos, pães quentes fatiados, um punhado de cerejas em seu próprio prato de prata raso, um doce com forma artística. Cada item era considerado e desenhado para que a exibição da comida, como todo o resto, fosse bonita.

Ele jogou aquilo do outro lado do quarto em uma expressão de fúria impotente.

◆ ◆ ◆

Ele se arrependeu disso quase imediatamente. Quando o criado tornou a entrar mais tarde, e com o rosto branco de nervoso começou a rastejar pelos cantos do quarto catando queijo, ele se sentiu ridículo.

O PRÍNCIPE CATIVO

Então, é claro, Radel tinha de entrar e ver a desordem, e encarou Damen com uma expressão familiar.

– Jogue quanta comida você quiser. Nada vai mudar. Enquanto o príncipe estiver na fronteira, você não vai sair deste quarto. Ordens do príncipe. Você vai se lavar aqui, se vestir aqui e permanecer aqui. As excursões que desfrutou aos banquetes, às caçadas e aos banhos terminaram. Você não vai ser solto dessa corrente.

Enquanto o príncipe estivesse na fronteira. Damen fechou os olhos brevemente.

– Quando ele parte?

– Em dois dias.

– Quanto tempo vai ficar fora?

– Vários meses.

Era uma informação incidental para Radel, que disse as palavras alheio ao efeito que tiveram sobre Damen. Radel deixou cair uma pequena pilha de roupas no chão.

– Troque-se.

Damen devia ter demonstrado alguma reação porque Radel continuou:

– O príncipe não gosta de você em roupas veretianas. Ele ordenou que a ofensa fosse remediada. Elas são roupas para homens civilizados.

Ele se trocou. Pegou as roupas que Radel deixara cair de sua pequena pilha dobrada, não que houvesse muito tecido para dobrar. Ele estava de volta aos trajes de escravizados. As roupas veretianas nas quais escapara foram removidas pelos criados como se nunca houvessem existido.

O tempo, excruciantemente, passou.

Aquele breve vislumbre de liberdade fez com que ele ansiasse pelo mundo fora do palácio. Ele estava consciente também de uma frustração ilógica: fugir, pensara, iria terminar em liberdade ou morte – mas, qualquer que fosse o resultado, isso faria algum tipo de diferença. Só que agora ele estava *de volta ali.*

Como era possível que todos os eventos fantásticos da noite anterior não tivessem provocado nenhuma alteração em sua situação?

A ideia de ficar preso no interior daquele quarto por vários meses...

Talvez fosse natural que, aprisionado como uma mosca naquela teia filigranada, sua mente se fixasse em Laurent, com seu cérebro de aranha sob o cabelo louro. Na noite anterior, Damen não pensara muito em Laurent nem na trama que se centrara nele: sua mente estava cheia de pensamentos de fuga; ele não teve o tempo nem a inclinação para refletir sobre traições veretianas.

Mas agora ele estava sozinho, sem nada em que pensar além do ataque estranho e sangrento.

E assim, quando o sol subiu em seu caminho da manhã até a tarde, ele se viu recordando os três homens, com suas vozes veretianas e facas akielons. *Esses três homens atacaram o escravo,* dissera Laurent. Ele não tinha razão para mentir; por que negar que tinha sido atacado? Isso ajudava o criminoso.

Ele se lembrou do corte calculado de Laurent com a faca, e da luta que se seguiu, o corpo de Laurent resistindo com dureza, a respiração em seu peito acelerada pela droga. Havia maneiras mais fáceis de matar um príncipe.

O PRÍNCIPE CATIVO

Três homens armados com armas de Sicyon. O escravo-presente akielon levado para ser incriminado. A droga, o estupro planejado. E Laurent golpeando e falando. E mentindo, e matando. Ele entendeu.

Por um momento, ele sentiu como se o chão estivesse deslizando debaixo dele, o mundo se rearrumando.

Era simples e óbvio. Era algo que ele devia ter visto imediatamente – teria visto, se não estivesse cego pela necessidade de fugir. Estava diante dele, sombrio e consumado em empenho e intenção.

Não havia como sair daquele quarto, por isso ele tinha de esperar, esperar e esperar, até o próximo prato maravilhoso. Ele agradeceu muito por o criado silencioso estar acompanhado por Radel.

Ele disse:

– Eu preciso falar com o príncipe.

◆ ◆ ◆

Da última vez que fizera um pedido desses, Laurent apareceu rapidamente, com roupas da corte e o cabelo escovado. Damen não esperava menos agora, nessas circunstâncias urgentes, e se levantou do estrado quando a porta foi empurrada e aberta menos de uma hora depois.

O regente entrou em seu quarto, sozinho, dispensando os guardas.

Ele entrou com o passo lento de um lorde visitando suas terras. Dessa vez, não havia conselheiros, nenhum séquito, nenhuma cerimônia. A impressão geral ainda era de autoridade; o regente tinha uma presença física imponente, e seus ombros vestiam bem os mantos. O grisalho em seu cabelo e sua barba demonstravam sua experiência. Ele não era Laurent, sentado preguiçosamente no trono. Estava para o sobrinho como um cavalo de batalha para um pônei de circo.

Damen fez sua mesura.

– Alteza – disse ele.

– Você é um homem. De pé – disse o regente.

Ele se ergueu devagar.

– Você deve estar aliviado com a partida de meu sobrinho – disse o regente. Não era uma pergunta fácil de se responder.

– Tenho certeza de que ele vai honrar seu país – disse Damen.

O regente olhou para ele.

– Você é bem diplomático. Para um soldado.

Damen respirou fundo para se controlar. Naquela altitude, o ar era rarefeito.

– Alteza – disse ele de modo submisso.

– Eu espero uma resposta de verdade – disse o regente.

Damen fez uma tentativa.

– Estou... feliz por ele estar cumprindo seu dever. Um príncipe deve aprender a liderar homens antes de se tornar um rei.

O regente refletiu sobre suas palavras.

– Meu sobrinho é um caso difícil. A maioria das pessoas imagina que a liderança é uma qualidade que corre naturalmente no sangue do herdeiro de um rei, não algo que deve ser forçado sobre ele contra sua própria natureza defeituosa. Mas, afinal, Laurent era o segundo filho.

O PRÍNCIPE CATIVO

E você também, veio o pensamento espontâneo. O regente fazia Laurent parecer um aquecimento. Ele não estava ali para trocar opiniões, independentemente do que pudesse parecer. Para um homem de sua posição, visitar um escravizado era improvável e bizarro.

– Por que você não me conta o que aconteceu na noite passada? – disse o regente.

– Sua alteza tem a história de seu sobrinho.

– Talvez, na confusão, tenha havido algo que meu sobrinho não entendeu direito, ou tenha esquecido – disse o regente. – Ele não está acostumado a lutar, como você.

Damen estava em silêncio, embora a vontade de falar o puxasse como uma corrente submarina.

– Sei que seu primeiro instinto é de honestidade – disse o regente. – Você não vai ser penalizado por isso.

– Eu... – começou Damen.

Houve movimento na porta. Damen moveu os olhos, quase com um susto culpado.

– Tio – disse Laurent.

– Laurent – disse o regente.

– Você tinha algum assunto com meu escravo?

– Nenhum assunto – disse o regente. – Só curiosidade.

Laurent se adiantou com a deliberação e o desinteresse entrelaçados de um gato. Era impossível dizer o quanto ele escutara.

– Ele não é meu amante – disse Laurent.

– Não estou curioso sobre o que você faz na cama – disse o regente. – Estou curioso sobre o que aconteceu em seus aposentos ontem à noite.

245

– Nós já não tínhamos resolvido isso?

– Parcialmente. Nunca ouvimos o relato do escravo.

– Claro – disse Laurent. – O senhor não ia valorizar a palavra de um escravo acima da minha, ia?

– Não? – perguntou o regente. – Até seu tom de surpresa é fingido. Era possível confiar em seu irmão. A sua palavra não vale nada. Mas pode ficar tranquilo. O relato do escravo bate com o seu.

– O senhor achava que havia alguma trama mais profunda aqui? – disse Laurent.

Eles olharam um para o outro. O regente disse:

– Eu só espero que seu tempo na fronteira o melhore e o deixe mais concentrado. Espero que você aprenda o que precisa para ser líder de outros homens. Não sei o que mais posso ensinar a você.

– O senhor fica me oferecendo todas essas chances de me aperfeiçoar – disse Laurent. – Ensine-me a agradecer-lhe.

Damen esperou que o regente respondesse, mas ele ficou em silêncio, com os olhos no sobrinho.

Laurent disse:

– O senhor vai se despedir de mim amanhã, tio?

– Laurent, você sabe que vou – disse o regente.

◆ ◆ ◆

– Então? – perguntou Laurent depois que o tio partiu. O olhar azul firme estava sobre ele. – Se me pedir para resgatar um gatinho no alto de uma árvore, eu vou recusar.

– Não tenho nenhum pedido a fazer. Só queria falar com você.

O PRÍNCIPE CATIVO

– Despedidas emocionadas?

– Eu sei o que aconteceu ontem à noite – disse Damen.

Laurent indagou:

– Sabe?

Era o tom que ele usava com o tio. Damen respirou fundo.

– Você também. Matou o sobrevivente antes que ele pudesse ser interrogado – disse Damen.

Laurent foi até a janela, sentou-se e ajeitou-se no parapeito, como se montasse a cavalo de lado. Os dedos de uma das mãos deslizaram preguiçosamente sobre a grade ornamentada que cobria a janela. O crepúsculo caía sobre seu cabelo e seu rosto como moedas brilhantes, moldadas pelas aberturas ornamentadas. Ele olhou para Damen.

– Sim – disse Laurent.

– Matou aquele homem porque não o queria interrogado. Sabia o que ele ia dizer e não queria que ele dissesse.

Depois de um momento:

– Sim.

– Imagino que ele ia dizer ter sido mandado por Kastor.

O bode expiatório era akielon, e as armas eram akielons: cada detalhe tinha sido cuidadosamente organizado para lançar a culpa para o sul. Para verossimilhança, também tinham dito aos assassinos que eles eram agentes de Akielos.

– É melhor para Kastor ter o tio amigo no trono que o sobrinho príncipe que odeia Akielos – disse Laurent.

– Só que Kastor, agora, não pode se dar ao luxo de uma guerra, não com dissidências entre os kyroi. Se ele o quisesse morto,

247

ia fazer isso secretamente. Nunca mandaria assassinos assim: armados toscamente com armas akielons, anunciando sua origem. Kastor não contratou esses homens.

– Não – disse Laurent.

Ele sabia disso, mas ouvi-lo era outra questão, e a confirmação foi um choque. No calor do fim da tarde, ele se sentiu gelar.

– Então... a guerra era o objetivo – disse ele.

– Uma confissão dessas... Se seu tio a ouvisse, ele não teria escolha além de retaliar. Se você tivesse sido encontrado... – Estuprado por um escravo akielon, assassinado por facas akielons. – Alguém está tentando provocar uma guerra entre Akielos e Vere.

– É um plano admirável – disse Lauren com voz distante. – É o momento perfeito para atacar Akielos. Kastor está lidando com problemas faccionários com os kyroi. Damianos, que virou a maré em Marlas, está morto. E toda Vere se levantaria contra um bastardo, especialmente um que tivesse matado um príncipe veretiano. Se meu assassinato não fosse o catalisador, é um esquema que teria todo meu apoio.

Damen o encarou, o estômago se revirando de desgosto pelas palavras despreocupadas. Ele as ignorou; e ignorou os tons finais adocicados de lamento.

Porque Laurent estava certo. O momento era perfeito. Se lançassem uma Vere eletrizada contra um Akielos fraturado e em conflito, seu país iria cair. Pior: eram as províncias norte que estavam instáveis – Delpha, Sicyon –, as províncias mais próximas da fronteira veretiana. Akielos era uma poderosa força militar quando os kyroi estavam unidos sob um único rei, mas se esse laço se

O PRÍNCIPE CATIVO

dissolvesse, não era mais que uma coleção de cidades-Estado com exércitos provincianos, nenhum dos quais poderia resistir a um ataque veretiano. Em sua mente, ele viu o futuro: a longa fila de tropas veretianas se dirigindo para o sul, as províncias de Akielos caindo uma a uma. Ele viu soldados veretianos entrando no palácio em Ios, vozes veretianas ecoando no salão de seu pai.

Ele olhou para Laurent.

– Seu bem-estar depende dessa trama. Nem que fosse por seu próprio bem, você não gostaria de vê-la interrompida?

– Eu a interrompi – disse Laurent. O olhar azul adstringente pairava sobre ele.

– Quero dizer – disse Damen –, será que você não pode deixar de lado qualquer rixa familiar que tenha e falar honestamente com seu tio?

Ele sentiu a surpresa de Laurent transmitida pelo ar. Do lado de fora, a luz estava começando a ficar laranja.

– Não acho que isso seria sábio – disse Laurent.

– Por que não?

– Porque – disse Laurent – o assassino é meu tio.

Capítulo treze

—M<small>AS SE ISSO</small> é verdade... – começou Damen.

Era verdade; e de algum modo nem era surpresa, mais como uma verdade que crescera por algum tempo nos limites de sua consciência, agora vista em todos os detalhes. Ele pensou: *dois tronos pelo preço de algumas espadas contratadas e uma dose de droga do prazer.* Ele se lembrou de Nicaise, aparecendo no corredor com os olhos azuis arregalados, usando roupas de cama.

– Você não pode ir para Delfeur – disse Damen. – É uma armadilha mortal.

No momento em que disse isso, ele entendeu que Laurent sempre soubera disso. Ele se lembrou de Laurent evitando repetidas vezes o serviço na fronteira.

– Perdoe-me se não aceito aconselhamento tático de um escravo poucos momentos depois de ele ser arrastado de volta de uma tentativa fracassada de fuga.

– Você não pode ir. Não é apenas questão de permanecer vivo. Você vai abrir mão do trono no momento em que puser os pés fora da cidade. Seu tio vai controlar a capital. Ele já... – Ao relembrar as ações do regente, Damen viu a série de movimentos

O PRÍNCIPE CATIVO

que levaram àquele momento, cada um executado com precisão e com grande antecedência. – Ele já cortou sua linha de suprimentos através de Varenne e Marche. Você não tem o dinheiro nem as tropas.

As palavras foram uma tomada de consciência. Agora estava claro por que Laurent trabalhara para eximir o escravo e ofuscar o ataque. Se a guerra fosse declarada, a expectativa de vida de Laurent seria ainda mais curta do que em Delfeur. Cavalgar para a fronteira com uma companhia de homens de seu tio era loucura.

– Por que está fazendo isso? É um movimento forçado? Você não pode pensar em um jeito de não ir? – Damen examinou o rosto de Laurent. – Sua reputação já está tão suja que acha que o Conselho vai pôr seu tio no trono mesmo assim, a menos que se prove na fronteira?

– Você está bem nos limites do que vou permitir – disse Laurent

– Leve-me para Delfeur – disse Damen.

– Não.

– Akielos é meu país. Acha que eu o quero invadido pelas tropas de seu tio? Vou fazer tudo em meu poder para prevenir a guerra. Leve-me com você. Vai precisar de alguém em quem possa confiar.

Ele quase se encolheu ao dizer essas últimas palavras, arrependendo-se imediatamente delas. Laurent pedira a ele confiança na noite anterior, e Damen jogara as palavras de volta em sua cara. Ele iria receber o mesmo tratamento.

Laurent apenas lhe deu um olhar vago e curioso.

– Por que eu precisaria disso?

Damen o encarou fixamente, de repente consciente de que se ele perguntasse "Você acha que consegue lidar com tentativas de assassinato, comando militar e os truques e armadilhas de seu tio sozinho?", a resposta ia ser sim.

– Eu teria imaginado – disse Laurent – que um soldado como você ficaria satisfeito ao ver Kastor destronado, depois de tudo o que ele lhe fez. Por que não se juntar à regência contra ele, e contra mim? Tenho certeza de que meu tio o abordou para espionar para ele, em termos bem generosos.

– Sim. – Damen se lembrou do banquete.

– Ele me pediu que fosse para cama com você e depois contasse para ele – Damen disse, franco. – Não com essas palavras.

– E sua resposta?

Isso, irracionalmente, o irritou.

– Se eu tivesse ido para cama com você, você saberia.

Houve uma pausa perigosa, com olhos estreitados. Depois de algum tempo:

– Sim. Seu estilo de agarrar o parceiro e abrir à força suas pernas não me sai da memória.

– Isso não... – Damen cerrou os dentes, sem estar no clima para cair numa daquelas discussões de enfurecer com Laurent.

– Eu sou um trunfo. Conheço a região. Farei o que for preciso para deter seu tio. – Ele mirou o olhar azul impessoal. – Eu já o ajudei antes. Posso fazer isso de novo. Use-me como quiser. Apenas... leve-me com você.

O PRÍNCIPE CATIVO

– Você está ansioso para me ajudar? O fato de viajarmos na direção de Akielos não tem nenhuma influência em seu pedido?

Damen enrubesceu.

– Você vai ter mais uma pessoa entre você e seu tio. Não é isso o que quer?

– Meu querido bruto – disse Laurent –, eu quero que você apodreça aqui.

Damen ouviu o som metálico dos elos da corrente antes de perceber que tinha dado um puxão em seus grilhões. Essas foram as palavras de despedida de Laurent, ditas com prazer. Laurent se virou na direção da porta.

– Você não pode *me deixar aqui* enquanto segue para a armadilha de seu tio! Há mais do que sua vida em jogo. – As palavras estavam duras pela frustração.

Elas não tiveram efeito. Ele não conseguiu impedir que Laurent saísse. Damen praguejou.

– Você é mesmo tão seguro de si? – gritou Damen. – Acho que se pudesse derrotar seu tio por conta própria, já teria feito isso!

Laurent parou à porta. Damen viu o louro que envolvia sua cabeça, a linha reta de suas costas e seus ombros. Mas o príncipe não se virou para olhar para ele; a hesitação durou apenas um instante antes que ele continuasse através da porta.

Damen foi deixado para dar mais um puxão doloroso nas correntes, sozinho.

◆ ◆ ◆

Os apartamentos de Laurent se encheram com os sons de preparativos; os corredores estavam movimentados, homens pisoteavam de um lado para o outro o jardim delicado abaixo. Não era simples organizar uma expedição armada em dois dias. Por todo lado, havia atividade.

Por todo lado, menos ali, nos aposentos de Damen, onde o único conhecimento da missão vinha dos sons externos.

Laurent partiria amanhã. Laurent, o irritante e intolerável Laurent, estava seguindo o pior caminho possível, e não havia nada que Damen pudesse fazer para detê-lo.

Era impossível adivinhar os planos do regente. Damen realmente não entendia por que ele esperara tanto para agir contra o sobrinho. Será que Laurent tinha simplesmente sorte por as ambições de seu tio abraçarem dois reinos? O regente podia ter se livrado do sobrinho anos atrás, com poucos problemas. Era mais fácil fingir a morte de um menino por acidente do que a de um jovem prestes a subir ao trono. Damen não podia ver razão para que o menino Laurent tivesse escapado desse destino. Talvez a lealdade familiar tivesse segurado o regente... até Laurent desabrochar em uma maturidade venenosa, de natureza ardilosa e incapaz de reinar. Se esse fosse o caso, Damen sentia certa dose de empatia pelo homem: Laurent podia inspirar tendências homicidas simplesmente ao respirar.

Era uma família de víboras. Kastor, pensou ele, não tinha ideia do que havia do outro lado da fronteira. Kastor abraçara uma aliança com Vere. Ele estava vulnerável e mal equipado para lutar uma guerra, os elos dentro do próprio país mostrando fissuras às quais uma potência estrangeira precisava apenas aplicar pressão.

O regente devia ser detido. Akielos precisava ser unido e,

O PRÍNCIPE CATIVO

para isso, Damen precisava sobreviver. Era impossível. Preso ali, Damen estava impotente para agir. E qualquer perspicácia que Laurent tivesse era neutralizada pela arrogância que o impedia de compreender como o tio o derrotaria assim que ele deixasse a capital para vagar pelos campos.

Será que Laurent acreditava mesmo poder fazer isso sozinho? Ele precisaria de toda arma à sua disposição para navegar vivo por aquele curso. Ainda assim, Damen não conseguira convencê-lo disso. Ele tomou consciência, não pela primeira vez, de uma inabilidade fundamental para se comunicar com Laurent. Ele não estava apenas navegando em uma língua estrangeira. Era como se Laurent fosse uma espécie de animal completamente diferente. Ele não tinha nada além da esperança estúpida de que de algum modo Laurent mudasse de ideia.

O sol deslizava lentamente pelo céu lá fora, e no quarto trancado de Damen as sombras projetadas pelos móveis se moviam em um semicírculo preguiçoso.

Aconteceu nas horas antes da alvorada na manhã seguinte. Ele acordou e encontrou criados em seu quarto, e Radel, o inspetor que nunca dormia.

– O que foi? Alguma notícia do príncipe?

Ele se ergueu apoiando um braço almofadas, a mão segurando seda. Então foi tratado com brutalidade antes de ter se levantado completamente, as mãos dos criados sobre ele, e o instinto quase fez com que as tirasse dali, até que percebeu que elas estavam destrancando seus grilhões. As extremidades da corrente caíram com um barulho metálico abafado sobre as almofadas.

– Sim. Troque-se – disse Radel, e jogou sem cerimônia uma trouxa no chão ao seu lado, assim como fizera na noite anterior.

Damen sentiu seu coração bater mais forte ao olhar para ela.

Roupas veretianas. Era uma mensagem clara. Devido à frustração longa e prolongada do último dia ele quase não conseguia absorver aquilo, não conseguia confiar naquilo. Ele se abaixou devagar para pegar as roupas. A calça parecia a que ele encontrara na arena de treinamento, mas era macia e elegante, de uma qualidade muito superior daquela calça puída que vestira apressadamente naquela noite. A camisa era feita para seu tamanho. As botas pareciam botas de montaria.

Ele olhou de volta para Radel.

– Bem? Troque-se – disse Radel.

Ele levou a mão à faixa em sua cintura e sentiu uma curva divertida repuxar sua boca quando Radel desviou os olhos, um tanto constrangido.

Radel interrompeu apenas uma vez:

– Não, assim não. – E afastou as mãos dele, gesticulando para que um criado se aproximasse e tornasse a amarrar algum pedaço idiota de renda.

– Nós estamos... – começou Damen assim que o último fio foi amarrado de modo que Radel ficasse satisfeito.

– O príncipe ordenou que você fosse levado ao pátio vestido para montar. Você será equipado para o resto lá.

– O resto? – Damen perguntou secamente. Ele olhou para si mesmo. Já era mais roupa do que ele jamais usara desde sua captura em Akielos.

O PRÍNCIPE CATIVO

Radel não respondeu, apenas fez um gesto brusco para que ele o seguisse.

Depois de um momento, Damen obedeceu, sentindo uma consciência estranha da ausência de grilhões.

O resto?, perguntara. Ele não pensou muito sobre isso enquanto seguiam pelo palácio para emergir em um pátio externo perto dos estábulos. Mesmo que tivesse, não teria recebido nenhuma resposta. Era tão improvável que simplesmente não lhe ocorreu – até que viu com os próprios olhos –, e, mesmo então, quase não acreditou. Ele quase riu alto. O criado que se aproximou para recebê-lo tinha os braços cheios de couros, correias e fivelas, e alguns pedaços de couro endurecido maiores, o maior deles com molde de peito.

Era uma armadura.

◆ ◆ ◆

O pátio perto dos estábulos estava cheio da atividade de criados e armeiros, cavalariços e pajens, gritos de ordens e os sons metálicos de selas e arreios. Pontuando isso, havia a descarga de respiração através de narinas equinas e o impacto ocasional de um casco contra o pavimento.

Damen reconheceu vários rostos. Havia os homens que o guardaram em duplas de expressão pétrea durante seu confinamento. Havia o médico que cuidara de suas costas, agora sem o roupão que chegava ao chão e vestido para montar. Ali estava Jord, que agitara o medalhão de Herode no beco e salvara sua vida. Ele viu um criado familiar se abaixar de forma arriscada por baixo da barriga de um cavalo em alguma tarefa, e do outro lado do pátio captou o vislumbre de um homem com bigode preto que ele conhecia da caçada como o mestre dos cavalos.

O ar anterior ao alvorecer estava frio, mas logo iria esquentar. A estação estava amadurecendo de primavera em verão: uma boa época para uma campanha. No sul, é claro, estaria mais quente. Ele flexionou os dedos e deliberadamente alongou as costas, deixando que a sensação de liberdade penetrasse nele, uma sensação física poderosa. Não estava pensando particularmente em fugir. Ele estaria, afinal de contas, cavalgando com um contingente de homens pesadamente armados e, além disso, agora havia outra prioridade urgente. Por enquanto, era suficiente estar sem grilhões e ao ar livre, e que logo o sol fosse nascer, aquecendo couro e pele, e eles fossem montar e cavalgar.

Ele usava uma armadura leve de montaria, com tanta decoração supérflua que achou ser uma armadura de desfiles. O criado disse a ele que sim, eles iriam se equipar adequadamente em Chastillon. Ele vestiu a armadura junto das portas do estábulo, perto de uma bomba de água.

A última fivela foi presa. Então, surpreendentemente, ele recebeu um cinto para espada. E, ainda mais surpreendente, recebeu uma espada para botar nele.

Era uma boa espada. Sob os ornamentos, aquela também era uma boa armadura, embora não do tipo com que estivesse acostumado. Ela parecia... estrangeira. Ele tocou o padrão de estrela no ombro. Estava usando as cores de Laurent e levando sua

O PRÍNCIPE CATIVO

insígnia. Era uma sensação estranha. Nunca tinha achado que fosse cavalgar sob um estandarte veretiano.

Radel, que partira para realizar alguma tarefa, tinha voltado agora para dar a ele uma lista de deveres.

Damen escutou com parte de sua mente. Ele seria um membro funcional da companhia. Estaria subordinado a seu oficial imediato, que estava subordinado ao capitão da guarda, que por sua vez estava subordinado ao príncipe. Ele devia servir e obedecer como qualquer homem. Também teria os deveres adicionais de criado. Nessa posição, estaria subordinado diretamente ao príncipe. As obrigações descritas a ele pareciam uma mistura de soldado, assistente e escravo de prazer – garantir a segurança do príncipe, cuidar de seu conforto pessoal, dormir em sua tenda. Toda a atenção de Damen se voltou para Radel.

– Dormir em sua *tenda?*

– Onde mais?

Ele passou uma das mãos sobre o rosto. Laurent concordara com isso?

A lista continuava. Dormir em sua tenda, levar suas mensagens, cuidar de suas necessidades. Ele iria pagar por qualquer liberdade relativa com um período de proximidade forçada com Laurent.

Com a outra parte de sua mente, Damen examinou a atividade no pátio. Não era um grupo grande. Quando olhava além da agitação, havia suprimentos para talvez 50 homens, armados até os dentes. No máximo, 75, mais levemente armados.

Os que ele reconheceu eram a Guarda do Príncipe. A maioria deles, pelo menos, seria leal. Mas nem todos. Aquilo era Vere.

Damen inspirou fundo, soltou o ar e olhou para cada um dos rostos, perguntando-se qual deles tinha sido convencido ou coagido a trabalhar para o regente.

Como a corrupção daquele lugar penetrara em seus ossos: ele estava certo de que haveria traição; só não tinha certeza de onde viria.

Ele pensou no que seria necessário logisticamente para emboscar e matar aquele número de homens. Não seria discreto, mas também não seria difícil. Mesmo.

– Isso não pode ser todo mundo – disse Damen.

Ele falou com Jord, que tinha se aproximado para jogar um pouco de água no rosto em uma bomba próxima. Era sua maior preocupação: poucos homens.

– Não é. Nós vamos até Chastillon nos juntar aos homens do regente postados lá – disse Jord, acrescentando: – Não se anime demais. Não é muito mais que isso.

– Não o suficiente para produzir nenhum efeito em uma batalha de verdade. Mas o bastante para os homens do regente superarem os do príncipe numa razão de vários para um – foi o palpite de Damen.

– Sim – disse Jord, sem rodeios.

Ele olhou para o rosto gotejante de Jord, para a posição de seus ombros. E se perguntou se a Guarda do Príncipe sabia no que estava se metendo: no pior dos casos, traição escancarada, e, no melhor deles, meses na estrada, sujeitos às ordens dos homens do regente. A linha fina da boca de Jord sugeria que eles sabiam.

Damen disse:

– Devo lhe agradecer pela outra noite.

O PRÍNCIPE CATIVO

Jord olhou com firmeza para ele.

– Eu estava seguindo ordens. O príncipe o queria de volta vivo, assim como o quer aqui. Eu só espero que ele saiba o que está fazendo e que não esteja, como diz o regente, distraído pelo primeiro pau que gosta.

Depois de um longo momento, Damen disse:

– Pode pensar o que quiser, mas eu não divido a cama com ele.

Não era uma insinuação nova. Damen não sabia ao certo por que agora ela o irritava tanto. Talvez devido à velocidade incrível com que as especulações do regente tinham se espalhado da sala de audiências para a guarda. A mudança de palavras parecia coisa de Orlant.

– Não sei como você mudou a cabeça dele, mas ele nos mandou direto atrás de você.

– Não vou perguntar como ele sabia onde me encontrar.

– Eu não os mandei atrás de você – disse uma voz tranquila e familiar. – Eu os mandei atrás da Guarda do Regente, que estava fazendo barulho suficiente para acordar os mortos, os bêbados e os desprovidos de orelhas.

– Alteza – disse Jord, vermelho. Damen se virou.

– Se eu os tivesse mandado atrás de você – disse Laurent –, teria dito que você saiu pelo único caminho que conhecia, através do pátio da arena norte de treinamentos. Foi isso?

– Sim – disse Damen.

A luz do alvorecer clareava o cabelo de Laurent de dourado para algo mais pálido e fino; os ossos de seu rosto pareciam tão delicados quanto o cálamo de uma pena. Ele estava relaxado contra a porta dos estábulos como se estivesse ali havia algum tempo, o que explicaria a cor no rosto de Jord. Ele não devia ter vindo indolentemente da direção do palácio, mas dos estábulos, há muito tempo acordado, cuidando de algum outro assunto. Ele estava vestido para o dia em roupas de montaria de couro, a severidade das quais cancelava brutalmente qualquer efeito da luz frágil.

Damen meio que esperara um traje de desfile berrante, mas Laurent sempre se definira contra a opulência da corte. E ele não precisava de ouro para ser reconhecido sob um estandarte de desfile, bastava o brilho descoberto de seu cabelo.

Laurent se aproximou. Seus olhos então passaram por Damen, demonstrando um desprazer cortante. Vê-lo de armadura pareceu resgatar algo desagradável das profundezas.

– Civilizado demais?

– Dificilmente – disse Laurent.

Prestes a falar, Damen percebeu a forma familiar de Govart e se retesou.

– O que ele está fazendo aqui?

– Capitaneando a guarda.

– *O quê?*

– Sim, um arranjo interessante, não é? – perguntou Laurent.

– Você devia dar a ele um escravo de estimação, para ele deixar os homens em paz – disse Jord.

– Não – disse Laurent, depois de um momento. Ele parecia pensativo.

– Vou mandar que os criados durmam com as pernas fechadas – disse Jord.

O PRÍNCIPE CATIVO

– E Aimeric – disse Laurent.

Jord fez uma expressão de escárnio. Damen, que não conhecia o homem em questão, seguiu os olhos de Jord até um dos soldados do outro lado do pátio. Cabelo castanho, razoavelmente jovem, razoavelmente atraente. Aimeric.

– Por falar em escravos de estimação – disse Laurent com uma voz diferente.

Jord fez uma mesura e foi embora. Seu papel estava cumprido. Laurent percebera uma figura pequena na periferia da atividade. Nicaise, usando uma túnica branca simples, com o rosto sem pintura, tinha chegado ao pátio. Seus braços e pernas estavam nus, os pés calçavam sandálias. Ele se encaminhou na direção deles até ficar de frente para Laurent, então apenas ficou ali parado, olhando para cima. Seu cabelo era um volume negligente. Havia sombras leves sob os olhos, marcas de uma noite sem dormir.

Laurent disse:

– Veio se despedir de mim?

– Não – disse Nicaise.

Ele entregou algo ao príncipe, um gesto categórico e cheio de repugnância.

– Eu não quero, me faz pensar em você.

Duas safiras azuis e límpidas pendiam de seus dedos. Era o brinco que ele usara no banquete. E que perdera, de maneira espetacular, em uma aposta. Nicaise o estendeu como se fosse feito de algo fétido.

Laurent o pegou sem dizer nada. Ele o enfiou cuidadosamente em uma dobra de seu traje de montaria. Em seguida, depois de um momento, estendeu a mão e tocou o queixo de Nicaise com um dedo dobrado.

– Você fica melhor sem toda a pintura – disse Laurent.

Era verdade. Sem a maquiagem, a beleza de Nicaise era como uma flechada no coração. Ele tinha um pouco disso em comum com Laurent, mas Laurent possuía o visual desenvolvido e confiante de um homem jovem entrando em seu auge, enquanto a de Nicaise era de vida curta, que dificilmente sobreviveria à adolescência.

– Você acha que um elogio vai me impressionar? – disse Nicaise. – Não vai, eu os recebo o tempo todo.

– Sei que recebe – disse Laurent.

– Eu me lembro da oferta que você me fez. Tudo o que você disse era mentira. Eu sabia que era – disse Nicaise. – Você está indo embora.

– Eu vou voltar – disse Laurent.

– É isso o que você pensa?

Damen sentiu os pelos se arrepiarem por todo o corpo. Ele se lembrou outra vez de Nicaise no corredor, depois do atentado contra a vida de Laurent. Ele resistiu à vontade de partir Nicaise ao meio e arrancar os segredos de seu interior.

– Eu vou voltar – afirmou Laurent.

– Para fazer de mim seu escravo de estimação? – disse Nicaise. – O senhor adoraria isso. Fazer de mim seu criado.

O amanhecer passou pelo pátio. As cores mudaram. Um pardal pousou em uma das estacas dos estábulos, mas voou outra vez ao som de um dos homens deixando cair uma braçada de cordas.

O PRÍNCIPE CATIVO

– Eu nunca pediria a você que fizesse nada que achasse repulsivo – disse Laurent.

– Olhar para você é repulsivo – disse Nicaise.

◆ ◆ ◆

Não houve uma despedida amorosa entre tio e sobrinho, só o ritual impessoal da cerimônia pública.

Foi um espetáculo. O regente estava em vestes de Estado completas, e os homens de Laurent se apresentaram com disciplina perfeita. Enfileirados e lustrados, eles ficaram postados no pátio externo enquanto o regente recebia o sobrinho no alto de degraus largos. Era uma manhã quente de tirar o fôlego. O regente prendeu uma espécie de insígnia oficial no ombro de Laurent, em seguida insistiu para que ele montasse e o beijou calmamente nas duas faces. Quando Laurent se virou para olhar para seus homens, o fecho em seu ombro brilhou à luz do sol. Damen se sentiu quase tonto ao ser tomado pela memória sensorial de uma luta de muito tempo atrás: Auguste usara a mesma insígnia no campo de batalha.

Laurent montou. Estandartes se desenrolaram em torno dele em uma série de estrelas, azuis e dourados. Clarins soaram, e o cavalo de Govart escoiceou, apesar do treinamento. Não eram apenas cortesãos que estavam ali para assistir, mas pessoas comuns, que se aglomeravam perto do portão. Os grupos que apareceram para ver seu príncipe formaram uma parede de ovação. Não surpreendeu Damen que Laurent fosse popular com as pessoas da cidade. Ele tinha a aparência de um príncipe, com os cabelos brilhantes e o perfil impressionante. Um príncipe dourado era fácil de amar se você não tivesse de vê-lo arrancando asas de insetos. De costas eretas e sentado sem esforço em sua sela, ele tinha uma postura magnífica, quando não estava esporeando o cavalo.

Damen, que recebera um cavalo tão bom quanto sua espada e um lugar na formação perto de Laurent, manteve sua posição quando saíram cavalgando. Mas ao passarem pelos muros internos, ele não conseguiu resistir e se virou no assento para olhar para o palácio que tinha sido sua prisão.

Era bonito, com portas altas, cúpulas e torres, e infinitos padrões complexos e entrelaçados entalhados na pedra creme. Iluminadas com mármore e metal polido, as espiras curvas que o haviam escondido dos guardas durante sua tentativa de fuga se projetavam para o céu.

Ele não estava insensível à ironia de sua situação, partindo para proteger o homem que fizera todo o possível para esmagá-lo sob seus pés. Laurent era seu carcereiro, perigoso e cruel. Era tão propenso a arranhar Akielos com suas garras quanto o tio. Nada disso importava diante da urgência de deter a maquinaria dos planos do regente. Damen faria tudo o que fosse necessário para manter a segurança de Laurent, se esse fosse o único meio de impedir a guerra, ou adiá-la. Ele tinha falado sério.

Mas depois de passar pelos muros externos do palácio veretiano, ele entendeu mais uma coisa. Ele podia ter feito muitas promessas, mas estava deixando o palácio para trás e tinha a intenção de nunca mais voltar.

O PRÍNCIPE CATIVO

Ele voltou os olhos para a estrada e a primeira parte de sua jornada. Para o sul, e para casa.

AGRADECIMENTOS

Este livro nasceu de uma série de conversas telefônicas nas noites de segunda-feira com minha amiga Kate Ramsay, que disse, em determinado momento: "Acho que essa história vai ser maior do que você imagina".

Obrigada, Kate, por ser uma ótima amiga quando mais precisei. Sempre vou me lembrar do som do velho telefone vacilante tocando em meu pequeno apartamento em Tóquio.

Tenho uma grande dívida de gratidão com Kirstie Innes-Will, minha incrível amiga e editora, que leu inúmeros rascunhos e passou horas incansáveis tornando a história melhor. Não consigo colocar em palavras o quanto essa ajuda significou para mim.

Anna Cowan não só é uma de minhas escritoras favoritas, mas também me ajudou muito nesta história com suas maravilhosas sessões de criação e seu *feedback* cheio de novas perspectivas. Muito obrigada, Anna. Esta história não seria o que é sem você.

Toda minha gratidão a meu grupo de escritores – Isilya, Kaneko e Tevere – por todas as ideias, críticas, sugestões e apoio. Tenho muita sorte de ter amigos escritores maravilhosos como vocês em minha vida.

C. S. PACAT

Finalmente, a todo mundo que fez parte da experiência *on-line* de *O Príncipe Cativo*, obrigada a todos por sua generosidade e seu entusiasmo, e por me dar a chance de fazer um livro como este.

O TREINAMENTO DE ERASMUS

Uma história de *Príncipe Cativo*

NA MANHÃ EM que acordou e sentiu os lençóis grudentos sob si, Erasmus não entendeu o que tinha acontecido. O sonho desapareceu devagar, deixando uma impressão de calor; ele se mexeu, sonolento, os membros pesados com um prazer persistente. A cama aconchegante era uma sensação agradável contra sua pele.

Foi Pylaeus quem puxou as cobertas e viu os sinais, e mandou Delos soar o sino e um menino de recados até o palácio, a sola de seus pés brilhando sobre o mármore.

Erasmus se levantou, se abaixou e se ajoelhou, a testa apertada contra a pedra. Ele não ousava acreditar, mas seu peito se encheu de esperança. Com cada partícula de seu corpo, ele tomou consciência de que os lençóis estavam sendo retirados da cama, embalados com grande cuidado e amarrados com uma fita com fio de ouro, o que significava que – finalmente, ah, mas finalmente – tinha acontecido.

O corpo não pode ser apressado, dissera para ele uma vez o velho Pylaeus, com simpatia. Erasmus corou ao pensar que podia ter mostrado seu desejo no rosto; ainda assim, toda noite ele desejara aquilo, desejara que viesse antes do nascer do sol e ele ficasse outro dia mais velho. O desejo, nos últimos dias, assumira uma qualidade nova, uma nota física que soava por seu corpo como o tremor de uma corda tocada.

O sino começou a badalar através dos jardins de Nereus enquanto Delos puxava a corda, e Erasmus se levantou, o peito cheio de palpitações, para seguir Pylaeus até os banhos. Ele se sentia magro e muito alto. Era velho para aquilo. Era três anos mais velho que o mais velho a assumir as sedas do treinamento antes dele, apesar de todos os seus desejos fervorosos de que seu corpo oferecesse o que era necessário para mostrar que ele estava pronto.

Nos banhos, os jatos de vapor foram ligados, e o ar no ambiente ficou pesado. Ele se molhou, depois foi deitado sobre o mármore branco, e sua pele foi vaporizada até parecer pulsar com os perfumes do ar. Ele deitou na postura submissa, com os pulsos cruzados acima da cabeça, o que, em algumas noites, ele praticara sozinho no próprio quarto, como se ao praticar ele pudesse conjurar a realização daquele exato momento. Seus membros ficaram maleáveis sobre a pedra lisa embaixo dele.

Ele imaginara aquilo. No início de maneira excitada, e depois com doçura, e depois, com o passar dos anos, com pesar. Como deitaria imóvel para as ministrações, como deitaria perfeitamente imóvel, como, no fim dos rituais do dia, as fitas douradas dos lençóis seriam amarradas em torno de seus pulsos, e ele seria arrumado assim na liteira estofada, os laços de fita tão finos que uma única respiração podia fazer com que o nó deslizasse e abrisse, e ele deveria permanecer imóvel enquanto a liteira era levada para

O TREINAMENTO DE ERASMUS

fora dos portões para começar seu treinamento no palácio. Ele praticara isso também, pulsos e tornozelos apertados juntos.

Ele emergiu dos banhos tonto, devido ao calor, e dócil, de modo que quando se ajoelhou na posição ritual, pareceu natural, com seus membros maleáveis e dispostos. Nereus, o proprietário dos jardins, estendeu os lençóis, e todos admiraram as manchas, e os garotos mais jovens se reuniram em volta, e enquanto ele se ajoelhava, o tocaram e homenagearam, deram beijos em seu rosto, com uma guirlanda de glórias da manhã jogada em torno de seu pescoço, flores de camomila enfiadas atrás de sua orelha.

Quando imaginara isso, Erasmus não pensara que iria sentir tamanha afeição por cada momento, a pequena oferta tímida de flores de Delos, a voz trêmula do velho Pylaeus ao dizer as palavras rituais, sua partida repentina tornando tudo muito precioso. Ele sentiu, com uma onda repentina, que não queria ficar ajoelhado onde estava; ele queria se levantar e dar um forte abraço de despedida em Delos. Correr até o quarto estreito que deixaria para trás para sempre, a cama vazia, suas pequenas relíquias que ele também deveria abandonar, o ramo de botões de magnólias no vaso no parapeito.

Ele se lembrou do dia em que o sino tocou para Kallias, o longo abraço enquanto se agarravam um ao outro na partida. *O sino logo vai tocar para você, eu sei*, dissera Kallias. *Eu sei, Erasmus.* Isso tinha sido três verões atrás.

Demorara demais, mas, de repente, em pouco tempo os meninos tinham sido liberados, e as trancas das portas estavam sendo abertas.

E foi então que o homem surgiu no corredor.

Erasmus não percebeu que tinha caído de joelhos até sentir o mármore frio contra a testa. A imagem avassaladora da silhueta do homem na porta o havia abalado. Ela ressoou no interior de Erasmus, o cabelo escuro emoldurando um rosto imponente, traços indomáveis como de uma águia. Seu poder, a curva pronunciada de um bíceps envolvida por uma tira de couro, os músculos de uma coxa bronzeada entre uma sandália até os joelhos e uma saia de couro. Ele queria olhar outra vez, mas não ousava erguer os olhos da pedra.

Pylaeus falou ao homem com a graça de sua antiga carreira no palácio, mas Erasmus, com a pele quente, mal estava consciente dele. Ele não ouviu as palavras que Pylaeus e o homem trocaram. Ele não soube quanto tempo se passou depois que o homem saiu até que Pylaeus o chamasse a se levantar.

Pylaeus disse:

– Você está tremendo.

Ele ouviu o tom delicado e atônito de sua voz.

– Esse... Era um mestre do palácio?

– Um mestre? – A voz de Pylaeus estava simpática. – Aquele era um soldado de seu séquito, enviado para proteger sua liteira. Ele está para seu mestre como uma única gota para a grande tempestade que vem do oceano e abre o céu ao meio.

◆ ◆ ◆

O TREINAMENTO DE ERASMUS

Fazia calor no verão.

Sob o céu azul impiedoso, os muros, os degraus e as trilhas aqueciam constantemente, por isso, quando caía a noite, o mármore liberava calor, como um tijolo de aquecimento tirado direto do fogo. O oceano, que podia ser visto do pátio, parecia se retirar de rochas secas toda vez que recuava dos penhascos.

Escravos palacianos em treinamento faziam o possível para se manter frescos; eles ficavam na sombra; praticavam a arte do leque; entravam e saíam das águas refrescantes dos banhos; se deitavam, esparramados como estrelas do mar, ao lado de piscinas ao ar livre, a pedra lisa quente embaixo deles, um amigo de pé ao seu lado, talvez, jogando água fria em sua pele.

Erasmus gostava disso. Gostava do esforço extra que o calor trazia a seu treinamento, o esforço extra de concentração necessário. Era certo que o treinamento no palácio fosse mais árduo que nos jardins de Nereus. Era adequado à fita dourada em torno de seu pescoço, um símbolo da coleira de ouro que ele iria ganhar quando terminasse os três anos de treinamento como escravo palaciano. Era adequado ao alfinete de ouro que usava. Um pequeno peso em seu ombro que fazia seu coração bater sempre que pensava nele, esculpido com uma pequena cabeça de leão, a marca de seu futuro mestre.

Ele teve as lições da manhã com Tarchon em uma das pequenas salas de mármore de treinamento, cheias de acessórios que ele não usou, porque do amanhecer até o sol chegar ao meio do céu foram as mesmas três formas, repetidas vezes. Tarchon fazia correções impassíveis que Erasmus se esforçava para realizar. No fim de cada sequência: "De novo". Quando seus músculos estavam doendo, quando o cabelo estava encharcado pelos calor e os membros escorregadios com o suor de manter uma pose, Tarchon dizia brevemente para ele: "De novo".

– Então a flor premiada de Nereu finalmente desabrochou – disse Tarchon no dia de sua chegada. Sua inspeção foi sistemática e cuidadosa. Tarchon era o primeiro treinador. Ele falou sem inflexão: – Sua aparência é excepcional. Esse é um acidente de nascimento pelo qual você não merece elogio. Agora você está treinando para a casa real, e a aparência não é suficiente para lhe garantir um lugar lá. E você é velho. É mais velho que o mais velho com quem trabalhei. Nereu espera ter um de seus escravos escolhidos para serem treinados para uma Primeira Noite, mas em 27 anos ele produziu apenas um com potencial. O resto foram garotos dos banhos, criados de mesa.

Erasmus não sabia o que fazer ou dizer. Ao chegar ao calor abafado da liteira, ele tentara a cada batida dolorosa do coração permanecer imóvel. Uma camada fina de suor surgira sobre ele com o terror de estar *do lado de fora*. Fora dos jardins de Nereus, os jardins calmos e reconfortantes que continham tudo o que ele conhecia na vida. Ele agradeceu pelas coberturas da liteira, o tecido grosso que foi fechado para impedir a entrada da luz. Ali para protegê-lo dos olhares externos humilhantes, era tudo o que havia entre ele e o espaço vasto e desconhecido, os sons, tumultos e gritos abafados estrangeiros, a luz ofuscante quando as coberturas da liteira foram retiradas.

Mas agora os caminhos do palácio eram tão familiares quanto as rotinas do lugar, e quando soava o sino do meio-dia, ele tocava a testa contra o mármore e dizia as palavras rituais de

O TREINAMENTO DE ERASMUS

agradecimento, com membros trêmulos de exaustão, então seguia para suas lições da tarde: línguas, etiqueta, cerimônias, massagem, recitação, canto e a khitara...

Ele parou chocado ao entrar no pátio e ficou ali, entorpecido.

Uma mecha de cabelo, um corpo inerte. Sangue no rosto de Iphegin, deitado sobre os degraus baixos de mármore, um treinador levantando sua cabeça, dois outros ajoelhados com preocupação. Seda colorida dobrava-se sobre ele como pássaros exóticos se alimentando.

Escravos em treinamento estavam se reunindo em torno dele, um semicírculo de observadores.

– O que aconteceu?

– Iphegin escorregou na escada. – E depois: – Você acha que Aden o empurrou?

A piada era terrível. Havia dúzias de escravos machos em treinamento, mas apenas quatro usavam um alfinete de ouro, e Aden e Iphegin eram os únicos que usavam o alfinete do rei. Uma voz a seu lado disse:

– Venha, Erasmus.

Iphegin estava respirando. Seu peito subia e descia. O sangue em seu queixo tinha manchado a parte da frente de suas sedas de treinamento. Ele estava a caminho de uma lição de khitara.

– Venha, Erasmus.

Distantemente, Erasmus sentiu uma mão em seu braço. Ele olhou às cegas ao redor e viu Kallias. Treinadores estavam levantando Iphegin e o levando para dentro. No palácio, ele seria cuidado por treinadores preocupados e médicos palacianos.

C. S. PACAT

– Ele vai ficar bem, não vai?

– Não – disse Kallias. – Vai ficar com uma cicatriz.

◆ ◆ ◆

Erasmus jamais iria se esquecer da sensação de vê-lo outra vez: um escravo em treinamento erguendo-se de uma prostração para seu treinador, adorável de doer o coração, com cachos escuros volumosos e olhos azuis afastados. Sempre houvera algo intocável em sua beleza, seus olhos como o céu azul inalcançável. Nereus sempre dissera dele: *Basta um homem olhar para ele para querer possuí-lo.*

A boca de Aden tinha se curvado para baixo.

– Kallias. Pode ficar babando o quanto quiser, todo mundo faz isso. Ele não vai olhar duas vezes para você. Ele se acha melhor que todo mundo.

– *Erasmus?* – perguntou Kallias, parando como Erasmus parara, encarando como Erasmus encarava, e no momento seguinte, Kallias jogou os braços em torno de Erasmus e apertou-o com força, juntando o rosto ao rosto de Erasmus, a maior intimidade permitida àqueles que eram proibidos de beijar.

Aden estava olhando para eles, boquiaberto.

– Você está aqui – disse Kallias. – E você é para o príncipe.

Erasmus viu que Kallias também usava um alfinete, mas era de ouro simples, sem uma cabeça de leão.

– Eu sou para o outro príncipe – anunciou Kallias. – Kastor.

◆ ◆ ◆

O TREINAMENTO DE ERASMUS

Eles eram inseparáveis, próximos como eram nos jardins de Nereus, como se os três anos de separação nunca tivessem existido. Íntimos como irmãos, diziam os treinadores, sorrindo, porque esse era um conceito sedutor, os jovens escravos ecoando o relacionamento de seus mestres principescos.

De noite, e nos momentos roubados entre os treinamentos, eles despejavam suas palavras e pareciam conversar sobre tudo. Kallias falava em sua voz baixa e séria sobre uma série vasta de assuntos: política, arte, mitologia, e sempre sabia a melhor fofoca do palácio. Erasmus falou com hesitação, pela primeira vez, sobre seus sentimentos mais íntimos, sua resposta ao treinamento, a vontade de agradar.

Tudo isso com uma nova consciência da beleza de Kallias. De como Kallias parecia estar muito à frente dele.

Claro, Kallias estava três anos à sua frente no treinamento, embora eles fossem da mesma idade. Isso porque a idade em que se treinava as habilidades diferia e não era marcada em anos. *O corpo sabe quando está pronto.*

Mas Kallias estava à frente de todo mundo. Os escravos em treinamento que não eram ciumentos o idolatravam como a um herói. Ainda assim, havia uma distância entre Kallias e os outros. Ele não era convencido. Costumava oferecer ajuda para os garotos mais novos, que coravam e ficavam constrangidos e atrapalhados. Mas as conversas nunca iam além da educação. Erasmus não sabia por que Kallias o escolhia, por mais que gostasse disso. Quando o quarto de Iphegin foi limpo e sua khitara dada a um dos garotos novos, tudo o que Kallias disse foi:

– Ele tinha esse nome por causa de Iphegenia, a mais leal. Mas eles não se lembram de seu nome se você cai.

Erasmus disse, seriamente:

– Você não vai cair.

Naquela tarde, Kallias se jogou na sombra e deixou a cabeça repousar no colo de Erasmus, com as pernas jogadas sobre a grama macia. Seus olhos estavam fechados, cílios escuros repousando contra suas bochechas. Erasmus mal se mexia, sem querer perturbá-lo, extremamente consciente das batidas de seu coração, do peso da cabeça de Kallias contra sua coxa, sem saber ao certo o que fazer com as mãos. A tranquilidade espontânea fez com que Erasmus se sentisse muito feliz e muito tímido.

– Eu gostaria que pudéssemos ficar assim para sempre – disse ele com voz delicada.

Em seguida, enrubesceu. Um cacho de cabelo caía sobre a testa lisa de Kallias. Erasmus queria estender a mão e tocá-lo, mas não tinha coragem suficiente. Em vez disso, essa ousadia saiu pela boca.

O jardim estava imerso no calor do verão, um passarinho cantava, um inseto zunia. Ele observou uma libélula pousar em um ramo de pimenta. O movimento lento só o deixou mais consciente de Kallias.

Depois de um momento:

– Comecei a treinar para minha Primeira Noite.

Kallias não abriu os olhos. Era o coração de Erasmus que estava de repente batendo rápido demais.

– Quando?

– Para receber Kastor quando ele voltar de Delpha.

O TREINAMENTO DE ERASMUS

Ele disse o nome de Kastor com exaltação, como faziam todos os escravos ao falarem de pessoas acima deles – o *exaltado Kastor*.

Nunca fez sentido Kallias estar sendo treinado para Kastor. Ainda assim, o Guardião dos Escravos reais decretara que seu melhor escravo em treinamento deveria ir não para o herdeiro ou o rei, mas para Kastor.

– Você já desejou um alfinete de leão? Você é o melhor escravo no palácio. Se alguém merece estar no séquito do futuro rei, é você.

– Damianos não tem escravos homens.

– Às vezes ele...

– Eu não tenho sua coloração – disse Kallias, e abriu os olhos, levantando a mão para botar um dedo em torno de um cacho do cabelo de Erasmus.

❖ ❖ ❖

Sua coloração, se a verdade fosse dita, tinha sido cuidadosamente cultivada para o gosto do príncipe. Seu cabelo era enxaguado diariamente com camomila, de modo que clareasse, e sua pele foi mantida longe do sol até mudar do creme dourado de sua infância nos jardins de Nereus para um branco leitoso.

– É o jeito mais barato de ser conhecido – disse Aden, os olhos insatisfeitos ao olhar para o cabelo de Erasmus. – Um escravo com forma real não atrai atenção para si mesmo.

Kallias disse depois:

– Aden daria um braço por cabelo louro. Ele quer um alfinete do príncipe mais que qualquer coisa.

– Ele não precisa de um alfinete do príncipe. Ele está treinando para o rei.

– Mas o rei é doente – disse Kallias.

◆ ◆ ◆

O príncipe gostava de canções e versos de batalhas, que eram mais difíceis de lembrar que a poesia romântica que Erasmus preferia, e mais longos. Uma apresentação completa de *A queda de Inachtos* durava quatro horas, e do *Hymenor*, seis, de modo que cada momento livre era passado em recitação interna. *Separado dos irmãos, ele não chega a Nisos*, e *Decididos em um único propósito, 12 mil homens*, e *Em vitória cruel, Lamakos ataca com sua espada*. Ele pegava no sono murmurando as longas genealogias heroicas, as listas de armas e feitos que Isagoras escrevera em seus épicos.

Mas naquela noite, ele deixou que sua mente divagasse para outros poemas. *Na longa noite, espero*, o anseio de Laechton por Arsaces, enquanto ele soltava suas sedas e sentia o ar da noite contra a pele.

Todo mundo sussurrava sobre a Primeira Noite.

Era raro que garotos usassem o alfinete. O alfinete significava uma posição permanente entre os seguidores de um membro da família real. Significava mais que isso. Claro, qualquer escravo podia ser chamado para servir em particular, se um olhar real caísse sobre ele. Mas o alfinete significava a certeza de uma Primeira Noite, na qual o escravo era apresentado ao leito real.

O TREINAMENTO DE ERASMUS

Os que usavam alfinetes recebiam os melhores quartos, o treinamento mais estrito e os maiores privilégios. Os que não tinham sonhavam adquirir um e trabalhavam dia e noite na tentativa de provar seu valor. Nos jardins masculinos, disse Aden, jogando o cabelo castanho reluzente, isso era quase impossível. Nos jardins femininos, é claro, alfinetes eram mais comuns. Os gostos do rei e de seus dois filhos eram previsíveis.

E desde o nascimento de Damianos, não havia rainha para escolher escravas para seu próprio séquito. A amante permanente do rei, Hypermenestra, tinha todos os direitos e mantinha escravas apropriadas a seu *status*, mas era política demais para levar qualquer um além do rei para sua cama, disse Aden. Aden tinha 19 anos e estava no último ano de treinamento, e falava sobre a Primeira Noite com sofisticação.

Deitado nos lençóis, Erasmus estava consciente da reação de seu corpo, que ele não podia tocar. Só aqueles com dispensa especial tinham permissão de tocá-lo ali, para lavá-lo nos banhos. Em alguns dias, ele gostava disso. Gostava do latejar. Gostava da sensação de estar se negando algo para dar prazer ao príncipe. Era uma sensação estrita, virtuosa. Em alguns dias ele simplesmente desejava, irracionalmente, e isso fazia a sensação de autonegação, de obediência, ficar mais forte; e ele queria, mas também queria fazer o que lhe tinha sido dito, até que ele ficava completamente confuso. A ideia de deitar intocado em uma cama, e o príncipe entrar no quarto... Era um pensamento avassalador que o deixava impressionado.

Como ainda não tinha sido ensinado, ele não tinha ideia de como seria. Ele sabia do que o príncipe gostava, claro. Sabia seus pratos preferidos, os que podiam ser escolhidos para ele à mesa. Ele conhecia sua rotina matinal, a forma como ele gostava de ter seu cabelo escovado, seu estilo de massagem preferido.

Ele sabia... Sabia que o príncipe tinha muitos escravos. Os criados falavam disso com aprovação. O príncipe tinha apetites saudáveis e recebia amantes frequentemente, escravos e nobres também, quando sentia necessidade. Isso era bom. Ele era liberal com suas afeições, e um rei sempre devia ter um grande séquito.

Ele sabia que os olhos do príncipe costumavam vagar, que ele sempre se satisfazia com algo novo, que seus escravos eram cuidados e mantidos permanentemente, enquanto seus olhos, perambulando, frequentemente caíam sobre novas conquistas.

Ele sabia que, quando desejava homens, o príncipe raramente escolhia escravos. Era mais provável que chegasse da arena com o sangue fervendo e escolhesse algum lutador de exibição. Houvera um gladiador de Isthima que durara na arena por doze minutos contra o príncipe antes de cair diante dele, e que passara seis horas nos aposentos do príncipe depois. Ele ouvira essas histórias também.

E, é claro, bastava escolher um lutador, e ele se submeteria como qualquer escravo, pois era o filho do rei. Erasmus se lembrava do soldado que vira nos jardins de Nereus, e a ideia de ser montado pelo príncipe era uma imagem maravilhosa em sua mente. Ele não conseguia imaginar esse poder, e então pensou: *Mas ele vai me tomar assim*, e um tremor profundo percorreu todo seu corpo.

Ele aproximou as pernas. Como seria ser o receptáculo do

O TREINAMENTO DE ERASMUS

prazer do príncipe? Levou uma das mãos ao rosto, que estava quente e corado enquanto ele estava deitado na cama, exposto. O ar parecia seda; seus cachos, folhagens que caíam sobre a testa. Ele levou a mão à testa e empurrou os cachos para trás, e mesmo esse gesto pareceu extremamente sensual, o movimento lento de uma pessoa embaixo d'água. Ergueu os pulsos acima da cabeça e os imaginou amarrados por fitas, seu corpo pronto para o toque do príncipe. Fechou os olhos. Ele pensou no peso, afundando o colchão, uma imagem borrada do soldado que ele vira em silhueta acima dele, as palavras de um poema, *Arsaces, desfeito.*

◆ ◆ ◆

Na noite do festival do fogo, Kallias cantou a balada de Iphegenia, que amou tanto seu mestre que esperou por ele, embora ela soubesse o que isso significava, e Erasmus sentiu as lágrimas se acumularem na garganta. Ele deixou o recital e saiu para os jardins escuros, onde a brisa era fresca nas árvores perfumadas. Não importava que a música estivesse ficando distante às suas costas. De repente, ele precisava ver o oceano

Sob o luar ele era diferente, escuro e insondável, mas ainda assim Erasmus o sentia à sua frente, sentia sua vasta amplidão. Ele olhou da balaustrada de pedra no pátio e sentiu o vento impulsivo contra seu rosto, o oceano como parte de si mesmo. Podia ouvir as ondas e imaginou-as molhando seu corpo, enchendo suas sandálias, a água espumante girando ao seu redor.

Nunca sentira isso antes, esse anseio, esse sentimento atirado, e se tornou consciente de que a forma familiar de Kallias estava se aproximando por trás. Ele falou as palavras que se acumulavam dentro dele pela primeira vez.

– Quero ser levado além do oceano. Quero ver outras terras. Ver Isthima e Cortoza, ver o lugar onde Iphegenia esperou, o grande palácio onde Arsaces se entregou a um amante – disse ele, impulsivamente. O anseio em seu interior cresceu. – Eu quero... Sentir como é...

– Viver no mundo – disse Kallias.

Não era o que ele queria dizer, e ele olhou fixamente para Kallias, sentindo-se corar. E percebeu uma coisa diferente em Kallias também, à medida que Kallias chegou ao seu lado e se debruçou sobre a balaustrada de pedra, com olhos no oceano.

– O que é?

– Kastor voltou antes de Delpha. Amanhã vai ser minha Primeira Noite.

Ele olhou para Kallias, viu a expressão distante em seu rosto enquanto ele olhava para a água, para um mundo que Erasmus não conseguia imaginar.

– Vou trabalhar duro – Erasmus se ouviu dizer, as palavras saindo confusas. – Vou trabalhar muito duro para alcançá-lo. Você me prometeu nos jardins de Nereus que iríamos nos ver de novo, e eu prometo a você, agora: eu vou para o palácio, e você vai ser um escravo festejado, vai tocar khitara à mesa do rei toda noite, e Kastor nunca vai ficar sem você. Você vai ser magnífico. Nisis vai escrever canções sobre você, e todos os homens no palácio vão olhar para você e invejar Kastor.

Kallias não disse nada, e o silêncio se estendeu até que Erasmus

O TREINAMENTO DE ERASMUS

ficou constrangido com as palavras que tinha dito. Então, Kallias falou com uma voz baixa e rouca.

– Eu queria que você pudesse ser meu primeiro.

Ele sentiu as palavras no corpo, pequenas explosões. Foi como se estivesse deitado descoberto no estrado como fazia em seu quartinho, oferecendo seus anseios. Seus próprios lábios se entreabriram sem emitir som.

Kallias disse:

– Você poderia... Você poderia passar os braços em torno do meu pescoço?

Seu coração batia dolorosamente. Ele assentiu, em seguida quis esconder a cabeça. Ele se sentiu atordoado com a ousadia. Passou os braços em torno do pescoço de Kallias, sentindo a pele macia de seu pescoço. Seus olhos de fecharam para apenas sentir. Trechos de poesia flutuaram por sua mente.

No salão com colunas nos abraçamos
Seu rosto repousa contra o meu
Felicidade assim só acontece a cada mil anos

Ele pôs a testa contra a de Kallias.

– Erasmus – disse Kallias, hesitante.

– Está tudo bem. Está tudo bem desde que nós não...

Ele sentiu os dedos de Kallias nos quadris. Era um toque delicado, desamparado, que preservava o espaço entre seus corpos. Mas foi como se ele tivesse completado um ciclo, os braços de Erasmus em torno do pescoço de Kallias, os dedos de Kallias em seus quadris. O espaço entre seus corpos pareceu nublado e quente. Ele entendeu por que aqueles três lugares em seu corpo lhe eram proibidos, porque todos eles começaram a latejar.

Ele não conseguia abrir os olhos enquanto sentia o abraço se apertar, seus rostos se pressionando um contra o outro, se esfregando juntos, perdidos cegamente para a sensação, e apenas por um minuto ele sentiu...

– Nós *não podemos*!

Foi Kallias que o empurrou com um grito sufocado. Ele estava arfando, a meio metro de distância, o corpo curvado, enquanto uma brisa levantava as folhas da árvore, que se balançavam para a frente e para trás, enquanto o oceano ondulava abaixo deles.

◆ ◆ ◆

Na manhã da cerimônia da Primeira Noite de Kallias, ele comeu damascos.

Pequenas metades redondas, amadurecidas pouco além de seu travo inicial até uma doçura perfeita. Damascos, figos recheados com uma pasta de amêndoas e mel, fatias de queijo salgado que dissolvia na língua. Comida de festa para todos: a cerimônia de Primeira Noite eclipsava tudo o que ele vira nos jardins de Nereus, o auge da carreira de um escravo. E no centro de tudo, Kallias, com o rosto pintado, a coleira de ouro no pescoço. Erasmus olhou para ele de certa distância, firmemente aferrado à promessa que fizera. Kallias desempenhou seu papel na cerimônia de forma perfeita. Ele não olhou nem uma vez para Erasmus.

O TREINAMENTO DE ERASMUS

Tarchon disse:

– Ele é digno de um rei. Sempre questionei a decisão de Adrastus de mandá-lo para Kastor. – *Seu amigo é um triunfo*, os criados sussurraram para ele na manhã seguinte. E nas semanas depois disso, *Ele é a joia da casa de Kastor. Ele toca khitara toda noite à mesa e desalojou Ianesa. O rei iria cobiçá-lo, se não estivesse doente.*

◆ ◆ ◆

Aden o estava sacudindo para acordá-lo.

– O que é? – Ele esfregou os olhos, com sono. Aden estava ajoelhado ao lado de sua cama estreita.

– Kallias está aqui. Ele teve de fazer um serviço para Kastor. Ele quer ver você.

Era como um sonho, mas ele correu para vestir suas sedas, botando-as da melhor maneira possível.

– Venha depressa – disse Aden. – Ele está esperando.

Ele saiu para o jardim, seguindo Aden. Passou pelo pátio e pelas trilhas sinuosas entre as árvores. Era mais de meia-noite, e os jardins estavam tão quietos que ele podia ouvir os sons do oceano, um murmúrio baixo. Ele sentiu as trilhas sob os pés descalços. Sob o luar, viu uma figura magra familiar olhando para a água além dos penhascos elevados.

Ele mal percebeu Aden se retirando. O rosto de Kallias estava coberto de pintura; os cílios, pesados com a maquiagem. Havia uma única marca de beleza no alto de sua maçã do rosto que atraía o olhar para seus grandes olhos azuis. Pintado assim, ele devia ter vindo de divertimentos no palácio, ou de seu lugar na casa de Kastor, ao lado do príncipe.

Ele nunca parecera tão bonito, com a lua acima dele, as estrelas brilhantes caindo lentamente no mar.

– Estou muito feliz em vê-lo, muito feliz por você ter vindo – disse Erasmus, sentindo-se feliz, mas, de repente, tímido. – Estou sempre pedindo histórias suas a meus criados, e guardando as minhas, pensando que isso ou aquilo eu devo contar a Kallias.

– Está mesmo? – perguntou Kallias. – Feliz em me ver? – Havia algo estranho em sua voz.

– Senti sua falta – disse Erasmus. – Nós não conversamos desde... aquela noite. – Ele podia ouvir os sons da água. – Quando você...

– Já tentou jantar à mesa de um príncipe?

– Kallias? – perguntou Erasmus.

Kallias riu, um som irregular.

– Diga-me outra vez que vamos ficar juntos. Que você vai servir ao príncipe e eu vou servir ao irmão dele. Diga-me como vai ser.

– Eu não entendo.

– Então vou ensinar a você – disse Kallias e o beijou.

Um choque, os lábios pintados de Kallias contra os seus, a pressão forte dos dentes. A língua de Kallias em sua boca. Seu corpo estava se rendendo, mas a mente estava vociferando, o coração parecia que ia explodir.

Ele estava atordoado, cambaleante, agarrando a túnica contra o corpo para impedir que caísse. Parado a dois passos de distância,

O TREINAMENTO DE ERASMUS

Kallias estava segurando o alfinete de ouro de Erasmus na mão, que ele arrancara da seda.

E então a primeira compreensão verdadeira do que eles tinham feito, o latejar doído de seus lábios, a sensação atordoante do chão se abrindo sob seus pés. Ele estava olhando fixamente para Kallias.

– Você não pode servir ao príncipe agora, você está maculado. – As palavras eram penetrantes, cortantes. – Você está maculado. Pode se esfregar por horas que nunca vai conseguir lavar.

– Qual o significado disso? – Era a voz de Tarchon. Aden de repente estava ali com Tarchon a reboque, e Kallias estava dizendo:

– *Ele me beijou.*

– Isso é verdade? – Tarchon segurou seu braço com força, a pegada dolorosa.

Eu não entendo, dissera ele, e ainda não entendia, mesmo quando ouviu Aden dizer:

– É verdade. Kallias até tentou afastá-lo.

– Kallias – balbuciou ele, mas Tarchon estava virando seu rosto para o alto, para o luar, e a prova estava espalhada por todo o seu lábio, a pintura vermelha de Kallias.

Kallias disse:

– Ele me disse que não conseguia parar de pensar em mim. Que queria estar comigo, não com o príncipe. Eu disse que era errado. Ele disse que não se importava.

– *Kallias* – disse ele.

Tarchon o estava sacudindo.

– Como você pôde fazer isso? Você estava querendo fazer com

que ele perdesse sua posição? Foi você que se destruiu. Jogou fora tudo o que recebeu, o trabalho de dezenas, o tempo e a atenção que foram gastos em você. Você nunca vai servir no interior destas paredes.

Seus olhos buscaram desesperadamente o olhar de Kallias, frio e intocável.

– Você disse que queria cruzar o oceano – disse Kallias.

◆ ◆ ◆

Três dias de confinamento, enquanto treinadores entravam e saíam e falavam de seu destino. E depois, o impensável.

Não houve testemunhas. Não houve uma cerimônia. Eles botaram uma coleira de ouro em torno de seu pescoço e o vestiram em sedas de escravo que ele não ganhara, que ele ainda não merecia.

Ele era um escravo completo, com dois anos de antecedência, e eles o estavam mandando embora.

Ele não começou a tremer até ser levado a um salão de mármore branco em uma parte desconhecida do palácio. Os sons eram ecos estranhos, como se fosse uma caverna vasta contendo água. Ele tentou olhar ao redor, mas as figuras tremeluziam como a chama de uma vela atrás de vidro retorcido.

Ele ainda podia sentir o beijo, sua violência, os lábios inchados.

Mas lentamente estava tomando consciência de que a atividade naquele salão tinha um propósito mais elevado. Havia outros escravos em treinamento com ele. Ele reconheceu Narsis e Astacos. Narsis tinha cerca de 19 anos de idade, com um temperamento

O TREINAMENTO DE ERASMUS

simples, mas doce. Ele nunca usaria um alfinete, mas daria um excelente criado de mesa, e talvez um dia fosse ele mesmo um treinador, paciente com os garotos mais novos.

Havia uma atmosfera estranha, irrupções de som esparsas no exterior. O subir e descer de vozes de homens livres, mestres em cuja presença ele jamais tivera a permissão de ficar antes.

Narsis sussurrou:

– Foi assim a manhã inteira. Ninguém sabe o que está acontecendo. Há rumores, havia soldados no palácio. Astacos disse que viu soldados falando com Adrastus, pedindo o nome de todos os escravos pertencentes a Damianos. Todos os que usavam um alfinete com leão foram levados. Era onde achávamos que você estaria. Não aqui, conosco.

– Mas onde estamos? Por que fomos… Por que fomos trazidos para cá?

– Você não sabe? Vamos ser mandados de barco. Há doze de nós, e doze das instalações de treinamento das mulheres.

– Para Isthima?

– Não, ao longo da costa, para Vere.

Por um momento, pareceu que os sons externos ficaram mais altos. Houve um estrondo metálico distante que ele não conseguiu interpretar. Outro. Ele procurou respostas com Narsis e viu sua expressão confusa. Ocorreu a ele, estupidamente, que Kallias devia saber o que estava acontecendo, e que ele devia perguntar a Kallias, e foi então que os gritos começaram.

SUA OPINIÃO É MUITO IMPORTANTE

Mande um e-mail para **opiniao@vreditoras.com.br**
com o título deste livro no campo "Assunto".

2ª edição, fev. 2023

FONTE Adobe Caslon Pro 11/16pt;
Trajan Pro Bold 14/21pt
PAPEL Pólen® Natural 80g/m²
IMPRESSÃO Lisgráfica
LOTE LIS211222